Literaria

Mario Vargas Llosa
Lituma en los Andes

Premio Planeta 1993

 Planeta

© Mario Vargas Llosa, 1993
© Editorial Planeta, S. A., 2008
   Avinguda Diagonal, 662, 6.ª planta. 08034 Barcelona (España)

Diseño de la colección: Laura Comellas / Departamento de Diseño,
   División Editorial del Grupo Planeta
Ilustración de la cubierta: © Antonov Roman / Shutterstock
Primera edición en esta presentación en Colección Booket: octubre de 2008

Depósito legal: B. 38.319-2008
ISBN: 978-84-08-08334-4
Composición: Víctor Igual, S. L.
Impresión y encuadernación: Litografía Rosés, S. A.
Printed in Spain - Impreso en España

Biografía

Mario Vargas Llosa (Arequipa, Perú, 1936) se licenció
en Letras en la Universidad de San Marcos (Lima) y se
doctoró por la de Madrid. En 1959 se dio a conocer
con un libro de relatos, *Los jefes* (Premio Leopoldo Alas),
pero fue *La ciudad y los perros* (1963, Premio Biblioteca
Breve y Premio de la Crítica) la obra que le dio a conocer
internacionalmente. Novelas posteriores son *La Casa
Verde* (1966, Premio de la Crítica y Premio Internacional
de Literatura Rómulo Gallegos), *Conversación en La
Catedral* (1969), *Pantaleón y las visitadoras* (1973), *La tía
Julia y el escribidor* (1977), *La guerra del fin del mundo*
(1981), *Historia de Mayta* (1984), *¿Quién mató a Palomino
Molero?* (1986), *El hablador* (1987) y *Elogio de la madrastra*
(1989). Ha publicado también diversas obras teatrales,
como *La señorita de Tacna*, *La Chunga* y *El loco de los
balcones*; ensayos como *García Márquez: historia de un
deicidio* (1971) y *La orgía perpetua: Flaubert y «Madame
Bovary»* (1975), y las memorias tituladas *El pez en el agua*
(1993), en las que relata su experiencia política
como candidato a la presidencia de la República de Perú.
Con *Lituma en los Andes* obtuvo el Premio Planeta 1993.
Sus novelas más recientes son *Los cuadernos
de don Rigoberto*, *La fiesta del Chivo*, *El paraíso en la otra
esquina* y *Travesuras de la niña mala*. En 1986 compartió
con Rafael Lapesa el Premio Príncipe de Asturias
de las Letras y en 1994 se le concedió el Premio Miguel
de Cervantes de Literatura.

A Beatriz de Moura, amiga queridísima,
editora ejemplar

Cain's City built with Human Blood,
not Blood of Bulls and Goats.

WILLIAM BLAKE,
The Ghost of Abel

Índice

Primera parte

I

Cuando vio aparecer a la india en la puerta de la choza, Lituma adivinó lo que la mujer iba a decir. Y ella lo dijo, pero en quechua, mascullando, y soltando un hilito de saliva por las comisuras de su boca sin dientes.

—¿Qué dice, Tomasito?

—No le entendí bien, mi cabo.

El guardia se dirigió a la recién llegada, en quechua también, indicándole con las manos que hablara despacio. La india repitió esos sonidos indiferenciables que a Lituma le hacían el efecto de una música bárbara. Se sintió, de pronto, muy nervioso.

—¿Qué anda diciendo?

—Se le ha perdido el marido —murmuró su adjunto—. Hace cuatro días, parece.

—Y ya van tres —balbuceó Lituma, sintiendo que la cara se le llenaba de sudor—. Puta madre.

—Qué vamos a hacer, pues, mi cabo.

—Tómale la declaración. —Un escalofrío subió y bajó por la espina dorsal de Lituma—. Que te cuente lo que sepa.

—Pero qué está pasando aquí —exclamó el guardia civil—. Primero el mudito, después el albino. Ahora uno de los capataces de la carretera. No puede ser, pues, mi cabo.

No podía, pero pasaba, y por tercera vez. Lituma imaginó las caras inexpresivas, los ojitos glaciales con que lo observaría la gente de Naccos, los peones del campamento, los indios comuneros, cuando fuera a preguntarles si sabían el paradero del marido de esta mujer y sintió el desconsuelo y la impotencia de las veces que intentó interrogarlos sobre los otros desaparecidos: cabezas negando, monosílabos, miradas huidizas, bocas y ceños fruncidos, presentimiento de amenazas. Sería lo mismo esta vez.

Tomás había comenzado a interrogar a la mujer; iba tomando notas en una libreta, con un lápiz mal tajado que, de tanto en tanto, se mojaba en la lengua. «Ya los tenemos encima, a los terrucos», pensó Lituma. «Cualquier noche vendrán.» Era también una mujer la que había denunciado la desaparición del albino: madre o esposa, nunca lo supieron. El hombre había salido a trabajar, o de trabajar, y no había llegado a su destino. Pedrito bajó al pueblo a comprar una botella de cerveza para los guardias y nunca regresó. Nadie los había visto, nadie había notado en ellos miedo, aprensión, enfermedad, antes de que se esfumaran. ¿Se los habían tragado los cerros, entonces? Después de tres semanas, el cabo Lituma y el guardia Tomás Carreño seguían tan en la luna como el primer día. Y, ahora, un tercero. La gran puta. Lituma se limpió las manos en el pantalón.

Había comenzado a llover. Los goterones estremecían la calamina del techo con unos sonidos desacompasados y muy fuertes. No eran todavía las tres de la tarde pero la tormenta había oscurecido el cielo y parecía de noche. Se oían truenos a lo lejos, retumbando en las montañas con unos ronquidos entrecortados que subían desde esas entrañas de la tierra que estos serruchos creían pobladas de toros, serpientes, cóndores y espíritus. ¿De veras los indios creen eso? Claro, mi cabo, si hasta les rezan y les ponen ofrendas ¿No ha visto los platitos de comida que les dejan en las abras de la Cordillera? Cuando le contaban esas cosas en la cantina de Dionisio o en medio de un partido de fútbol, Lituma nunca sabía si hablaban en serio o se burlaban del costeño. De rato en rato, por la abertura en una de las paredes de la choza, una viborilla amarillenta daba de picotazos a las nubes. ¿Se creerían los serranos que el rayo era la lagartija del cielo? Las cortinas de agua habían borrado las barracas, las mezcladoras, las aplanadoras, los jeeps y las casitas de los comuneros que asomaban entre los eucaliptos del cerro de enfrente. «Como si todos hubieran desaparecido», pensó. Los peones eran cerca de doscientos y venían, de Ayacucho, de Apurímac, pero, sobre todo, de Huancayo y Concepción, en Junín, y de Pampas, en Huancavelica. De la costa, en cambio, ninguno que él supiera. Ni siquiera su adjunto era costeño. Pero, aunque nacido en Sicuani y quechua hablante, Tomás parecía un criollo. Él se había traído a Naccos al mudito Pedro Tinoco, el primer desaparecido.

Era un tipo sin recovecos el guardia Carrasco, aunque algo tristón. Se sinceraba en las noches con Lituma y sabía abrirse a la amistad. El cabo se lo dijo, a poco de llegar: «Por tu manera de ser, merecerías haber nacido en la costa. Y hasta en Piura, Tomasito.» «Ya sé que viniendo de usted eso quiere decir mucho, mi cabo.» Sin su compañía, la vida en estas soledades habría sido tenebrosa. Lituma suspiró. ¿Qué hacía en medio de la puna, entre serruchos hoscos y desconfiados que se mataban por la política y, para colmo, desaparecían? ¿Por qué no estaba en su tierra? Se imaginó rodeado de cervezas en el Río-Bar, entre los inconquistables, sus compinches de toda la vida, en una cálida noche piurana con estrellas, valses y olor a cabras y algarrobos. Un arrebato de tristeza le destempló los dientes.

—Listo, mi cabo —dijo el guardia—. La señora no sabe mucho, la verdad. Y está muerta de miedo, ¿no lo nota?

—Dile que haremos lo posible para encontrarle a su marido.

Lituma ensayó una sonrisa e indicó a la india con las manos que podía irse. Ella siguió mirándolo, sin inmutarse. Era pequeñita y sin edad, de huesos frágiles, como de pájaro, y desaparecía bajo las numerosas polleras y el sombrero rotoso, medio caído. Pero en su cara y en sus ojitos arrugados había algo irrompible.

—Parece que se esperaba lo de su marido, mi cabo. «Iba a pasar, tenía que pasar», dice. Pero, por supuesto, ella nunca oyó hablar de los terrucos ni de la milicia de Sendero.

Sin un movimiento de cabeza de despedida, la mujer dio media vuelta y salió a enfrentarse al aguacero. A los pocos minutos se había disuelto en la humedad plomiza, rumbo al campamento. El cabo y el guardia estuvieron un buen rato sin hablar. Por fin, la voz de su adjunto resonó en los oídos de Lituma como un pésame:

—Le voy a decir una cosa. Usted y yo no saldremos vivos de aquí. Nos tienen cercados, para qué engañarnos.

Lituma se encogió de hombros. Por lo común él se desmoralizaba y su adjunto le levantaba la moral. Hoy cambiaban los papeles.

—No te hagas mala sangre, Tomasito. Si no, cuando vengan, nos encontrarán medio locumbetas y ni defendernos podremos.

El viento hacía tintinear las calaminas del techo y las trombas de agua salpicaban el interior de la vivienda. Era una sola habitación, partida por un biombo de madera y protegida por una empalizada de costales embutidos de piedras y de tierra. A un lado estaba el puesto de la Guardia Civil, con un tablón sobre dos caballetes —el escritorio— y un baúl donde se guardaban el libro de registros y los partes del servicio. Al otro, juntos por la falta de espacio, los dos catres. Se alumbraban con lámparas de querosene y tenían una radio de pilas que, si no había desarreglos en la atmósfera, captaba Radio Nacional y Radio Junín. El cabo y el guardia pasaban tardes y noches pegados al aparato, tratando de escuchar las noticias de Lima o de Huancayo. En el suelo de tierra apisonada había pellejos de carnero y de oveja, esteras, una cocinita, un primus, porongos, cacharros, las maletas de Lituma y Tomás y un ropero desfondado —la armería— donde guardaban los fusiles, las cacerinas y la metralleta. Los revólveres los llevaban siempre consigo y en las noches los ponían bajo la almohada. Sentados al pie de la descolorida imagen del Corazón de Jesús —un anuncio de Inca Cola— escucharon llover, varios minutos.

—A éstos no creo que los hayan matado, Tomasito —comentó por fin Lituma—. Se los habrán llevado, más bien, a su milicia. A lo mejor hasta los tres eran terrucos. ¿Acaso Sendero desaparece a la gente? La mata, nomás, y deja sus carteles para que se sepa.

—¿Pedrito Tinoco un terrorista? No, pues, mi cabo, eso se lo garantizo —dijo el guardia—. Quiere decir que Sendero ya está tocándonos la puerta. A nosotros los terrucos no nos van a enrolar en su milicia. Nos harán picadillo, más bien. A veces pienso si a usted y a mí no nos han mandado aquí al puro sacrificio.

—Basta de hacernos mala sangre —se incorporó Lituma—. Prepárate un café, para este tiempo de mierda. Después nos ocuparemos del fulano. ¿Cómo se llama este último?

—Demetrio Chanca, mi cabo. Capataz de barreneros.

—¿No dicen que a la tercera es la vencida? A lo mejor, gracias a éste resolvemos el misterio de los tres.

El guardia fue a descolgar las tazas de latón y a encender el primus.

—Cuando el teniente Pancorvo me dijo allá en Andahuaylas que me destinaban a este fin del mundo, pensé «Qué bien, en Naccos los terrucos acabarán contigo, Carreñito, y cuanto antes, mejor» —murmuró Tomás—. Estaba cansado de la vida. Por lo menos, eso era lo que creía, mi cabo. Pero, teniendo en cuenta el miedo que siento ahora, está visto que no me gustaría morir.

—Sólo un cojudo quiere irse antes de que le toque —afirmó Lituma—. Hay en la vida cosas bestiales, aunque no se encuentren por esta vecindad. ¿De veras querías morir? ¿Se puede saber por qué, siendo tan joven?

—Por qué iba a ser, pues —se rió el guardia, colocando la tetera sobre la llamita rojiazul del primus.

Era un muchacho flaco y huesudo, pero fortachón, con unos ojos hondos y vivos, una piel cetrina y unos dientes blancos y protuberantes, a los que, en sus noches de desvelo, Lituma veía brillar en la oscuridad de la choza.

—Tendrías penas de amor por alguna hembrita —aventuró el cabo, relamiéndose.

20

—Por quién va a tener uno penas de amor si no —se enterneció Tomasito—. Y, además, póngase orgulloso, ella era también piurana.

—Una paisanita —aprobó Lituma, sonriendo—. Nada menos.

A la *petite* Michèle la altura le sentaba mal —se había quejado de una presión en las sienes semejante a la que le producían esas películas de terror que le encantaban, y de un malestar general e indeterminado— pero, a pesar de ello, estaba impresionada con la desolación y la crudeza del paisaje. Albert, en cambio, se sentía magníficamente bien. Como si se hubiera pasado la vida a tres o cuatro mil metros de altura, entre esas cumbres filudas manchadas de nieve y los rebaños de llamas que, de tanto en tanto, cruzaban la trocha. El zangoloteo del viejo ómnibus era tal que a ratos parecía desmoronarse en esos baches, en esos huecos, en esas piedras que salían a desafiar su ruinosa carrocería a cada instante. Eran los únicos extranjeros, pero a sus compañeros de viaje la parejita de franceses no parecía llamarles la atención. Ni siquiera cuando los oían hablar en una lengua extranjera se volvían a mirarlos. Iban envueltos en chalinas, ponchos y uno que otro chullo, arropados para la noche ya inminente, y cargados de atados, paquetes y maletas de hojalata. Hasta gallinas cacareantes traía consigo una señora. Pero ni la incomodidad del asiento, ni el zamaqueo ni la apretura importaban lo más mínimo a Albert y a la *petite* Michèle.

—*Ça va mieux?* —preguntó él.

—*Oui, un peu mieux.*

Y, un momento después, la *petite* Michèle dijo en

voz alta lo que Albert también pensaba: él había tenido razón, cuando discutieron en la pensión El Milagro, de Lima, sobre si hacer el viaje al Cusco por tierra o en avión. Ella se había empeñado en el avión, por los consejos del señor de la embajada, pero él insistió tanto en el ómnibus que la *petite* Michèle cedió. No lo lamentaba, al contrario. Hubiera sido una lástima perderse esto.

—Claro que hubiera sido —exclamó Albert, señalando a través del cristal estriado de la ventanilla—. ¿No es formidable?

El sol se estaba ocultando y había una suntuosa cola de pavorreal en el horizonte. Una larga meseta verdioscura, sin árboles, sin viviendas, sin gente ni animales, se extendía a su izquierda, animada por brillos acuosos, como si entre los mechones de paja amarillenta hubiera riachuelos o lagunas. A su derecha, en cambio, se levantaba una hirsuta geografía perpendicular de enhiestas rocas, abismos y quebradas.

—Así debe de ser el Tíbet —murmuró la *petite* Michèle.

—Te aseguro que esto es más interesante que el Tíbet —repuso Albert—. Te lo anticipé: *Le Pérou, ça vaux le Pérou!*

Delante del viejo ómnibus era ya de noche y había comenzado a enfriar. Brillaban algunas estrellas en el cielo azul añil.

—Brrr... —se encogió la *petite* Michèle—. Ahora entiendo por qué viajan todos tan abrigados. Cómo cambia el clima, en los Andes. En la mañana un calor que ahoga y, en la noche, hielo.

—Este viaje será lo más importante que nos pasará en la vida, ya verás —dijo Albert.

Alguien había prendido una radio y, luego de una cadena de tartamudeos metálicos, irrumpió una música triste, monótona.

—Charangos y quenas —reconoció Albert—. En Cusco compraremos una quena. Y aprenderemos a bailar los huaynos.

—Daremos una función de gala, allá en el colegio —fantaseó la *petite* Michèle—. *La nuit péruvienne!* Vendrá *le tout* Cognac.

—Si quieres dormir un poco, seré tu almohada —le propuso Albert.

—Nunca te he visto tan contento —le sonrió ella.

—Es el sueño de dos años —asintió él—. Ahorrando, leyendo sobre los incas y el Perú. Imaginando esto.

—Y no te has decepcionado —se rió su compañera—. Bueno, yo tampoco. Te agradezco que me animaras a venir. Creo que la coramina glucosa ha hecho su efecto. Me molesta menos la altura y respiro mejor.

Un momento después, Albert la sintió bostezar. Le pasó el brazo sobre los hombros y la hizo apoyar su cabeza en él. Al poco rato, a pesar de los barquinazos y brincos del vehículo, la *petite* Michèle dormía. Él sabía que no iba a pegar los ojos. Estaba demasiado anhelante, demasiado ávido de retenerlo todo en la memoria para recordarlo después, escribirlo en el diario que borroneaba cada noche desde que tomaron el tren en la estación de Cognac, y, más tarde, contárselo todo, con lujo de detalles y alguna que otra exageración, a los *copains*. A sus alumnos de la escuela les haría una clase con diapositivas, prestándose el proyector del padre de Michèle. *Le Pérou!* Ahí estaba: inmenso, misterioso, verdegrís, pobrísimo, riquísimo, antiguo, hermético. Era este paisaje lunar y las caras cobrizas, desabridas, de las mujeres y hombres que los rodeaban. Impenetrables, la verdad. Muy diferentes de las que habían visto en Lima, caras de blancos, de negros, de mestizos, con los que, mal que mal, podían comunicarse. Pero de la gente de la sierra lo separaba algo infranqueable. Varias veces había intentado conversar en su mal español con sus vecinos, sin el menor éxito. «No nos distancia una raza sino una cultura», le recordaba la *petite* Michèle. Éstos eran los verdaderos descendientes de los incas, no la gente de Lima; sus antepasados habían subido hasta los nidos de águila de Machu Picchu, esas gigantescas piedras del santuario-fortaleza que, dentro de tres días, él y su amiga iban a recorrer.

Era de noche ya y, pese a su voluntad de seguir despierto, sintió que lo ganaba un dulce vértigo. «Si me duermo, se me va a torcer el cuello», pensó. Ocupaban el tercer asiento de la derecha y, ya hundiéndose en el sueño, Albert escuchó que el chofer se ponía a silbar. Luego, le pareció que nadaba en agua fría. Estrellas fugaces caían en la inmensidad del altiplano. Estaba feliz, aunque lamentaba que le afearan el espectáculo, como un lunar con pelos en una cara bonita, ese dolor en el cuello y la angustia por no poder apoyar la cabeza en algo blando. De pronto, lo sacudían con brusquedad.

—¿Llegamos a Andahuaylas? —preguntó, aturdido.

—No sé qué pasa —susurró, en su oído, la *petite* Michèle.

Se frotó los ojos y había cilindros de luces moviéndose dentro y fuera del ómnibus. Escuchó voces apagadas, cuchicheos, un grito que parecía un insulto, y percibió movimientos confusos por doquier. Era noche cerrada y, a través del vidrio trizado, destellaban miríadas de estrellas.

—Preguntaré al chofer qué pasa.

La *petite* Michèle no le permitió levantarse.

—¿Quiénes son? —la oyó decir—. Creí que eran soldados, pero no, mira, hay gente llorando.

Las caras aparecían y desaparecían, fugaces, en el ir y venir de las linternas. Parecían muchos. Rodeaban al ómnibus y ahora, por fin despierto, sus ojos acostumbrándose a la oscuridad, Albert advirtió que varios llevaban cubiertas las caras con pasamontañas que sólo dejaban sus ojos al descubierto. Y esos reflejos eran armas, qué otra cosa podían ser.

—El de la embajada tenía razón —murmuró la muchacha, temblando de pies a cabeza—. Debimos tomar el avión, no sé por qué te hice caso. ¿Adivinas quiénes son, no?

Alguien abrió la puerta del ómnibus y una corriente de aire frío les alborotó los cabellos. Entraron dos siluetas sin rostro y Alberto sintió que, por unos segundos, lo cegaban las linternas. Dieron una orden que no entendió. La repitieron, en tono más enérgico.

—No te asustes —musitó en el oído de la *petite* Michèle—. No tenemos nada que ver, somos turistas.

Todos los pasajeros se habían puesto de pie y, con las manos en la cabeza, comenzaban a bajar del ómnibus.

—No pasará nada —repitió Albert—. Somos extranjeros, les voy a explicar. Ven, bajemos.

Bajaron, confundidos con el tropel y, al salir, el viento helado les cortó la cara. Permanecieron en el montón, muy juntos, cogidos del brazo. Oían palabras sueltas, murmullos, y Albert no alcanzaba a distinguir lo que decían. Pero era castellano, no quechua, lo que hablaban.

—¿Señor, por favor? —silabeó—, dirigiéndose al hombre abrigado en un poncho que estaba a su lado, y, al instante, una voz de trueno rugió: «¡Silencio!» Mejor no abrir la boca. Ya llegaría el momento de explicar quiénes eran y por qué estaban aquí. La *petite* Michèle ceñía su brazo con las dos manos y Albert notaba sus uñas a través del grueso casacón. A alguien —¿a él?— le castañeteaban los dientes.

Los que habían detenido el ómnibus apenas cambiaban palabra entre sí. Los tenían rodeados y eran muchos; veinte, treinta, tal vez más. ¿Qué esperaban? En la movediza luz de las linternas, Albert y la *petite* Michèle descubrieron mujeres entre los asaltantes. Algunas con pasamontañas, otras con las caras descubiertas. Algunas con armas de fuego, otras con palos y machetes. Todas jóvenes.

Estalló en las sombras otra orden que Albert tampoco entendió. Sus compañeros de viaje empezaron a rebuscarse los bolsillos, las carteras, a entregar papeles o carnets. Él y ella sacaron sus pasaportes del bolsón que llevaban sujeto a la cintura. La *petite* Michèle temblaba cada vez más, pero, para no provocarlos, no se atrevía a tranquilizarla, a asegurarle que, ahora que abrieran sus pasaportes y vieran que eran turistas franceses, habría pasado el peligro. Se quedarían con los dólares, tal vez. No eran muchos, felizmente. Los *travellers* viajaban ocultos en el cinturón de doble fondo de Albert y con un poco de suerte acaso no los descubrirían.

Tres de ellos comenzaron a recoger los documentos, metiéndose entre las filas de pasajeros. Cuando llegaron a su altura, a la vez que alcanzaba los dos pasaportes a la silueta femenina con un fusil en bandolera, Albert silabeó:

—Somos turistas franceses. No sabe español, señorita.

—¡Silencio! —chilló ella, arrebatándole los pasaportes. Era una voz niña, cortante y enfurecida—. Chitón.

Albert pensó en lo tranquilo y limpio que estaba todo allá arriba, en ese cielo profundo, tachonado de estrellas, y el contraste con la amenazadora tensión de aquí abajo. Se le había evaporado el temor. Cuando todo esto fuera recuerdo, cuando ya lo hubiera contado decenas de veces a los *copains* en el bistró y a los alumnos de la escuela, en Cognac, le preguntaría a la *petite* Michèle: «¿Tuve o no razón de preferir ese ómnibus al avión? Nos hubiéramos perdido la mejor experiencia del viaje.»

Había quedado cuidándolos una media docena de hombres con fusiles ametralladores, que todo el tiempo les buscaban los ojos con los haces de luz de las linternas. Los demás se habían apartado unos metros y parecían en conciliábulo. Albert dedujo que examinaban los documentos, que los sometían a un cuidadoso escrutinio. ¿Sabrían leer todos ellos? Cuando vieran que no eran de aquí, sino franceses paupérrimos, de mochila y ómnibus, les pedirían excusas. El frío le calaba los huesos. Abrazó a la *petite* Michèle, pensando: «Tenía razón el de la embajada. Debimos tomar el avión. Cuando podamos hablar, te pediré disculpas.»

Los minutos se volvían horas. Varias veces estuvo seguro de que iba a desmayarse, de frío y fatiga. Cuando los pasajeros empezaron a sentarse en el suelo, él y la *petite* Michèle los imitaron, sentándose muy juntos. Permanecieron mudos, apretados uno contra el otro, dándose calor. Los captores volvieron al cabo de largo rato y, uno a uno, levantándolos, mirándoles las caras, metiéndoles las linternas por los ojos y empujándolos, fueron devolviendo a los pasajeros al ómnibus. Amanecía.

Una orla azulada asomaba por el entrecortado perfil de las montañas. La *petite* Michèle estaba tan quieta que parecía dormida. Pero sus ojos seguían muy abiertos. Albert se incorporó con esfuerzo, sintiendo crujir sus huesos, y tuvo que levantar a la *petite* Michèle de los dos brazos. Se sentía amodorrado, con calambres, la cabeza pesada, y se le ocurrió que ella debía sufrir otra vez con ese mal de altura que la atormentó tanto las primeras horas, escalando la Cordillera. La pesadilla terminaba, por lo visto. Los pasajeros habían formado una fila india e iban subiendo al ómnibus. Cuando les tocó el turno, los dos muchachos con pasamontañas que estaban a la puerta del vehículo les pusieron los fusiles en el pecho, sin decir palabra, indicándoles que se apartaran.

—¿Por qué? —preguntó Albert—. Somos turistas franceses.

Uno de ellos avanzó hacia él en actitud amenazadora, y acercándole mucho la cara le rugió:

—¡Silencio! ¡Shhht!

—¡No habla español! —gritó la *petite* Michèle—. ¡Turista! ¡Turista!

Fueron rodeados, sujetados de los brazos, empujados, alejados de los pasajeros. Y, antes de que acabaran de entender qué ocurría, el motor del ómnibus comenzó a hacer gárgaras y su armatoste a animarse y su motor a vibrar. Lo vieron partir zangoloteando, por esa trocha perdida en la meseta andina.

—¿Qué hemos hecho? —dijo Michèle en francés—. ¿Qué nos van a hacer?

—Pedirán un rescate a la embajada —balbuceó él.

—A ése no lo han dejado acá por ningún rescate.

—La *petite* Michèle ya no parecía miedosa; más bien revuelta, sublevada.

El viajero que habían retenido con ellos era bajo y gordito. Albert reconoció su sombrero y su bigote milimétrico. Viajaba en la primera fila, fumando sin descanso e inclinándose a veces a conversar con el chofer. Gesticulaba e imploraba, moviendo la cabeza, las manos. Lo tenían rodeado. Se habían olvidado de él y la *petite* Michèle.

—¿Ves esas piedras? —gimió ella—. ¿Ves, ves?

La luz del día avanzaba rápidamente por la meseta y se distinguían muy nítidos los cuerpos, los perfiles. Eran jóvenes, eran adolescentes, eran pobres y algunos eran niños. Además de los fusiles, los revólveres, los machetes y los palos, muchos tenían pedruscos en las manos. El hombrecito del sombrero, caído de rodillas y con dos dedos en cruz, juraba, levantando la cabeza al cielo. Hasta que el círculo se cerró sobre él, quitándoselo de la vista. Lo oyeron gritar, suplicar. Empujándose, azuzándose, emulándose unos a otros, las piedras y las manos bajaban y subían, bajaban y subían.

—Somos franceses —dijo la *petite* Michèle.

—No haga eso, señor —gritó Albert—. Somos turistas franceses, señor.

Eran casi niños, sí. Pero de caras ásperas y requemadas por el frío, como esos pies crudos que dejaban entrever las ojotas de llanta que algunos calzaban, como esos pedrones de sus manos casposas con las que comenzaban a golpearlos.

—Mátenos de un tiro —gritó Albert, en francés, ciego, abrazando a la *petite* Michèle, interponiéndose entre ella y esos brazos feroces—. Somos también jóvenes, señor. ¡Señor!

—Cuando sentí que el tipo comenzaba a pegarle y ella a lloriquear, se me puso la carne de gallina —dijo el guardia—. Como la vez pasada, pensé, igualito que en Pucallpa. Vaya suerte que tienes, so cojudo.

Lituma notó que Tomás Carreño estaba encolerizado y ansioso, reviviendo aquello. ¿Se había olvidado de que él estaba aquí, escuchándolo?

—Cuando mi padrino me mandó a cuidar al Chancho la primera vez, me sentí muy orgulloso —explicó el muchacho, tratando de serenarse—. Imagínese. Estar tan cerca de un jefazo, viajar con él a la selva. Pero las pasé muy mal la noche de Pucallpa. E iba a ser la misma vaina ahora también en Tingo María.

—Ni te olías que la vida está llena de cosas sucias —comentó Lituma—. Dónde habías vivido, Tomasito.

—Sabía todo de la vida, pero eso del sadismo no me gustó. Carajo, eso sí que no. No lo entendía, tampoco. Me daba furia y hasta miedo. ¿Cómo podía volverse peor que un animal? Ahí entendí por qué le decían Chancho.

Hubo un chasquido silbante y la mujer chilló. Toma mientras, le estaba dando. Lituma cerró los ojos y la inventó. Era rellenita, ondulante, de pechos redondos. El jefazo la tenía de rodillas, calatita, y los correazos le dejaban unos surcos morados en la espalda.

—No sé quién me dio más asco, si él o ella. Las cosas que hacen éstas por la plata, pensaba.

—Bueno, tú también estabas ahí por la plata, ¿no? Cuidando al Chancho, mientras se daba gusto sacándole el alma a la polilla.

—No la llame así —protestó Tomás—. Ni aunque lo fuera, mi cabo.

—Es sólo una palabra, Tomasito —se disculpó Lituma.

El muchacho escupió a los insectos de la oscuridad, con furia. Era noche alta y caliente y los árboles rumoreaban a su alrededor. No había luna y las luces aceitosas de Tingo María apenas se divisaban entre el bosque y los cerros. La casa estaba en las afueras de la ciudad, a unos cien metros de la carretera que llevaba al Aguatía y a Pucallpa, y sus delgados tabiques dejaban pasar ruidos y voces con total nitidez. Oyó otro chasquido y la mujer chilló.

—Ya no más, papacito —suplicó su voz apagada—. No me pegues más.

A Carreño le pareció que el hombre se reía, con esa risita sobradora que le había escuchado ya la vez anterior, en Pucallpa.

—Risa de jefazo, de mandón, de quien puede puede, de un pinga loca al que le sobraban los soles y los dólares —le explicó al cabo, con un viejo rencor.

Lituma imaginó los ojitos achinados del sádico: sobresalían de las bolsas de grasa, se inflamaban de arrechura cada vez que la mujer gemía. A él no lo excitaban esas cosas, pero, por lo visto, a algunos sí. Tampoco lo escandalizaban como a su adjunto, por supuesto. Qué se iba a hacer si la puta vida era la puta vida. ¿No andaban los terrucos matando a diestra y siniestra con el cuento de la revolución? A ésos también les gustaba la sangre.

—Termina de una vez, Chancho concha de tu madre, pensaba yo —continuó Tomás—. Date gusto, vacíate, échate a dormir. Pero él seguía.

—Ya está bien, papacito. Ya no más —le rogaba de cuando en cuando la mujer.

El muchacho estaba sudando Y sentía ahogo. Un camión pasó rugiendo por la carretera y sus luces amarillentas iluminaron un momento la hojarasca, los troncos, los pedruscos y el fango de la acequia. Con la oscuridad, retornaron las fosforescencias. Tomás no había visto nunca una luciérnaga y se las imaginaba como linternitas volantes. Si por lo menos el gordo Iscariote hubiera estado con él. Conversando, bromeando, oyéndole describir sus comilonas, se pasaría el rato. No oiría lo que estaba oyendo ni imaginando lo que imaginaba.

—Y ahora te voy a meter este fierro hasta el cogote —ronroneó el hombre, loco de felicidad—. Para que chilles como chilló tu madre cuando te parió.

A Lituma le pareció que oía la risita cachacienta del Chancho, una carcajada de hombre al que la vida le sonríe y consigue siempre lo que se propone. A él podía adivinarlo con facilidad, no a ella; la mujer era una forma sin cara, una silueta que nunca se llegaba a concretar.

—Si Iscariote hubiera estado conmigo, conversando, me habría olvidado de lo que pasaba en la casa —dijo Tomás—. Pero el gordo vigilaba el camino y yo sabía que nada lo haría moverse de su puesto, que se estaría allí toda la noche soñando con manjares.

La mujer volvió a chillar y esta vez continuó llorando. ¿Esos golpes medio apagados serían puntapiés?

—Por lo que más quieras —le rezaba.

—Y, entonces, me di cuenta que ya tenía el revólver en la mano —dijo el muchacho, bajando la voz como si alguien lo pudiera oír—. Lo había sacado de la cartuchera y jugaba con él, moviendo el gatillo, girando el tambor. Sin darme cuenta, mi cabo, se lo juro.

Lituma se ladeó para mirarlo. En el catre vecino, el perfil de Tomasito se divisaba apenas, difuminado en la tenue claridad de las estrellas y la luna que entraba por la ventana.

—Qué ibas a hacer, so cojudo.

Había trepado la escalerilla de madera en puntas de pie y empujaba quedito la puerta de la casa, hasta que sintió la resistencia de la tranca. Era como si manos y piernas se hubieran independizado de su cabeza. «Ya no más, papacito», rogaba monótonamente la mujer. Los golpes caían de tanto en tanto, amortiguados, y ahora el muchacho oía el jadeo del Chancho. La puerta no tenía cerrojo. Apenas presionó con el cuerpo, comenzó a ceder: el crujido se mezclaba a los golpes y a los ruegos. Cuando se abrió de par en par con un ruido de clavos, cesaron los gemidos y los golpes y estalló un carajo. Tomás vio al hombre desnudo revolverse en la penumbra, carajeando. Un mechero se balanceaba de un clavo en la pared. Había sombras enloquecidas. Enredado en el mosquitero, el tipo trataba de zafarse, manoteando, y Tomás encontró los ojos espantados de la mujer.

—Ya no le pegue más, señor —imploró—. No se lo permito.

—¿Esa cojudez le dijiste? —se burló Lituma—. ¿Tratándolo encima de señor?

—No creo que me oyera —dijo el muchacho—. Tal vez no me salía la voz, tal vez hablaba para mis adentros.

El hombre encontró lo que buscaba y, a medio incorporarse, enredado en el mosquitero, estorbado por la mujer, lo apuntó, carajeando siempre a voz en cuello, como para darse ánimos. A Tomás le pareció que los tiros estallaban antes de que él apretara el gatillo, pero no, fue su mano la que disparó primero. Oyó aullar al hombre al tiempo que lo veía caer hacia atrás, soltando la pistola, encogiéndose. El muchacho dio dos pasos hacia la cama. Medio cuerpo del Chancho se había descolgado del otro lado. Sus piernas seguían entreveradas sobre la sábana. Estaba quieto. No era él, era la mujer la de los gritos.

—¡No me mate! ¡No me mate! —chillaba despavorida, tapándose la cara, torciéndose, cubriéndose con manos y pies.

—Qué me cuentas, Tomasito. —Lituma estaba pasmado—. ¿Quieres decir que te lo cargaste?

—¡Cállate tú! —ordenó el muchacho. Ahora podía respirar. El tumulto de su pecho se había aplacado. Las piernas del hombre se deslizaron hacia el suelo, trayéndose abajo parte del mosquitero. Lo oyó quejarse, bajito.

—¿O sea que lo mataste?—insistió Lituma. Apoyado en un codo, todavía buscaba en la oscuridad la cara de su adjunto.

—¿No eres uno de los custodios, acaso? —La mujer lo miraba sin comprender, pestañando. En sus ojos había un miedo animal, pero ahora, además, estupefacción—. ¿Por qué has hecho eso?

Trataba de cubrirse, se encogía, levantaba una manta con manchas de sangre. Se la mostró, acusándolo.

—No lo aguantaba más —dijo Tomasito—. Que para darse gusto le pegara así. Que la estuviera matando.

—Pa su macho —exclamó Lituma, echándose a reír.

—¿Qué dices? ¿Qué? —La mujer se recobraba del susto, su voz era más firme. Tomás la vio saltar de la cama, la vio tropezar, vio enrojecerse un segundo su silueta desnuda al pasar bajo el mechero y la vio, ya dueña de sí, ahora llena de energía, empezar a embutirse la ropa que alzaba del suelo, sin parar de hablar—: ¿Por eso le has disparado? ¿Porque me estaba pegando?

¿Y quién te dio a ti vela en esto, se puede saber? ¿Y quién eres tú, se puede saber? ¿Quién te pidió que me cuidaras, se puede saber?

Antes de que pudiera responderle, Tomás oyó la carrera y la voz atolondrada de Iscariote: «¿Carreño? ¿Carreñito?» Los escalones se estremecieron con sus brincos, la puerta se abrió de par en par. Ahí estaba su facha de barril, ocupando la entrada. Lo miraba a él, miraba a la mujer, a la cama revuelta, a la manta, al mosquitero caído. Tenía el revólver en la mano, baloteando.

—No sé —murmuró el muchacho, luchando contra la materia mineral que era su lengua. En el suelo de tablas, medio borroso, el cuerpo se movía. Pero ya no se quejaba.

—Puta, qué es esto —acezaba el gordo Iscariote, los ojos como saltamontes—. ¿Qué pasó, Carreñito?

La mujer había terminado de vestirse y se calzaba los zapatos, moviendo una pierna, otra. Como entre sueños, Tomás reconoció el vestido blanco floreado con que la había visto bajar del avión de Lima, en el aeropuerto de Tingo María, ese mediodía, cuando Iscariote y él fueron a traérsela al Chancho.

—Pregúntale a éste qué ha pasado. —Sus ojos relampagueaban y movía una mano, señalando al caído, a él, de nuevo al caído.

—Estaba tan furiosa que pensé se me va a echar encima a rasguñarme —dijo el muchacho. Se le había dulcificado la voz.

—¿Tú lo has matado al jefe, Carreño? —El gordo estaba alelado—. ¿Tú lo mataste?

—Sí, sí —chilló la mujer, fuera de sí—. Y ahora qué nos va a pasar a nosotros.

—Maldita sea —repitió, como un autómata, el gordo Iscariote. Pestañeaba sin tregua.

—Creo que no está muerto —balbuceó el muchacho—. Lo he visto moverse.

—Pero, por qué, Carreñito. —El gordo se inclinó para observar el cuerpo. Ahí mismo se enderezó y dio un paso atrás, ahuyentado—. ¿Qué te hizo? ¿Por qué?

—Le estaba pegando. La iba a matar. Sólo para darse gusto. Me sofoqué, gordo, me volé. No pude aguantar tanta porquería.

La cara de luna llena de Iscariote se volvió hacia él, lo escudriñó adelantando la cabeza como si quisiera también olerlo y hasta lamerlo. Abrió la boca sin decir nada. Miraba a la mujer, miraba a Tomás y sudaba y acezaba.

—¿Y por eso lo mataste? —dijo, por fin, moviendo su crespa cabeza, alelado como un cabezudo del carnaval.

—¡Por eso! ¡Por eso! —chilló la mujer, histérica—. Y ahora qué nos va a pasar, maldita sea.

—¿Porque estaba dándose gusto con su puta lo has matado? —Los ojos del gordo Iscariote se revolvían en sus órbitas como si tuvieran azogue—. ¿Pero sabes lo que has hecho, infeliz?

—No sé qué me pasó. No te preocupes, no es tu culpa. Yo le explicaré a mi padrino, gordo.

—Pedazo de cojudo, de principiante. —Iscariote se cogía la cabeza—. Pedazo de animal. Pero qué crees tú que hacen los hombres con las putas, so huevón.

—Va a venir la policía, van a averiguar —decía la mujer—. Yo no tengo nada que ver, yo tengo que irme.

—Pero no podía ni moverse —recordó el muchacho, dulcificando aún más esa voz de floripondio, y Lituma pensó: «O sea que ya estabas, Tomasito.»—. Dio unos pasos hacia la puerta, pero se paró y regresó, como si no supiera qué hacer. Estaba asustadísima, la pobre.

El muchacho sintió la mano del gordo Iscariote en su brazo. Lo miraba compungido, compadecido, sin cólera ya. Le habló muy resuelto:

—Desaparécete y mejor no le des más la cara a tu padrino, compadre. Te agarraría a tiros, quién sabe qué te haría. Vuela, hazte humo y ojalá que no te pesquen. Siempre supe que no eras para estas cosas. ¿No te lo dije, cuando nos presentaron?

—Un amigo muy derecho —explicó el muchacho a Lituma—. Yo pude desgraciarlo también a él con lo que hice. Y, a pesar de eso, me ayudó a escapar. Un gordo enorme, una cara redonda como un queso, una barriga de llanta. Qué será de él.

Le extendía su mano rechoncha y amistosa. Tomás se la estrechó, con fuerza. Gracias, gordo. La mujer, con una rodilla en tierra, rebuscaba las ropas del hombre que yacía inmóvil.

—No me estás contando todo, Tomasito —lo interrumpió Lituma.

—No tengo un centavo, no sé dónde ir —oyó el muchacho que la mujer le explicaba a Iscariote, cuando él ya salía a hundirse en la tibia brisa que hacía chasquear los arbustos y la enramada—. No tengo un centavo, no sé qué hacer. No le estoy robando.

Echó a correr rumbo a la carretera, pero, a los pocos metros, se puso a caminar. ¿Adónde iba a ir? Todavía conservaba el revólver en la mano. Lo guardó en la cartuchera, sujeta en la correa de su pantalón y disimulada por la camisa. No había vehículos por la vecindad y las luces de Tingo María se veían remotas.

—Me sentía tranquilo, aliviado, aunque usted no lo crea, mi cabo —dijo el muchacho—. Como cuando uno despierta y se da cuenta de que la pesadilla era sólo pesadilla.

—Pero por qué te guardas lo mejor, Tomasito —volvió a reírse Lituma.

Entre el rumor de los insectos y el bosque, el muchacho oyó los pasitos de la mujer, apresurados, tratando de alcanzarlo. La sintió a su lado.

—Pero si no le oculto nada, mi cabo. Ésa es la verdad enterita. Así pasó, tal cual.

—El gordo no me dejó llevarme ni un centavo —se quejó ella—. El barrigón de mierda ése. No estaba robándole, sólo prestándome algo para llegar a Lima. No tengo un centavo. No sé qué voy a hacer.

—Yo tampoco sé qué voy a hacer —dijo Tomás. Iban tropezando en el sinuoso caminito invadido por la hojarasca, resbalando en los huecos abiertos por las lluvias, sintiendo en caras y brazos roces de hojas y telarañas.

—Quién te mandó meterte. —La mujer bajó ahí mismo la voz, arrepintiéndose. Pero, un momento después, aunque más contenida, siguió riñéndolo—: Quién te nombró mi custodio, quién te pidió defenderme. ¿Yo, acaso? Te has fregado y me has fregado a mí también, sin tener culpa de nada.

—Por lo que me cuentas, ya estabas templado de ella esa noche —afirmó Lituma—. No sacaste tu revólver y le disparaste porque te dieran asco las porquerías que le hacía. Confiesa que le tenías celos. No me contaste lo más importante, Tomasito.

II

«Todas esas muertes les resbalan a los serranos», pensó Lituma. La noche anterior, en la cantina de Dionisio, había escuchado la noticia del asalto al ómnibus de Andahuaylas y ni uno solo de los peones que bebían y comían había hecho el menor comentario. «Nunca entenderé una puta mierda de lo que pasa aquí», pensó. Esos tres desaparecidos no se habían escapado de sus familias, ni habían huido robándose alguna maquinaria del campamento. Habían ido a enrolarse a la milicia de los terrucos. O éstos los habían asesinado y enterrado en algún hueco de estos cerros. Pero, si los senderistas ya estaban aquí y tenían cómplices entre los peones, ¿por qué no habían atacado el puesto? ¿Por qué no los habían ajusticiado ya, a él y Tomasito? Por sádicos, tal vez. Querían romperles los nervios antes de hacerlos añicos con cargas de dinamita. No les darían tiempo a sacar los revólveres de debajo de la almohada, menos a correr al ropero de los fusiles. Se acercarían despacito por los cuatro costados de la choza mientras ellos dormían el sueño pesadillesco de cada noche, o mientras Tomás recordaba sus amoríos y él le servía de paño de lágrimas. Un estruendo, un fogonazo, el día en medio de la noche: le arrancarían las manos y las piernas y la cabeza al mismo tiempo. Descuartizado como Túpac Amaru, compadre. Ocurriría en cualquier momento, tal vez esta noche. Y, en la cantina de Dionisio y la bruja, los serruchos pondrían las mismas caras desentendidas que pusieron anoche al oír lo del ómnibus de Andahuaylas.

Suspiró y se aflojó el quepis. El mudito acostumbraba lavar a esta hora la ropa de Lituma y su adjunto. Lo hacía allí, a pocos metros, a la manera de las indias: golpeando cada prenda contra una piedra y escurriéndola largo rato en la batea. Trabajaba muy a conciencia, enjabonando camisas y calzoncillos una y otra vez. Luego tendía las piezas sobre las piedras con la meticulosa diligencia con que lo hacía todo, el cuerpo y el alma concentrados en la tarea. Cuando sus ojos se cruzaban con los del cabo se ponía rígido, alerta, esperando la orden. Y se pasaba el día haciendo venias. Qué habrían hecho los terrucos con esa alma de Dios.

El cabo acababa de pasar dos horas haciendo el recorrido obligatorio —ingeniero, capataces, pagadores, jefes de cuadrilla y compañeros de turno del fulano—, que había hecho luego de las otras desapariciones. Con el mismo resultado. Nadie sabía gran cosa de la vida de Demetrio Chanca, por supuesto. Y menos de su paradero actual, por supuesto. Ahora se había esfumado también su mujer. Lo mismo que la que vino a denunciar la desaparición del albino Casimiro Huarcaya. Nadie sabía dónde, cuándo ni por qué se habían ido de Naccos.

—¿No le resultan raras estas desapariciones?

—Sí, muy raras.

—Da que pensar, ¿no?

—Sí, da que pensar.

—¿Se los llevarían los fantasmas a lo mejor?

—Por supuesto que no, cabo, quién se creería eso.

—¿Y por qué se habrán desaparecido las dos mujeres también?

—Por qué será, pues.

¿Se burlaban de él? A ratos le parecía que detrás de esas caras inexpresivas, de esos monosílabos pronunciados con desgano, como haciéndole un favor, de esos ojitos opacos, desconfiados, los serruchos se reían de su condición de costeño extraviado en estas punas, de la agitación que aún le producía la altura, de su incapacidad para resolver estos casos. ¿O estaban muertos de miedo? Miedo pánico, miedo cerval a los terrucos. Ésa podía ser la explicación. ¿Cómo era posible que, con todo lo que pasaba cada día a su alrededor, nunca los hubiera oído hasta ahora hacer un solo comentario sobre Sendero Luminoso? Como si no existiera, como si no hubiera esas bombas y matanzas. «Qué gente», pensó. No había podido hacer un solo amigo entre los peones, pese a estar ya tantos meses con ellos, pese a haber movido ya dos veces el puesto para seguir al campamento. Ni por ésas. Lo trataban como si viniera de Marte. Divisó a lo lejos a Tomás, acercándose. El guardia había ido a hacer averiguaciones entre los campesinos de la comunidad y la cuadrilla que abría un túnel, a un kilómetro de Naccos, rumbo a Huancayo.

—¿Y? —le preguntó, seguro de que lo vería pasarse un dedo por la garganta.

—Averigüé algo —dijo el guardia, sentándose a su lado, en una de las rocas que alborotaban la ladera. Estaban sobre un promontorio, a medio camino entre el puesto y el campamento desparramado a lo largo de esa quebrada por la que pasaría la carretera, si alguna vez la terminaban. Decían que Naccos había sido un pujante pueblo minero alguna vez. Ahora, no existiría sin los trabajos de la carretera. El aire del mediodía era tibio y en el cielo, entre nubes algodonosas y panzudas, brillaba un sol cegador—. El capataz ese tuvo una pelea con la bruja, hace unas noches.

La bruja era la señora Adriana, mujer de Dionisio. Cuarentona, cincuentona, sin edad, estaba en las noches en la cantina, ayudando a su marido a hacer tomar a la gente, y, si era verdad lo que contaba, venía del otro lado del río Mantaro, de las vecindades de Parcasbamba, una región entre serrana y selvática. De día preparaba comida, para algunos peones y, en las tardes y las noches, les adivinaba la suerte con naipes, cartas astrológicas, leyéndoles las manos o tirando al aire hojas de coca e interpretando las figuras que formaban al caer. Era una mujer de ojos grandes, saltados y quemantes, y unas caderas ampulosas que columpiaba al andar. Había sido una real hembra al parecer, y se decían muchas fantasías sobre su pasado. Que fue mujer de un minero narigón y hasta que había matado a un pishtaco. Lituma sospechaba que, además de cocinera y adivinadora, por las noches era también otra cosa.

—No me digas que la bruja resultó terruca, Tomasito.

—Demetrio Chanca hizo que le tirara las hojas de la coca. No le gustaría lo que le adivinó, porque no quiso pagarle. Se gritonearon. Doña Adriana estaba furiosa y trató de rasguñarlo. Me lo contó un testigo presencial.

—Y, en revancha por el perro muerto, la bruja le hizo su pasesito mágico y lo evaporó —suspiró Lituma—. ¿La has interrogado?

—La he citado aquí, mi cabo.

A Demetrio Chanca, Lituma no creía haberlo conocido. Al albino, vagamente sí, porque la cara de la fotografía que les dejó la mujer de la denuncia le recordaba a alguien con quien había cambiado unas palabras, alguna vez, donde Dionisio. En cambio, el primero, Pedrito Tinoco, había vivido con ellos en esta misma choza y el cabo no podía sacárselo de la cabeza. Lo había encontrado el guardia Carreño pidiendo limosna por las punas y se lo había traído a trabajar en el puesto, por la comida y unas propinas. Resultó utilísimo. Los ayudó a reforzar la viga del techo de la choza, a sujetar las calaminas, a clavar el tabique que estaba desmoronándose y a levantar el parapeto de costales para caso de ataque. Hasta que un buen día lo mandaron a comprar cerveza y desapareció, sin dejar rastro. Así había empezado esta cojudez, pensó Lituma. Cómo iría a terminar.

—Ahí sube doña Adriana —le advirtió su adjunto.

Su silueta estaba medio disuelta en la luz blanca, a lo lejos. El sol reverberaba en las calaminas, allá abajo, y el campamento parecía una hilera de lagunas, un fragmentado espejo. Sí, era la bruja. Llegó ligeramente acezante y respondió al saludo del cabo y del guardia con una venia seca, sin mover los labios. Su pecho grande, maternal, subía y bajaba armoniosamente y sus grandes ojos los observaban a uno y a otro, sin pestañar. No había asomo de inquietud en esa mirada fija, de intensidad que molestaba. Por alguna razón, ella y el borrachín de su marido lo hacían sentirse siempre incómodo a Lituma.

—Gracias por venir, señora —dijo—. Ya lo sabrá, sigue desapareciendo gente aquí en Naccos. Van tres. Muchos, ¿no le parece?

Ella no respondió. Gruesa, tranquila, nadando en una chompa remendada, con una pollera verdosa, sujeta con una gruesa hebilla, parecía muy segura de sí misma o de sus poderes. Bien plantada en sus zapatazos de hombre, esperaba sin inmutarse. ¿Podía haber sido la belleza que decían? Difícil imaginárselo ante tremendo espantajo.

—La citamos para que nos contara el lío que tuvo con Demetrio Chanca la otra noche. Ese capataz que ha desaparecido también.

La mujer asintió. Tenía una cara redonda y avinagrada y una boca como una cicatriz. Sus rasgos eran aindiados pero su piel, blanca y sus ojos muy claros, como los de esas mujeres motochucas que Lituma había visto una vez, en el interior de Ayacucho, galopando como el viento en unos caballos bajitos y peludos. ¿Haría de puta, en las noches?

—No tuve ningún lío con ése —afirmó, tajante.

—Hay testigos, señora —intervino el guardia Carreño—. Usted quiso rasguñarlo, no lo niegue.

—Traté de quitarle su sombrero para cobrarme lo que me debía —rectificó ella, sin alterarse—. Me hizo trabajar gratis y eso no se lo permito a nadie.

Tenía una voz algo arrastrada, como si, al hablar, de lo profundo de su cuerpo treparan hasta su lengua piedrecitas. Allá en el norte, en Piura y Talara, Lituma nunca creyó en brujas ni brujerías, pero aquí, en la sierra, ya no estaba tan seguro. ¿Por qué se sentía aprensivo ante esta mujer? ¿Qué porquerías hacían ella y Dionisio en la cantina, de madrugada, con los peones borrachos, cuando Lituma y su adjunto se iban a dormir?

—No le gustaría lo que usted le leyó en la coca —dijo Tomás.

—En la mano —lo corrigió la mujer—. Soy también palmista y astróloga. Sólo que estos indios no se fían de las cartas, ni de las estrellas, ni siquiera de sus manos.

De la coca, nomás. —Tragó saliva y añadió—: Y no siempre las hojas hablan claro.

El sol le caía en los ojos pero ella no parpadeaba; los tenía alucinados, le rebalsaban de las órbitas y Lituma imaginó que hasta podían hablar. Si en las noches hacía eso que él y Tomás sospechaban, los que se la montaban tendrían que enfrentarse a esos ojazos en la oscuridad. Él no podría.

—¿Y qué le vio en la mano a ése, señora?

—Lo que le ha pasado —respondió ella, con naturalidad.

—¿Leyó en sus manos que lo iban a desaparecer? —Lituma la examinó, a poquitos. A su derecha, Carreño estiraba el cuello.

La mujer asintió, imperturbable.

—Me he cansado un poco con la caminata —murmuró—. Voy a sentarme.

—Cuéntenos qué le dijo a Demetrio Chanca —insistió Lituma.

La señora Adriana resopló. Se había dejado caer sobre una piedra y se hacía aire con el sombrerón de paja que acababa de quitarse. Tenía unos pelos lacios, sin canas, estirados y sujetos en su nuca con una cinta de colores, como las que los indios amarraban en las orejas de las llamas.

—Le dije lo que vi. Que lo iban a sacrificar para aplacar a los malignos que tantos daños causan en la zona. Y que lo habían escogido a él porque era impuro.

—¿Y se puede saber por qué era impuro, doña Adriana?

—Porque se había cambiado de nombre —explicó la mujer—. Cambiarse el nombre que a uno le dan al nacer, es una cobardía.

45

—No me extraña que Demetrio Chanca no quisiera pagarle —sonrió Tomasito.

—¿Quiénes lo iban a sacrificar? —preguntó Lituma.

La mujer hizo un ademán que podía ser de hastío o desprecio. Se abanicaba despacio, resoplando.

—Usted quiere que le responda «los terrucos, los de Sendero», ¿no es cierto? —Volvió a resoplar y cambió de tono—: Eso no estaba en sus manos.

—¿Y quiere que me quede contento con semejante explicación?

—Usted pregunta y yo le contesto —dijo la mujer, muy tranquila—. Eso es lo que vi en su mano. Y se cumplió. ¿No ha desaparecido, acaso? Lo sacrificaron, pues.

Estaría loca, más bien, pensó Lituma. La señora Adriana resoplaba como un fuelle. Con su mano regordeta se alzó el ruedo de la falda hasta la cara y se sonó la nariz, dejando al descubierto dos pantorrillas gruesas y blancuzcas. Volvió a sonarse, haciendo ruido. Pese a su malestar, el cabo soltó una risita: vaya manera de limpiarse los mocos.

—¿También a Pedrito Tinoco y al albino Huarcaya los sacrificaron al diablo?

—A ellos ni les eché los naipes, ni les vi las manos, ni les saqué su carta astrológica. ¿Puedo irme?

—Un momentito —la atajó Lituma.

Se quitó el quepis y se secó el sudor de la frente. El sol estaba en el centro del cielo, redondo y destellante. Hacía un calor norteño. Pero dentro de cuatro o cinco horas comenzaría a enfriar y a eso de las diez de la noche estarían crujiéndole los huesos de frío. Quién podía entender este clima tan enrevesado como los serruchos. Volvió a acordarse de Pedrito Tinoco. Cuando terminaba de lavar y enjuagar la ropa, se quedaba sentado en una piedra, inmóvil, mirando el vacío. Se estaba así, quieto, ensimismado, pensando en Dios sabe qué, hasta que la ropa se secara. Entonces la doblaba cuidadosamente y venía a entregársela al cabo, haciendo venias. Puta madre. Allá abajo, en el campamento, entre los brillos y relumbrones de las calaminas, se movían los peones. Unas hormiguitas. Los que no estaban dinamitando el túnel o tirando pala tenían ahora su recreo; se estarían comiendo sus fiambres.

—Trato de hacer mi trabajo, doña Adriana —dijo de pronto, sorprendiéndose de su tono confidencial—. Han desaparecido tres fulanos. Los familiares vinieron a dar el parte. Pueden haberlos matado los terroristas. Metido a la fuerza a su milicia. Tenerlos secuestrados. Hay que averiguar. Para eso estamos aquí en Naccos. Para eso existe este puesto de la Guardia Civil. ¿O para qué cree?

Tomás había cogido unas piedrecitas del suelo y hacía puntería contra los costales de la empalizada. Cuando acertaba, brotaba un ruidito desafinado.

—¿Me echa la culpa de algo? ¿Es mi culpa que haya terroristas en los Andes?

—Usted es una de las últimas personas que vio a Demetrio Chanca. Tuvo una pelea con él. ¿Qué es eso de que se había cambiado el nombre? Denos una pista. ¿Es mucho pedir?

La mujer resopló de nuevo, con un ruidito pedregoso.

—Le he contado lo que sé. Pero ustedes no creen nada de lo que oyen, les parecen cuentos de bruja. —Buscó los ojos de Lituma y éste sintió que su mirada lo acusaba—. ¿Acaso cree algo de lo que le digo?

47

—Trato, señora. Hay quienes creen y hay quienes no creen en eso del más allá. Ahora no importa. Yo sólo quiero averiguar lo de esos tres. ¿Está ya Sendero Luminoso en Naccos? Mejor saberlo. Lo que les pasó a ellos podría pasarle a cualquiera. A usted misma y a su marido, doña Adriana. ¿No ha oído que los terrucos castigan los vicios? ¿Que azotan a los chupacos? Imagínese lo que les harían a Dionisio y a usted, que viven emborrachando a la gente. Estamos aquí para protegerlos a ustedes, también.

La señora Adriana esbozó una sonrisa burlona.

—Si ellos quieren matarnos, nadie se lo impedirá —murmuró—. Lo mismo si quieren ajusticiarlos a ustedes, por supuesto. Eso lo sabe muy bien, cabo. Ustedes y nosotros somos iguales en eso, estamos vivos de puro milagro.

Tomasito tenía una mano levantada para tirar otra piedra, pero no lo hizo. Bajó el brazo y se dirigió a la mujer:

—Nos hemos preparado para recibirlos, señora. Dinamitando medio cerro. Antes de que uno solo pise el puesto, habrá fuegos artificiales de senderistas sobre Naccos. —Le guiñó un ojo a Lituma y volvió a dirigirse a doña Adriana—: El cabo no le habla como a sospechosa. Más bien como a una amiga. Corresponda a su confianza, pues.

La mujer volvió a resoplar y abanicarse, antes de asentir. Levantando despacio la mano señaló las cumbres que se sucedían, filudas o romas, con sus capuchones de nieve, plomizas, verdosas, macizas y solitarias, bajo la bóveda azul.

—Todos estos cerros están llenos de enemigos —dijo suavemente—. Viven ahí dentro. Se la pasan urdiendo sus maldades día y noche. Hacen daños y más daños.

Ésa es la razón de tantos accidentes. Los derrumbes en los socavones. Los camiones a los que se les vaciaron los frenos o les faltó pista en las curvas. Las cajas de dinamita que estallan llevándose piernas y cabezas.

Hablaba sin alzar la voz, de modo mecánico, como esas letanías de las procesiones o la quejumbre de las lloronas en los velorios.

—Si todo lo malo es cosa del diablo, no hay casualidades en el mundo —comentó Lituma, con ironía—. ¿A esos dos francesitos que iban a Andahuaylas los mató a pedradas Satanás, señora? Porque esos enemigos son los diablos, ¿no?

—También empujan los huaycos —concluyó ella, señalando las montañas.

¡Los huaycos! Lituma había oído hablar de ellos. No había caído ninguno por aquí, felizmente. Intentó imaginarse esos desprendimientos de nieve, rocas y barro, que, desde lo alto de la cordillera, bajaban como una tromba de muerte, arrasándolo todo, creciendo con las laderas que arrancaban, cargándose de piedras, sepultando sembríos, animales, aldeas, hogares, familias. ¿Caprichos del diablo, los huaycos?

La señora Adriana volvió a señalar las cumbres:

—Quién si no podría desprender esas rocas. Quién llevaría el huayco justo por donde puede causar más daño.

Se calló y volvió a resoplar. Hablaba con tanto convencimiento, que, por instantes, Lituma se sobresaltaba.

—¿Y esos desaparecidos, señora? —insistió.

Una piedrecita de Tomás acertó y estalló un ruido metálico que el eco prolongó montaña abajo. Lituma vio que su adjunto se inclinaba a recoger otro puñado de proyectiles.

—Poco se puede contra ellos —prosiguió doña Adriana—. Pero, algo sí. Desenojarlos, distraerlos. No con esas ofrendas de los indios, en las abras. Esos montoncitos de piedras, esas florecitas, esos animalitos, no sirven para nada. Ni esos chorros de chicha que les derraman. En esa comunidad de aquí al lado les matan a veces un carnero, una vicuña. Tonterías. Estará bien para tiempos normales, no para éstos. A ellos lo que les gusta es el humano.

A Lituma le pareció que su adjunto se aguantaba la risa. Él no tenía ganas de reírse de lo que decía la bruja. A él, oír hablar así, por más que fueran las cojudeces de una farsante o los delirios de una loca, lo ponía saltón.

—¿Y en la mano de Demetrio Chanca usted leyó que...?

—Lo previne por gusto —encogió ella los hombros—. Lo que está escrito de todas maneras se cumple.

¿Qué diría la superioridad, allá, en Huancayo, si enviaba por la radio del campamento este parte sobre lo ocurrido: «Sacrificado de manera aún no identificada para aplacar malignos de los Andes, punto. Escrito en las líneas de su mano, dice testigo, punto. Caso cerrado, punto. Atentamente, Jefe de Puesto, punto. Cabo Lituma, punto.»

—Yo hablando y usted riéndose —dijo con sorna la mujer, a media voz.

—Me río de lo que dirían mis jefes, en Huancayo, si les repito la explicación que usted me ha dado —dijo el cabo—. Gracias, de todos modos.

—¿Ya puedo irme?

Lituma asintió. Doña Adriana levantó con esfuerzo su robusta humanidad y, sin despedirse de los guardias, comenzó a alejarse por la ladera, en dirección al campamento. De espaldas, con sus informes zapatones, bamboleando la ancha cadera de manera que hacía revolar su falda verde, su sombrerote de paja meciéndose, parecía un espantapájaros. ¿Una diabla, ella también?

—¿Has visto alguna vez un huayco, Tomasito?

—No, mi cabo, ni me gustaría. Pero, de chico, en las afueras de Sicuani vi uno que había caído pocos días antes, abriendo un surco grandote. Se veía clarito, bajando toda la montaña como un tobogán. Aplastó casas, árboles, y, por supuesto, gente. Tremendos pedrones que se trajo abajo. El terral siguió blanqueándolo todo varios días.

—¿Crees que doña Adriana puede ser cómplice de los terrucos? ¿Que está cojudeándonos a su gusto con la historia de los diablos de los cerros?

—Yo me creo cualquier cosa, mi cabo. A mí la vida me ha vuelto el hombre más crédulo del mundo.

Desde niño a Pedrito Tinoco le habían dicho alunado, opa, ido, bobo, y, como siempre andaba con la boca abierta, comemoscas. No se enojaba con esos apodos porque él nunca se enojaba, con nada ni con nadie. Y los abanquinos tampoco se enojaban nunca con él pues a todos terminaba por ganárselos su apacible sonrisa, su espíritu servicial y su llaneza. Se decía que no era de Abancay, que lo trajo a los pocos días de nacido su madre, la que sólo se detuvo en la ciudad el tiempo necesario para dejar a ese hijo no querido, dentro de un atadito, en la puerta de la parroquia de la Virgen del Rosario. Chisme o verdad, nadie supo nunca en Abancay otra cosa de Pedrito Tinoco. Los vecinos recordaban que desde niño había dormido con los perros y las gallinas del párroco (malas lenguas decían también que éste era su padre), a quien le barrió la iglesia y sirvió de campanero y monaguillo hasta que el curita se murió. Entonces, ya adolescente, Pedrito Tinoco se mudó a las calles de Abancay, donde fue cargador, lustrabotas, barrendero, ayudante y reemplazante de serenos, carteros, recogedores de basura, cuidante de puestos del mercado y acomodador del cinema y de los circos que llegaban para Fiestas Patrias. Dormía hecho un ovillo en los establos, las sacristías o bajo los bancos de la Plaza de Armas y comía gracias a los vecinos caritativos. Iba descalzo, con unos pantalones bolsudos y grasosos sujetos con una cuerda, un poncho deshilachado, y no se quitaba de la cabeza un chullo puntiagudo por cuyos contornos se escapaban unos mechones lacios jamás hollados por tijera o peine.

Cuando a Pedrito Tinoco lo levaron, algunos vecinos trataron de hacer ver a los soldados que era injusto. ¿Cómo podía hacer el servicio militar alguien que a simple vista se veía que era un opa, alguien que ni siquiera había aprendido a hablar, sólo a sonreír con esa cara de muchachón que no sabe qué le dicen, ni quién es ni dónde está? Pero los soldados no dieron su brazo a torcer y se lo llevaron, con los jóvenes capturados a lazo en las cantinas, las chicherías, los cines y el estadio de la ciudad. En el cuartel, lo raparon, lo desnudaron, a manguerazos le dieron el primer baño completo de su vida y lo enfundaron en un uniforme caqui y unos botines a los que no se acostumbró porque en las tres semanas que estuvo allí sus compañeros lo vieron caminar como si fuera cojo o paralítico. Al comenzar su cuarta semana de recluta, se escapó.

Anduvo merodeando por las serranías inhóspitas de Apurímac y de Lucanas, en Ayacucho, evitando los caminos y las aldeas, comiendo hierbas y buscando en las noches cuevas de vizcachas para protegerse de los remolinos del viento glaciar. Cuando lo recogieron los pastores, había enflaquecido hasta ser sólo hueso, pellejo y una mirada enloquecida de hambre y miedo. Unos puñados de mote, un bocado de charqui y un traguito de chicha lo reanimaron. Los pastores se lo llevaron con ellos a Auquipata, una antigua comunidad de tierras altas, ganados y pequeños lotes de sembríos empobrecidos donde apenas crecían unas papas negruzcas y unos ollucos raquíticos.

Pedrito se acostumbró a Auquipata y los comuneros le permitieron quedarse. También allí, como en la ciudad, su espíritu servicial y la frugalidad de su vida le ganaron la aceptación de la gente. Su silencio, su eterna sonrisa, su permanente disposición a hacer lo que le pedían, su aire de estar ya en el mundo de los desencarnados, le daban aureola de santo. Los comuneros lo trataban con respeto y distancia, conscientes de que, por más que compartiera sus trabajos y sus fiestas, no era uno de ellos.

Algún tiempo después —Pedrito no hubiera sabido decir cuánto, porque en su existencia el tiempo no fluía de la misma manera que en la de los demás— sobrevino una invasión de forasteros. Vinieron y se fueron y volvieron y hubo cabildo de muchas horas para discutir las propuestas. Los recién venidos vestían como la incierta memoria de Pedrito recordaba que se vestían otros, allá, antes. Los varayoks explicaron que la reserva de vicuñas que quería crear el gobierno no iba a desbordarse sobre las tierras tituladas y que, más bien, serviría a Auquipata, pues los comuneros podrían vender sus productos a los turistas atraídos por las vicuñas.

Una familia fue contratada para que hicieran la guardianía cuando empezaron a acarrear a las vicuñas a un altiplano medio perdido entre montañas, entre los ríos Tambo Quemado y San Juan, a un día de camino del centro comunal. Había ichu, lagunas, riachuelos, cuevas en los cerros y las vicuñas pronto se aquerenciaron. Las traían desde lejanas regiones de la Cordillera, en camiones, hasta la bifurcación de la trocha hacia San Juan, Lucanas y Puquio, y desde allí las arreaban los pastores de Auquipata. Pedrito Tinoco se fue a vivir con los guardianes. Los ayudó a construir un refugio y a hacer un sembradito de papas y un corral para cuyes. Les habían dicho que cada cierto tiempo vendrían autoridades trayéndoles víveres, mobiliario para la vivienda y que les pagarían un salario. Y, en efecto, de tanto en tanto se aparecía alguna autoridad, en una camioneta roja. Hacía preguntas y les alcanzaba dinero o provisiones. Luego dejaron de venir. Y pasó tanto tiempo sin que nadie asomara por la reserva que, un día, los guardianes hicieron un atado con sus pertenencias y se regresaron a Auquipata. Pedrito Tinoco se quedó con las vicuñas.

Había entablado con esos delicados animales una relación más entrañable que la que tuvo nunca con alguien de su especie. Se pasaba los días observándolas, averiguando sus costumbres, sus movimientos, sus juegos, sus manías, con una atención alelada, casi mística, doblándose a carcajadas cuando las veía corretearse, mordisquearse, retozar entre los pajonales, o entristeciéndose cuando alguna rodaba por el barranco y se quebraba las patas, o una hembra se desangraba en un mal parto. Igual que antes los abanquinos y los comuneros de Auquipata, las vicuñas también lo adoptaron. Lo verían como a una figura bienhechora, familiar. Lo dejaban llegar hasta ellas sin espantarse, y, a veces, las querendonas le estiraban el pescuezo, pidiéndole con sus ojos inteligentes que les tironeara las orejas, les rascara el lomo y el vientre o les frotara la nariz (lo que más les gustaba). Incluso los machos, en la época del celo, cuando se volvían tan ariscos y no dejaban acercarse a nadie a su tropilla de cuatro o cinco concubinas, permitían que Pedrito jugara con las hembras, sin quitarle, eso sí, los ojazos de encima, listos a intervenir en caso de peligro.

Alguna vez llegaban a la reserva forasteros. Venían de lejos, no hablaban ni quechua ni español, sino unos sonidos que a Pedrito Tinoco le resultaban tan extraños como sus botas, bufandas, casacones y sombreros. Tomaban fotografías y hacían largas caminatas, estudiando a las vicuñas. Pero, pese a los esfuerzos de Pedrito, ellas no les permitían acercarse. Él los alojaba en su refugio y los atendía. Al partir, le regalaban latas de conservas, algún dinero.

Esas visitas eran las únicas anomalías en la vida de Pedrito Tinoco, hecha de rutinas que se plegaban a los ritmos y fenómenos de la naturaleza: las lluvias y granizadas de tardes y noches y el inclemente sol de las mañanas. Ponía trampas a las vizcachas pero comía sobre todo las papas de su pequeño sembrío y, de cuando en cuando, mataba y cocinaba un cuy. Y salaba y oreaba a la intemperie trozos de carne de las vicuñas que morían. De tiempo en tiempo bajaba a alguna feria de los valles a trocar papas Y ollucos por un poco de sal y un costalito de coca. Alguna vez llegaban pastores de la comunidad hasta los confines de la reserva. Hacían una pascana en el refugio de Pedrito Tinoco y le daban noticias de Auquipata. Él los escuchaba muy atento, esforzándose por recordar de qué y de quiénes hablaban. El lugar de donde venían era un borroso sueño. Los pastores removían unos fondos perdidos de su memoria, imágenes huidizas, huellas de otro mundo y de una persona que ya no era él. Tampoco entendía aquello de que la tierra estaba revuelta, que había caído una maldición, que mataban gente.

La noche de aquel amanecer hubo una tempestad de granizo. Esas tormentas siempre abatían algunas vicuñas jóvenes. En las que morirían heladas o quemadas por el rayo estuvo pensando, encogido bajo su poncho, en el refugio, casi toda la noche, mientras por los resquicios del techo se filtraban manotazos de lluvia. Se durmió cuando empezaba a amainar. Despertó oyendo voces. Se levantó salió y ahí estaban. Eran una veintena, más gente de la que Pedrito había visto nunca llegar junta a la reserva. Hombres, mujeres, jóvenes y niños. Su cabeza los asoció con el confuso cuartel, porque éstos también llevaban escopetas, metralletas y cuchillos. Pero no vestían como soldados. Habían hecho una fogata y cocinaban. Les dio la bienvenida, sonriéndoles con su cara alelada, haciéndoles venias, inclinando la cabeza en señal de respeto.

Le hablaron primero en quechua y luego en español.

—No debes agacharte de esa manera. No debes ser servil. No saludes como si fuéramos «señores». Somos tus iguales. Somos como tú.

Era un joven de mirada dura, con la expresión de alguien que ha sufrido mucho y que odia mucho. ¿Cómo podía, siendo casi un niño? ¿Había dicho, hecho, algo que lo ofendió? Para reparar su falta, Pedrito Tinoco corrió a su refugio y le trajo un costalito con papas secas y unas tiras de carne seca. Se las alcanzó, doblándose.

—¿No sabes hablar? —le preguntó en quechua una de las muchachas.

—Se le habrá olvidado —dijo otro, examinándolo de arriba abajo—. A estas soledades no llegará nunca nadie. ¿Entiendes al menos lo que te decimos?

Él hacía esfuerzos por no perder palabra y, sobre todo, adivinar cómo servirlos. Le preguntaban sobre las vicuñas. Cuántas había, hasta dónde llegaba la reserva por allá, y por allá, y por allá, dónde solían tomar agua, dónde dormían. Haciendo muchos gestos y repitiéndole cada palabra dos, tres, diez veces, le indicaron que los guiara hacia ellas, que los ayudara a concentrarlas. Saltando, mimando los movimientos de los animales cuando cae el aguacero, Pedrito les explicó que estaban en las grutas. Habían pasado la noche ahí, apelotonadas, unas encima de otras, dándose calor, temblando por los truenos y rayos. Él lo sabía, había compartido muchas horas allí confundido con ellas, abrazándolas, sintiendo su miedo, estremecido también de frío y repitiendo con su garganta los ruidos con que entre ellas se conversaban.

—En esos cerros —entendió, por fin, uno de ellos—. Ahí estarán los dormideros.

—Llévanos —ordenó el joven de mirada dura—. Ven con nosotros, pon tu grano de arena, mudito.

A la cabeza del grupo, los guió, a campo traviesa. Ya no llovía. El cielo estaba limpio y azul y el sol doraba los montes del contorno. Por el aire mojado ascendía de la hierba pajiza y la tierra enlodada, llena de charcos, un olor picante, que a Pedrito lo alegraba. Abriendo las narices, aspiró esa fragancia a agua, tierra y raíces que, luego de una tormenta, parecía desagraviar al mundo, tranquilizar a quienes habían temido, bajo las trombas y los truenos, que la vida se acabara en un cataclismo. Tuvieron que andar mucho rato porque el suelo estaba resbaladizo y los pies se hundían hasta los tobillos. Tuvieron que quitarse los zapatos, las zapatillas, las ojotas. ¿Había visto soldados, policías?

—No entiende —decían—. Es opa.

—Entiende, pero no puede expresarse —decían—. Tanta soledad, vivir entre vicuñas. Se ha vuelto montuno.

—Eso más bien —decían.

Cuando llegaron a la orilla de los cerros, señalando, brincando, haciendo gestos, muecas, Pedrito Tinoco les indicó que, para no espantarlas, debían quedarse quietecitos entre los matorrales. Sin hablar, sin moverse. Ellas tenían el oído fino, la vista larga, y eran desconfiadas y miedosas, se ponían a temblar apenas olfateaban forasteros.

—Que esperemos aquí, que estemos quietos —dijo el niño de ojos duros—. Despliéguense, sin bulla.

Pedrito Tinoco los vio detenerse, abrirse, curvarse en abanico y, muy separados unos de otros, encogerse entre los plumeros del ichu.

Esperó que se instalaran, que se ocultaran, que se apagaran los ruidos que hacían. En puntas de pie, se adelantó hacia las cuevas. Al poco rato percibió los brillos de sus ojazos. Las que estaban en los umbrales, vigilando, lo observaban acercarse. Lo medían, las orejas ya tiesas, aguzando sus naricillas frías para confirmar el olor familiar, un olor sin amenazas, para machos o hembras, para adultas o crías. Extremando la cautela, la calma de su marcha para no alarmar esa enfermiza susceptibilidad suya, Pedro Tinoco comenzó a chasquear la lengua, a hacerla vibrar bajito contra el paladar, imitándolas, hablándoles con ese lenguaje que sí había aprendido a hablar. Las tranquilizaba, les anunciaba su presencia, las llamaba. Entonces vio correr entre sus pies una exhalación grisácea: una vizcacha. Llevaba su honda y hubiera podido cazarla, pero no lo hizo para no inquietar a las vicuñas. Sentía en la espalda el peso de las miradas de los forasteros.

Comenzaron a salir. No una a una sino, como siempre, por familias. El macho y sus cuatro o cinco hembras cuidándolo, y la madre con la cría reciente enredándose en sus patas. Husmeaban el agua del aire, escrutaban la tierra revuelta, la paja derribada, olfateaban esas hierbas que el sol comenzaba a secar y que ellas irían ahora a comerse. Movían las cabezas a derecha y a izquierda, arriba y abajo, las orejas estiradas, su cuerpo vibrando con esa desconfianza que era el rasgo dominante de su naturaleza. Pedro Tinoco las veía pasar, rozarlo, desperezarse cuando les daba un tirón en el nido cálido de las orejas o les metía los dedos entre la lana para pellizcarlas.

Cuando estallaron los tiros, pensó que eran truenos, otra tormenta que se avecinaba. Pero vio el terror despavorido en los ojos de las que tenía más cerca y vio cómo se desquiciaban, atropellaban, girando sobre sí mismas, cayendo, estorbándose, cegadas y embrutecidas por el pánico, dudando entre huir a campo abierto o regresar a las cuevas, y vio a las primeras que, quejándose, caían desangradas, los lomos abiertos, los huesos rajados y hocicos, ojos, orejas, arrancados por los proyectiles. Algunas caían y se levantaban y volvían a caer y otras estaban petrificadas, alargando los pescuezos como queriendo elevarse y huir por el aire. Algunas hembras, inclinadas, lamían a las crías malheridas. Él estaba paralizado también, mirando, tratando de entender, su cabeza de un lado a otro, sus ojos muy abiertos, su boca descolgada, sus orejas martirizadas por los disparos y esos quejidos peores que los de las hembras cuando parían.

—No le vayan a dar —rugía, de tanto en tanto, el niño-hombre—. ¡Con cuidado, con cuidado!

Además de dispararles, algunos corrían al encuentro de las que trataban de escapar, cercándolas, arrinconándolas, y las acababan a culatazos y cuchillazos. Pedro Tinoco reaccionó por fin. Empezó a saltar, a rugir con su pecho y su estómago, a mover los brazos como hélices. Avanzaba, regresaba, se interponía entre sus armas y las vicuñas, implorándoles con sus manos y sus gritos y con el escándalo de sus ojos. Ellos no parecían verlo. Seguían disparando y persiguiendo a las que habían logrado escurrirse y se alejaban por el pajonal, rumbo al barranco. Cuando llegó junto al niño-hombre, se arrodilló y trató de besarle la mano, pero él lo apartó, furioso:

—No hagas eso —lo riñó—. Fuera, apártate.

—Es una orden de la dirección —dijo otro, que no tenía rabia—. Ésta es una guerra. No puedes entender, mudito, no puedes darte cuenta.

—Llora por tus hermanos, llora por los sufridos —le aconsejaba una muchacha, consolándolo—. Por los asesinados y los torturados, más bien. Por los que han ido a las cárceles, por los mártires, por los que se han sacrificado.

Yendo de uno a otro, él trataba siempre de besarles las manos, rogándoles, arrodillándose. Algunos lo apartaban de buena manera, otros con asco.

—Ten un poco de orgullo, ten más dignidad —le decían—. Piensa en ti antes que en unas vicuñas.

Estuvieron disparándoles, correteándolas, rematando a las agonizantes. A Pedro Tinoco le pareció que nunca llegaría la noche. Uno de ellos hizo volar a dos crías que habían quedado quietas junto a la madre muerta, reventándoles un cartucho de dinamita. El aire se llenó de olor a pólvora. A Pedro Tinoco se le acabaron las fuerzas para seguir llorando. Desplomado sobre la tierra, boquiabierto, miraba a uno, miraba a otro, tratando siempre de entender. Luego de un rato, se le acercó el niño de expresión cruel.

—No nos gusta hacer esto —le dijo, modulando la voz y poniéndole una mano en el hombro—. Es una orden de la dirección. Ésta es una reserva del enemigo. El nuestro y el tuyo. Una reserva que inventó el imperialismo. Dentro de su estrategia mundial, ése es el rol que nos han impuesto a los peruanos: criar vicuñas. Para que sus científicos las estudien, para que sus turistas les tomen fotos. Para ellos, tú vales menos que estos animales.

—Debes irte de aquí, padrecito —le aconsejó una de las muchachas, en quechua, abrazándolo—. Han de venir policías, soldados vendrán. Te patearán y te cortarán tu hombría antes de meterte una bala en la cabeza. Ándate lejos, bien lejos.

—Tal vez así entenderás lo que ahora no entiendes —volvió a explicarle el niño-hombre, mientras fumaba, mirando a las vicuñas muertas—. Ésta es una guerra, nadie puede decir no va conmigo. Va con todo el mundo, incluidos los mudos y los sordos y los opas. Una guerra para acabar con los «señores». Para que nadie se arrodille ni le bese las manos ni los pies a nadie.

Permanecieron allí el resto de la tarde y la noche. Pedrito Tinoco los vio prepararse la comida, apostar centinelas en las laderas que miraban al camino y los sintió dormir, envueltos en sus ponchos y mantas, unos contra otros, en las cuevas del cerro, como hacían las vicuñas. A la mañana siguiente, cuando partieron, repitiéndole que debía irse si no quería que los soldados lo mataran, él seguía en el mismo sitio, boquiabierto, mojado por el rocío de la mañana, sin entender ese nuevo misterio inconmensurable, rodeado de vicuñas muertas sobre las que se cebaban las aves de presa y las bestias rastreras.

—¿Qué edad tienes? —le preguntó, de repente, la mujer.

—Es una curiosidad mía, también —exclamó Lituma—. Nunca me lo has dicho. ¿Qué edad tienes, Tomasito?

Carreño, que comenzaba a adormecerse, se despertó del todo. No daban tantos barquinazos ahora, pero el motor roncaba siempre como si fuera a reventar en cualquier curva de la subida. Seguían trepando la Cordillera, con montes de alta vegetación a la derecha y, a la izquierda, unas laderas semipeladas al pie de las cuales roncaba el Huallaga. Iban sentados entre costales y cajas de mangos, lúcumas, chirimoyas y maracuyás, a los que cubrían retazos de plástico, en la tolva de un camión viejísimo y sin lona para la lluvia. Pero, en las dos o tres horas que llevaban alejándose de la selva, subiendo los Andes rumbo a Huánuco, no les había caído encima el aguacero. La noche refrescaba con la altura. El cielo hervía de estrellas.

—Dios mío, antes de que vengan a matarnos permíteme tirarme a una mujer una vecesita más —imploró Lituma—. Desde que llegué a Naccos vivo como un eunuco, puta madre. Y tus cuentos con la piurana me dejan hecho un ascua, Tomasito.

—Un mocoso todavía, me imagino —añadió la mujer, luego de una pausa, como hablando consigo misma—. Por eso, aunque andes de pistolero y con maleantes, no sabes nada de nada, Carreño. Así te llamas, ¿no? El gordo te decía Carreñito.

—Las mujeres que yo conocía eran tímidas, chupadas, pero ésta, qué desparpajo —se exaltó su adjunto—. Después del susto que pasó en Tingo María, al poquito rato recuperó el control. Más pronto que yo, le digo. Fue ella la que convenció al camionero que nos llevara a Huánuco, y por la mitad de lo que nos pidió. Discutiéndole de igual a igual.

—Siento cambiarte el tema, pero se me hace que esta noche nos caen, Tomasito —dijo Lituma—. Es como si ahorita mismo los estuviera viendo descolgarse por el cerro. ¿Sientes algo, ahí afuera? ¿Nos levantamos a echar un vistazo?

—Tengo veintitrés —dijo él—. Sé todo lo que hay que saber.

—No sabes que para darse gusto los hombres necesitan a veces ciertos trucos —replicó ella, con tonito desafiante—. ¿Quieres que te diga algo que te va a revolver el estómago, Carreñito?

—No se preocupe, mi cabo. Tengo el oído muy fino y le juro que nadie se acerca por el cerro.

El muchacho y la mujer estaban uno al lado del otro,

63

acuñados entre los costales de frutas. El perfume de los mangos crecía con la noche. El ronquido y los espasmos del motor habían borrado los zumbidos de insectos; tampoco se oía chasquear la hojarasca ni cantar al río.

—Los sacudones del camión nos aventaban uno contra el otro —recordó su adjunto—. Cada vez que sentía su cuerpo, yo temblaba.

—¿A eso llaman ahora temblar? —bromeó Lituma—. Antes se llamaba arrecharse. Tienes razón, no se oye nada, puras aprensiones mías. Fíjate que había comenzado a parárseme, oyéndote, y el ruidito ése me la durmió.

—Ni siquiera me pegaba de verdad —murmuró la mujer, y Carreño se sobresaltó. Le pareció que ella se sonreía porque vio brillar sus dientes—. Creíste que me daba una paliza por las palabrotas que soltaba y por mis ruegos y llantos. ¿No te diste cuenta que era para excitarse? ¿Que era para excitarlo? Qué inocente eres, Carreñito.

—Cállate o te bajo del camión —la cortó él, indignado.

—Menos mal que no dijiste «Cállate o te agarro a patadas», «Cállate o te rompo el alma» —lo interrumpió Lituma—. Hubiera sido chistoso, Tomasito.

—Es lo que ella me comentó, mi cabo. Y nos vino a los dos la carcajada. Estuvimos riéndonos, contagiados. Nos poníamos serios y nos volvía la risa.

—Sí, hubiera sido chistoso que yo te pegara —reconoció el muchacho—. A ratos me dan ganas, te confieso, cuando te pones a reñirme por haberte querido hacer un bien. Te voy a decir una cosa. No sé qué será de mi vida, ahora.

—¿Y de la mía? —replicó ella—. Al menos tú hiciste esa idiotez porque te dio la gana. A mí me metiste en el lío sin preguntarme mi opinión. Nos van a buscar, quién sabe a matar. Y nadie se creerá lo que de veras pasó. Dirán que trabajas para la policía, que yo era tu cómplice.

—¿Ella no sabía que eras un guardia civil, entonces? —se sorprendió Lituma.

—Y ni siquiera sé cómo te llamas —recordó el muchacho.

Hubo un silencio, como si se hubiera apagado el motor, pero al instante volvió a roncar, a hervir. A Tomás le pareció que aquellas lucecitas, allá arriba, eran un avión.

—Mercedes.

—¿Ése es tu verdadero nombre?

—Sólo tengo uno —se enojó ella—. Y, por si acaso, no soy puta. Yo era la amiga de él. Me sacó de un show.

—Del Vacilón, una *boîte* del centro de Lima —explicó el guardia—. Ella era una de tantas. El Chancho tenía una sarta de queridas. Iscariote le conoció como a cinco.

—Quién como él —suspiró Lituma—. ¡Cinco a la vez! Cambiar de hembra cada día, cada noche, como de calzoncillo o de camisa. Y tú y yo aquí, al hambre, Tomasito.

—Me dolían los huesos de la espalda —prosiguió su adjunto, embebido en el recuerdo—. No hubo manera de convencer al camionero que nos dejara ir en la caseta. Tenía miedo de que lo fuéramos a asaltar. Íbamos muy machucados. Y a mí me comía la duda, pensando en lo que Mercedes había dicho. ¿Sería cierto que todo ese lloriqueo era un teatro para excitarlo? ¿Qué cree usted, mi cabo?

—No sé qué decirte, Tomasito. A lo mejor era teatro. Él se haría el que le pegaba, ella la que lloriqueaba y, entonces, él se arrechaba y se iba. Hay tipos así, dicen.

—Qué tal puerco de porquería —gruñó su adjunto—. Bien muerto, carajo.

—Y, a pesar de todo, te enamoraste de Mercedes. Qué complicado es eso del amor, Tomasito.

—Si lo sabré yo —murmuró el guardia—. Si no fuera por el amor, no estaría en esta puna perdida, esperando a que unos fanáticos conchas de su madre se dignen venir a matarnos.

—¿Oyes algo? Voy a tirar una luqueada, por si acaso —paró la oreja Lituma. Se levantó con el revólver en la mano y fue hasta la puerta de la choza. Espió en todas direcciones. Regresó a su catre riéndose—. No, no son ellos. Me pareció ver al mudito, tirando una cagada a la luz de la luna.

¿Qué iba a ser de él, ahora? Mejor no pensar. Llegar a Lima, allá se vería. ¿Iba a darle cara a su padrino, después de esto? Ése sería el trago más amargo, por supuesto. Él se había portado siempre como un caballero y cómo le habías respondido. Eso es lo que se llama hacer tamaña cojudez, Carreño. Sí, pero no le importaba. Se sentía mejor, ahora, sacudiéndose con los barquinazos y rozándola de vez en cuando; mucho mejor que allá en Tingo María, tembloroso, sudando, ahogándose, pegado a los tabiques de esa casa, oyéndole sus cochinadas. ¿Todos esos gemidos, ruegos, golpes, amenazas, puro teatro, pura mentira? Falso. O, de repente, sí.

—No tenía el menor remordimiento, mi cabo, ésa es la verdad —afirmó Tomás—. Me pasara lo que me pasara. Porque ya estaba templado de ella, como usted adivinó.

A los dos les vino la modorra con el zamaqueo y el olorcito dulzón de los mangos. Mercedes trataba de apoyar la cabeza en un costal pero los brincos del camión no la dejaban. Carreño la oyó refunfuñar, la vio hundir la cara entre las manos, moverse y removerse buscando una postura.

—Hagamos un trato —la oyó decir, por fin, tratando de ser natural—. Apóyate un rato en mi hombro. Después, yo en el tuyo. Si no dormimos algo, llegaremos muertos a Huánuco.

—Vaya, la cosa se ponía interesante —comentó Lituma—. Cuéntame de una vez el primer polvo que le tiraste, Tomasito.

—Ahí mismo estiré el brazo, haciéndole un sitiecito —dijo Tomás, regocijado—. Sentí su cuerpo juntándose al mío, sentí su cabeza recostarse en mi hombro.

—Y, por supuesto, se te paró —dijo Lituma.

El muchacho tampoco se dio por aludido esta vez.

—Le pasé el brazo, apoyé mi mano en ella —precisó—. Mercedes estaba transpirando. Yo también. Sus cabellos me rozaban la cara, se me metían por la nariz. Sentía la curva de su cadera pegadita a la mía. Cuando hablaba, sus labios me tocaban el pecho y, a través de la camisa, sentía el calorcito de su aliento.

—Al que se le está parando es a mí, puta madre —dijo Lituma—. ¿Y ahora qué hago, Tomasito? ¿Me la corro?

—Salga a orinar, mi cabo, y con el frío de afuera se le morirá.

—¿Eres muy religioso? ¿Muy católico? ¿No puedes aceptar que un hombre y una mujer hagan ciertas cosas? ¿Fue por eso del pecado que lo mataste, Carreñito?

—Yo me sentía feliz, teniéndola tan cerca —cantaba su adjunto—. La boca bien cerrada, quietecito, oyendo cómo sufría el camión al subir la Cordillera, me aguantaba las ganas de besarla.

—No te molestes porque te lo pregunte —insistía Mercedes—. Es que trato de comprender por qué lo mataste y no se me ocurre.

—Duérmete y no pienses en eso —le pidió el muchacho—. Haz como yo. Ya no me acuerdo, ya me olvidé del Chancho y de Tingo María. No metas a la religión en estas cosas.

Era noche espesa en las moles de los Andes que, a cada curva del camino, parecían más y más altas. Pero, abajo, en la selva que dejaban atrás, una pequeña ranura entre azulada y blanca despuntaba en el horizonte.

—¿Oyes? ¿Oyes? —se sentó en el catre Lituma, de golpe—. Coge el revólver, Tomasito. Son pasos en el cerro, te juro.

III

—A Casimiro Huarcaya tal vez lo desaparecieron por
dárselas de pishtaco —dijo el cantinero Dionisio—. Era
una bola que corría él mismo. Ahí donde está usted, yo
lo oí mil veces gritando como un verraco: «Soy pishtaco
y qué. Terminaré rebanándoles el sebo y chupándoles la
sangre a todos.» Estaría mareadito, pero ya se sabe que
los borrachos dicen la verdad. Lo oyó toda la cantina.
A propósito ¿en Piura hay pishtacos, señor cabo?

Lituma levantó la copita de anisado que el cantinero
le acababa de llenar, dijo «Salud» a su adjunto y se la
bebió de un trago. El calor dulzón que le bajó hasta las
tripas le levantó el ánimo, que había tenido por los sue-
los todo el día.

—Yo, al menos, no he sabido que haya pishtacos en
Piura. Despenadores, sí. Conocí uno, en Catacaos. Lo
llamaban de las casas donde penaban las ánimas para
que las apalabrara y se fueran. Claro que un despenador, comparado a un pishtaco, es basurita.

La cantina estaba en el corazón del campamento, ro-
deada por los barracones donde dormían los peones.
Era una construcción de techo bajo, con bancos y cajones en vez de sillas y mesas, suelo de tierra y grabados
de mujeres desnudas claveteados en la pared de tablo-

nes. En las noches siempre andaba repleta, pero aún era temprano —acababa de ponerse el sol— y, además de Lituma y Tomás, sólo había cuatro hombres con bufandas, y dos de ellos con cascos; sentados en una mesa, tomaban cervezas. El cabo y el guardia, con una segunda copita de anisado en las manos, fueron a ocupar la mesa contigua.

—Ya veo que mi explicación del pishtaco no lo convence —se rió Dionisio.

Era un hombre con la cara tiznada, como si se la restregara con carbones, gordito y fofo, de grasientos pelos crespos. Embutido en una chompa azul, que nunca se quitaba, tenía los ojos siempre enrojecidos y achispados por el trago, pues tomaba a la par que sus clientes. Aunque sin llegar a emborracharse del todo, eso sí. Por lo menos, Lituma no lo había visto nunca llegar a ese estado de maceración alcohólica que alcanzaban tantos peones la noche del sábado. Solía tener puesta Radio Junín a todo volumen, pero esta noche todavía no la había prendido.

—¿Ustedes creen en pishtacos? —preguntó Lituma a los de la mesa vecina. Las cuatro caras que se volvieron hacia él, medio cubiertas por las chalinas, eran esas, salidas de un mismo molde, que le costaba individualizar: requemadas por el sol fuerte y el frío cortante, los ojitos inexpresivos, huidizos, narices y labios amoratados por la intemperie, pelos indomesticables.

—Quién sabe —contestó, por fin, uno de ellos—. A lo mejor.

—Yo sí creo —dijo, luego de un momento, uno de los que llevaba casco—. Si tanto hablan, será que existen.

Lituma entrecerró los ojos. Ahí estaba. Foráneo.

Medio gringo. A simple vista; no se lo reconocía, pues era igualito a cualquier cristiano de este mundo. Vivía en cuevas y perpetraba sus fechorías al anochecer. Apostado en los caminos, detrás de las rocas, encogido entre pajonales o debajo de los puentes, aguardaba a los viajeros solitarios. Se les acercaba con mañas, amigándose. Tenía preparados sus polvitos de hueso de muerto y, al primer descuido, se los aventaba a la cara. Podía, entonces, chuparles la grasa. Después, los dejaba irse, vacíos, pellejo y hueso, condenados a consumirse en horas o días. Ésos eran los benignos. Buscaban manteca humana para que las campanas de las iglesias cantaran mejor, los tractores rodaran suavecito, y, ahora último, hasta para que el gobierno pagara con ella la deuda externa. Los malignos eran peores. Además de degollar, deslonjaban a su víctima como a res, camero o chancho, y se la comían. La desangraban gota a gota, se emborrachaban con sangre. Los serruchos creían esas cosas, puta madre. ¿Sería cierto que la bruja de doña Adriana había matado a un pishtaco?

—Casimiro Huarcaya era un albino —murmuró el peón que había hablado primero—. Pudiera ser cierto lo que dijo Dionisio. Lo tomarían por pishtaco y, antes de que él les rebanara el sebo, se lo palomearon.

Sus compañeros de mesa lo festejaron con murmullos y risitas. Lituma sintió que se le aceleraba el pulso. Huarcaya había picado piedras, tirado lampa y sudado a la par con éstos en la carretera a medio hacer; ahora, estaba muerto o secuestrado. Y los mierdas se daban el lujo de hacer bromas.

—Se cagan olímpicamente en la noticia —los reprendió—. Lo que le pasó al albino podría pasarles a ustedes también. ¿Y si los terrucos caen esta noche en Naccos y comienzan a hacer juicios populares, como en Andamarca? ¿Les gustaría que los maten a pedradas por vendepatrias o maricones? ¿Les gustaría que los azoten por borrachos?

—No siendo borracho, ni vendepatria ni maricón, no me gustaría —dijo el que había hablado antes.

Sus compañeros de mesa lo celebraron con risitas y codazos.

—Lo de Andamarca es cosa triste —dijo, ya serio, uno que hasta ahora no había hablado—. Al menos, allí todos eran peruanos. A mí me parece peor lo de Andahuaylas. Esa parejita de franceses, a ver, dígame. ¿Por qué meterlos en el pleito? Ni los extranjeros se libran.

—Yo creía en pishtacos, de chico —lo interrumpió el guardia Carreño, dirigiéndose al cabo—. Me asustaba con ellos mi abuela, cuando la hacía renegar. Crecí mirando torcido a toda persona rara que pasaba por Sicuani.

—¿Y crees que al mudito, a Casimiro Huarcaya y al capataz los secaron y rebanaron los pishtacos?

El guardia se mojó los labios en la copita de anisado.

—Ya le dije que, como van las cosas, estoy dispuesto a creer en lo que me pongan delante, mi cabo. Eso sí, prefiero vérmelas con pishtacos que con terrucos.

—Tienes razón en ser crédulo —asintió el cabo—. Para entender lo que pasa aquí, mejor creer en los diablos.

A esos francesitos en Andahuaylas, por ejemplo. Los habían bajado del ómnibus y les habían machucado las caras hasta volverlas mazamorra, según Radio Junín. ¿Para qué ensañarse así? ¿Por qué no matarlos simplemente de un balazo?

—Nos hemos acostumbrado a la brutalidad —dijo Tomasito y Lituma notó que su adjunto estaba pálido. Las copitas de anisado le habían encendido los ojos y aflojado la voz—. Lo digo por mí mismo, a calzón quitado. ¿Usted oyó hablar del teniente Pancorvo?

—Ni en pelea de perros.

—Yo fui en la patrulla de él, cuando lo de las vicuñas, a Pampa Galeras. Pescamos a uno y no quería abrir la jeta. «Deja de hacerte el santito y de mirarme como si no entendieras», le decía el teniente. «Te advierto que si comienzo a tratarte, hablarás como una lora.» Y lo tratamos.

—¿Cuál era el tratamiento? —preguntó. Lituma.

—Quemarlo con fósforos y encendedores —explicó Carreño—. Empezando por los pies, y, poco a poco, subiendo. Con fósforos y encendedores, como lo oye. Era lentísimo. La carne se le cocinaba, empezó a oler a chicharrón. Yo no estaba al tanto todavía, mi cabo. Me vinieron arcadas y casi me desmayé.

—Figúrate lo que nos van a hacer los terrucos a ti y a mí, si nos agarran vivos —dijo Lituma—. ¿Y tú también lo tratabas? ¿Y después de eso vienes a hacerme tanta alharaca porque el Chancho le daba unos azotes a esa piurana en Tingo María?

—Todavía no ha oído lo peor —se le trabó un poco más la lengua a Tomasito, ahora lívido—. Resulta que ni siquiera era terruco, sino retrasado mental. No hablaba porque no podía. No sabía hablar. Lo reconoció uno de Abancay. «Oiga, mi teniente, pero si es el opa de mi pueblo, cómo va a hablar si Pedrito Tinoco en su vida ha dicho chus ni mus.»

—¿Pedrito Tinoco? ¿Quieres decir, nuestro Pedrito Tinoco? ¿El mudito? —El cabo se tomó de un trago una nueva copita de anisado—. ¿Me estás tomando el pelo, Tomasito? Puta madre, puta madre.

—Era el guardián de la reserva, parece —asintió Tomás, bebiendo también; sujetaba la copa con manos temblonas—. Lo curamos como pudimos. Le hicimos una colecta en la patrulla. Todos nos sentimos mal, hasta el teniente Pancorvo. Y yo, más que los otros juntos. Por eso me lo traje acá. ¿Nunca le vio las cicatrices en los pies, en los tobillos? Fue mi desvirgada, mi cabo. Después de eso, no me asusta ni apena nada. Ya me encallecí, como todos. No se lo conté hasta ahora porque me daba vergüenza. Y sin el anisado no se lo hubiera contado esta noche, tampoco.

Para no pensar en el mudito, Lituma trató de imaginar las caras de los tres desaparecidos convertidas en una masa sanguinolenta, los ojos reventados, los huesos pulverizados, como esos francesitos, o quemados a fuego lento, como Pedrito Tinoco. Qué iba a poder pensar en otra cosa, puta madre.

—Vámonos, mejor. —Se tomó el resto del anisado y se puso de pie—. Antes que empeore el frío.

Al salir, Dionisio les mandó un beso volado. El cantinero circulaba entre las mesas, ya llenas de peones, haciendo las payasadas de cada noche: pasos de baile, dar de beber él mismo a los clientes las copitas de pisco o los vasos de cerveza y animarlos a que, ya que no había mujeres, bailaran entre hombres. Sus disfuerzos y rosqueterías irritaban a Lituma y, cuando el cantinero comenzaba a hacer su número, él partía. Se despidieron de doña Adriana, que atendía el mostrador. Ella les hizo una venia exagerada, algo sarcástica. Acababa de sintonizar Radio Junín y se escuchaba un bolero, que Lituma identificó: *Rayito de luna*. Había visto una película con ese título en la que bailaba una rubia de largas piernas: Ninón Sevilla. Afuera, acababan de prender el motor que daba luz a los barracones. Algunas siluetas encasacadas o emponchadas iban y venían por los contornos y respondían con un gruñido o una inclinación de cabeza a las buenas noches de los policías. Lituma y Carreño se taparon bocas y narices con las bufandas y se encasquetaron los quepis, para que no se los arrebatara el viento. Soplaba con un silbido lúgubre que rebotaba por los cerros y ellos avanzaban medio inclinados, las cabezas agachadas. De pronto, Lituma se paró en seco:

—¡Se me revuelven las tripas, puta madre! —exclamó, indignado.

—¿De qué cosa, mi cabo?

—De que torturaran al pobre mudo, allá, en Pampa Galeras. —Alzó la voz, buscando la cara de su adjunto con la luz de la linterna—. ¿No te remuerde la conciencia ese salvajismo?

—Los primeros días me remordía mucho —murmuró Carreño, cabizbajo—. ¿Por qué cree que me lo traje a Naccos? Aquí se me fue lavando la mala conciencia. ¿Acaso tuve yo la culpa de lo que le pasó? Y nosotros lo tratábamos bien aquí, le dábamos comida y techo, ¿no, mi cabo? Puede que me haya perdonado. Puede que se diera cuenta de que si se quedaba allá en la puna ya lo hubieran rematado.

—La verdad, prefiero que me cuentes tus aventuras con Mercedes, Tomasito. La historia del mudito me ha dejado muy jodido.

—También yo quisiera borrármela de la memoria, le aseguro.

—Las cosas que he venido a saber en Naccos —rezongó Lituma—. Ser guardia civil en Piura y en Talara era pan comido. La sierra es infernal, Tomasito. No me extraña, con tanto serrucho.

—¿Por qué detesta tanto a los serranos, se puede saber?

Habían comenzado a subir la cuesta hacia la comisaría y, como tenían que ir inclinados, se sacaron los fusiles del hombro y los llevaron en las manos. A medida que se alejaban del campamento, se hundían en la oscuridad.

—Bueno, tú eres serrucho y a ti no te detesto. Me caes de lo más bien.

—Gracias por lo que me toca —se rió el guardia. Y, un momento después—: No crea que la gente del campamento es fría con usted porque es costeño. Sino porque es un policía. A mí también me miran de lejitos, pese a ser cusqueño. No les gustan los uniformados. Tienen miedo de que, si se juntan con nosotros, los terrucos los ajusticien por soplones.

—La verdad, hay que tener poco cacumen para hacerse guardia civil —murmuró Lituma—. Ganas miserias, nadie te traga, y estás en primera fila para que te vuelen a dinamitazos.

—Es que algunos abusan del uniforme y eso nos desprestigia a todos.

—En Naccos no hay ni como abusar del uniforme —se quejó Lituma—. Pobre Pedrito Tinaco, carajo. Y la semana que desapareció no le habíamos dado todavía su propina.

Se detuvo para sacar un cigarrillo. Ofreció otro a su adjunto. Para encenderlos tuvieron que hacer un hueco con sus cuerpos y quepis porque el ventarrón apagaba los fósforos. Corría y ululaba por doquier, como lobos con hambre. Los guardias retomaron la marcha despacio, tentando las piedras resbaladizas con la punta de los botines antes de apoyar el pie.

—Estoy seguro de que, en la cantina, cuando tú y yo nos vamos, pasan toda clase de mariconadas —dijo Lituma—. ¿No crees?

—Me da tanto asco que por eso no me gusta venir —repuso su adjunto—. Pero uno se moriría de tristeza encerrado en el puesto, sin tomarse un trago de cuando en cuando. Claro que pasan barbaridades. Dionisio los emborrachará a su gusto y, después, se darán todos por el culo. ¿Le digo una cosa, mi cabo? A mí no me da pena cuando Sendero ajusticia a un maricón.

—Lo curioso es que a mí más bien me dan un poco de pena todos esos serruchos, Tomasito. Pese a lo atravesados que son, me dan. Su vida es triste, ¿no? Tiran pala como mulas, y apenas si ganan para comer. Que se diviertan un poco, si pueden, antes de que los terrucos les corten los huevos o venga un teniente Pancorvo y les dé el tratamiento.

—¿Y la vida nuestra acaso no es triste, mi cabo? Pero nosotros no nos emborrachamos como animales ni dejamos que el vicioso ése nos manosee.

—Espérate unos meses y quién sabe, Tomasito.

La tierra había quedado llena de charcos luego de la lluvia de la tarde. Avanzaban muy despacio. Anduvieron un buen rato en silencio.

—Dirás que no debo meterme en lo que no me importa, Tomasito —dijo Lituma, de pronto—. Pero, como te tengo simpatía y el anisado me suelta la lengua, te lo voy a decir. Anoche te sentí llorar.

Advirtió que el muchacho cambiaba el ritmo de la marcha, como si se hubiera tropezado. Iban iluminándose con las linternas.

—Los hombres lloran también, cuando hace falta —continuó Lituma—. Así que no te avergüences. Las lágrimas no vuelven marica a nadie.

Siguieron subiendo el cerro, sin que el guardia joven abriera la boca. De tanto en tanto el cabo volvía a hablar.

—A veces, cuando pienso: «Nunca saldrás vivo de Naccos, Lituma», me entra la desesperación. Quisiera ponerme a llorar a gritos, yo también. No te avergüences. No te lo dije para hacerte pasar un mal rato. Sino porque no es la primera vez que te oigo. También la otra noche te oí, aunque llorabas tapándote contra el colchón. Me da no sé qué que sufras de ese modo. ¿Es porque no quieres morir en este pueblucho? Si es por eso, te entiendo. Pero, ¿no será que te hace mal acordarte tanto de Mercedes? Me cuentas tus amores, te sirvo un rato de confidente, pero después te quedas hecho un trapo. Quizás sería mejor que no me hables más de ella, que la olvides, Tomasito.

—A mí me desahoga hablarle de Mercedes, más bien —dijo, al fin, la voz confundida de su adjunto—. ¿O sea que lloro dormido? Vaya, entonces no me habré encallecido tanto.

—Apaguemos las linternas —susurró Lituma—. Siempre he pensado que, si querían emboscarnos, en esa curvita sería.

Entraron a Andamarca por los dos caminos por los que se podía llegar al poblado —los que subían del río Negromayo, los que habían vadeado el Pumarangra y esquivado Chipao— y por un tercero que trazaron los que venían de la comunidad rival de Cabana, escalando la quebrada del riachuelo que canta (ése es su nombre, en el quechua arcaico que se habla en el lugar). Lo hicieron al rayar la primera luz, antes de que los campesinos salieran a atender sus sembríos y los pastores a pastorear sus rebaños y los comerciantes de paso a reanudar su travesía hacia Puquio o San Juan de Lucanas, por el sur, o hacia Huancasancos y Querobamba. Habían viajado toda la noche, o pernoctado en los alrededores, esperando para invadir el pueblo que hubiera algo de luz. Querían evitar que, aprovechando la oscuridad, se escapara alguno de los de la lista.

Pero uno se escapó, uno de los que más les hubiera gustado ajusticiar: el teniente-gobernador de Andamarca. Y de una manera tan absurda que a la gente le costaría luego creerlo. Es decir, gracias a una diarrea enloquecida que tuvo toda la noche a don Medardo Llantac levantándose a la carrera del único dormitorio de la vivienda que compartía con su mujer, su madre y seis de sus hijos, en la prolongación del Jirón Jorge Chávez, a acuclillarse en el murito de afuera de su casa, colindante con el cementerio. Allí estaba, pujando, derramándose en una aguada pestilencia y maldiciendo a su estómago, cuando los sintió. Abrieron la puerta de un patadón, preguntaron por él a gritos. Sabía quiénes eran y qué querían. Los esperaba desde que el subprefecto de provincia, poco menos que a la fuerza, lo hizo teniente-gobernador de Andamarca. Sin atinar a subirse el pantalón, don Medardo se echó al suelo, se arrastró como una lombriz hasta el camposanto y se deslizó en una tumba excavada la víspera, retirando y volviendo a cerrar sobre él la piedra que hacía de lápida. Encogido sobre los restos helados de don Florisel Aucatoma, primo suyo, se estuvo la mañana y la tarde, sin ver nada pero oyendo mucho de lo que ocurrió en ese pueblo del que, en teoría, era suprema autoridad política.

Los de la milicia conocían el lugar o estaban bien asesorados por sus cómplices entre el vecindario. Apostaron centinelas en todas las salidas, mientras las sincronizadas columnas recorrían los cinco jirones paralelos de chozas y casitas desparramadas en manzanas cuadrangulares en torno a la iglesia y la plaza comunal. Algunos iban con zapatillas y otros con ojotas y algunos a pata pelada y no se sentían sus pisadas por las calles de Andamarca, asfaltadas o de tierra, menos la principal, el Jirón Lima, de adoquines sin desbastar. En grupos de tres y de cuatro, fueron derechito a sacar de su sueño a los de la lista. Capturaron al alcalde, al juez de paz, al jefe de correos, a los dueños de las tres bodegas y a sus mujeres, a dos desmovilizados del Ejército, al boticario y prestamista don Sebastián Yupanqui y a los dos técnicos enviados por el Banco Agrario para capacitar a los chacareros en riego y abonos. A empujones y puntapiés los llevaron hasta la plaza de la iglesia, donde el resto de la milicia había congregado al pueblo.

Para entonces, el día había aclarado y podían vérseles las caras. Las llevaban descubiertas, salvo tres o cuatro, que conservaron sus pasamontañas. En sus filas predominaban los jóvenes y los hombres, pero había también mujeres y niños, algunos de los cuales no debían llegar a los doce años. Los que no iban con metralletas, fusiles o revólveres, llevaban viejas escopetas de caza, garrotes, machetes, cuchillos, hondas y, en bandolera, como los mineros, cartuchos de dinamita. Llevaban también banderas rojas con la hoz y el martillo, que izaron en el campanario de la iglesia, en el asta de la casa comunal y en la copa de un pisonay de flores rojas que dominaba el pueblo. Mientras se celebraron los juicios —actuaban con orden, como si hubieran hecho esto otras veces— algunos pintaron las paredes de Andamarca con vivas a la lucha armada, a la guerra popular, al marxismo-leninismo-pensamiento guía del presidente Gonzalo y mueras al imperialismo, al revisionismo y a los traidores y soplones del régimen genocida y antiobrero.

Antes de empezar, cantaron himnos a la revolución proletaria, en español y en quechua, anunciando que el pueblo estaba rompiendo las cadenas. Como los vecinos no sabían las letras, se mezclaron con ellos, haciéndoles repetir los versos y silbándoles las melodías.

Después, comenzaron los juicios. Además de los de la lista, debieron enfrentarse al tribunal —que era todo el pueblo— otros, acusados de robar, abusar de los débiles y de los pobres, ser adúlteros y practicar vicios individualistas.

Se turnaban para hablar, en español y en quechua. La revolución tenía un millón de ojos y un millón de oídos. Nadie podía actuar a ocultas del pueblo y librarse del castigo. Estos perros-basuras trataron y ahí estaban ahora, de rodillas, implorando misericordia a quienes habían apuñalado por la espalda. Estas hienas servían al gobierno títere que asesinaba campesinos, tiroteaba obreros, vendía el país al imperialismo y al revisionismo y trabajaba día y noche para que los ricos fueran más ricos y los pobres más pobres. ¿No habían ido estos excrementos a Puquio a pedir a las autoridades que mandaran a la Guardia Civil diz que para proteger Andamarca? ¿No habían incitado a los vecinos a delatar a los simpatizantes de la Revolución a las patrullas militares?

Se turnaban y, pacientes, explicaban los crímenes, reales o virtuales, que estos sirvientes de un gobierno manchado de sangre hasta los tuétanos, que estos cómplices de la represión y la tortura habían hecho a todos y a cada uno de los presentes, a sus hijos y a los descendientes de sus hijos. Los instruían y los alentaban a participar, a hablar sin temor a represalias, pues el brazo armado del pueblo los protegía.

Poco a poco, rompiendo su timidez, su confusión, incitados por su propio miedo, el clima exaltado y oscuras motivaciones —viejas querellas, soterrados resentimientos, envidias sordas, odios familiares—, los vecinos fueron animándose a pedir la palabra. Cierto, don Sebastián era roñoso con quien no podía pagarle las medicinas contante y sonante. Si no le devolvían el dinero el día mismo, se quedaba con la prenda, por más que le suplicaran. Por ejemplo, a él, aquella vez... A eso del mediodía ya muchos andamarquinos se atrevían a salir al centro de la plaza a presentar sus quejas, hacer sus recriminaciones y señalar a los malos vecinos, a los malos amigos, a los malos parientes. Se enardecían al pronunciar sus discursos; les vibraba la voz recordando a los hijos que habían perdido, los animales muertos por la sequía y las plagas y cómo cada día había menos compradores, más hambre, más enfermos, más niños en el cementerio.

Todos fueron condenados, por un bosque de manos. Muchos familiares de los acusados no las alzaron a la hora de votar, pero, asustados con la exasperación y hostilidad que habían ido fermentando, tampoco se atrevieron a hablar en su favor.

Los ajusticiaron poniéndolos de rodillas y apoyándoles la cabeza en el broquel del pozo de agua. Los tenían bien sujetos mientras los vecinos, pasando en fila, los chancaban con las piedras que recogían de la construcción, junto a la casa comunal. La milicia no participó en las ejecuciones. No se disparó un tiro. No se clavó un cuchillo. No se dio un machetazo. Sólo se usaron manos, piedras y garrotes, pues ¿se debía acaso desperdiciar en ratas y escorpiones las municiones del pueblo? Actuando, participando, ejecutando la justicia popular, los andamarquinos irían tomando conciencia de su poderío. Éste era un destino sin retorno. Ya no eran víctimas, comenzaban a ser libertadores.

Después, vino el juicio de los malos ciudadanos, de los malos maridos, de las malas esposas, de los parásitos sociales, de los degenerados, de las putas, de los maricones, de las indignidades de Andamarca, detritus putrefactos que el régimen capitalista feudal, sostenido por el imperialismo norteamericano y el revisionismo soviético, fomentaba para adormecer el espíritu combativo de las masas. También eso cambiaría. En el incendio purificador de la pradera que era la Revolución ardería el individualismo egoísta burgués y surgirían el espíritu colectivista y la solidaridad de clase.

Los vecinos aparentaban escuchar más de lo que escuchaban, entender más de lo que entendían. Pero, después de lo ocurrido esa mañana, estaban suficientemente sobreexcitados, aturdidos y desquiciados como para participar sin remilgos en esta segunda ceremonia, que quedaría en su memoria y en la de sus hijos y nietos como la más tormentosa de la historia de Andamarca.

La primera en levantar un dedo acusador, animada por las exhortaciones de las mujeres y hombres armados que se sucedían en el uso de la palabra, fue la señora Domitila Chontaza. Cada vez que su marido tomaba un trago, la hacía rodar por el suelo a puntapiés llamándola «caca de diablo». Él, un jorobadito con un mechón de puercoespín en el cráneo, juró que era falso. Después, contradiciéndose, gimoteó que, cuando tomaba, un mal espíritu se apoderaba de su cuerpo, le venía la rabia, y tenía que sacársela golpeando. Los cuarenta latigazos le dejaron la curva espalda sanguinolenta y tumefacta. Más que dolor físico, era miedo lo que traslucían sus juramentos de que nunca volvería a probar una gota de alcohol y sus abyectas «gracias, muchas gracias» a los vecinos que lo azotaban con látigos de cuero y de tripa. Su mujer se lo llevó a rastras, a ponerle unos emplastos.

Una veintena de hombres y mujeres fueron juzgados, sentenciados, azotados o multados, obligados a devolver lo que habían adquirido indebidamente, a indemnizar a quienes habían hecho trabajar más de la cuenta o engañado con falsas promesas. ¿Cuántas acusaciones eran ciertas, cuántas inventos dictados por la envidia y el rencor, producto de la efervescencia en la que todos se sentían empujados a competir, revelando las crueldades e injusticias de que habían sido víctimas? Ni ellos mismos hubieran podido decirlo cuando, a eso de la media tarde, juzgaron a don Crisóstomo, el viejo campanero —lo había sido cuando la torre de la iglesita de Andamarca tenía campana y la iglesia párroco, algo que era historia antigua—, acusado por una mujer de haberlo sorprendido bajándole el pantalón a un niño en las afueras del pueblo. Otros confirmaron la denuncia. Cierto, era un mano larga, andaba toqueteando a los muchachos y tratando de meterlos a su casa. Un hombre, la voz quebrada por la emoción, en un silencio eléctrico, confesó que cuando él era niño, don Crisóstomo lo había usado como se usa de las mujeres. Nunca se había atrevido a decirlo, por vergüenza. Otros, aquí mismo, podían contar historias parecidas. El campanero fue ajusticiado a pedradas y palazos y su cadáver quedó entreverado con los de la lista.

Oscurecía cuando terminaron los juicios. Ése fue el momento que aprovechó don Medardo Llantac para correr la piedra de la tumba de su primo Florisel, deslizarse reptando fuera del cementerio y echar a correr a campo traviesa, como alma que lleva el diablo, en dirección a Puquio. Llegó a la capital de la provincia un día y medio después, exhausto y con los ojos aún llenos de espanto, a contar lo que ocurría en Andamarca.

Fatigados, confundidos, sin mirarse las caras unos a otros, los vecinos se sentían como después de la fiesta del santo patrono, luego de beberse todo lo que se podía beber, y comer, bailar, zapatear, pelear, rezar, sin dormir a lo largo de tres días y tres noches, cuando les costaba tanto esfuerzo hacerse a la idea de que esa gran explosión de aturdimiento e irrealidad había terminado y que debían reacomodarse a las rutinas cotidianas. Pero ahora sentían todavía más desconcierto, un malestar más profundo, ante esos cadáveres insepultos, arrebozados de moscas, que empezaban a pudrirse bajo sus narices, y las espaldas magulladas de los que habían azotado. Todos intuían que Andamarca nunca más sería la que fue. Los de la milicia seguían, incansables, turnándose en el uso de la palabra. Ahora, organizarse. No había victoria popular sin una participación férrea, indestructible, de las masas. Andamarca sería base de apoyo, otro eslabón de la cadena que recorría ya toda la Cordillera de los Andes y lanzaba sus ramales a la costa y la selva. Las bases de apoyo eran la retaguardia de la vanguardia. Importantes, útiles, indispensables, existían, como su nombre lo indicaba, para apoyar a los combatientes: alimentarlos, curarlos, esconderlos, vestirlos, armarlos, informarles sobre el enemigo, y para ir reemplazando a los que pagaban la cuota de sacrificio. Todos tenían una función que cumplir, un granito de arena que aportar. Debían subdividirse por barrios, multiplicarse por calles, cuadras, familias, añadir nuevos ojos y oídos, y piernas, brazos y cerebros al millón que tenía ya el Partido.

Era de noche cuando los vecinos eligieron a los cinco hombres y cuatro mujeres encargados de la organización. Para asesorar a los vecinos y servir de contacto con la dirección permanecieron en Andamarca la camarada Teresa y el camarada Juan. Debían asimilarlos, actuar como si ellos hubieran nacido aquí y tuvieran sus muertos entre los del pueblo.

Luego, cocinaron y comieron y se repartieron por las casas y durmieron junto a los vecinos, muchos de los cuales velaron esa noche, turbados, incrédulos, inseguros, asustados con lo que habían hecho, visto y oído.

Al amanecer, otra vez los reunieron. Entre los más jóvenes, escogieron a unos cuantos muchachos y muchachas para la milicia. Cantaron sus himnos, y, dando sus gritos de victoria, hicieron flamear las banderas rojas. Luego, se fragmentaron en los destacamentos en que habían venido, y los vecinos los vieron separarse, alejarse, vadear unos el río Negromayo y otros, en la dirección de Chipao y el Pumarangra, ir desapareciendo entre los sembríos verdosos de las andenerías, bajo el ocre plomizo de las montañas.

La patrulla de guardias republicanos y guardias civiles llegó a Andamarca cuarenta y ocho horas después de partir los senderistas. Los mandaba un alférez joven, costeño, rapado, musculoso y con anteojos oscuros, al que sus hombres llamaban sólo por el apodo: Rastrillo. Venía con ellos el teniente-gobernador, don Medardo Llantac, que había ganado años y perdido kilos.

Los cadáveres seguían en la plaza, insepultos. Para apartar a los buitres, los vecinos encendieron una fogata, pero, pese a las llamas, docenas de gallinazos montaban guardia en torno y había más moscas que en el matadero los días que se beneficiaba una res. Cuando don Medardo y el alférez preguntaron por qué no habían enterrado a los muertos, no supieron qué responder. Nadie se había atrevido a tomar la iniciativa, ni siquiera los parientes de las víctimas, paralizados por un supersticioso temor a atraer de nuevo a la milicia o desatar otra catástrofe si tocaban, aunque fuera para enterrarlos, a esos vecinos a los que acababan de chancar cabezas, caras y huesos, como si se tratara de enemigos mortales.

Puesto que no había juez de paz —era uno de los ajusticiados— el alférez hizo que el propio teniente-gobernador levantara un acta y que la firmaran varios vecinos como testigos. Luego, llevaron a los muertos al cementerio, cavaron tumbas y los enterraron. Sólo entonces reaccionaron los parientes con el dolor y la cólera que era de esperar. Lloraban las viudas, los hijos, los hermanos, los sobrinos y los entenados; se abrazaban, y, maldiciendo, los puños al cielo, pedían venganza.

Una vez desinfectado el lugar con baldazos de creso, el alférez comenzó a pedir explicaciones. No en público; encerrado en la casa comunal y llamando una por una a las familias. Había apostado centinelas en las salidas de Andamarca y dado orden estricta de que nadie se alejara del pueblo sin su permiso. (Pero el camarada

Juan y la camarada Teresa escaparon apenas se avistó a la patrulla acercándose por el camino de Puquio.)

Los parientes entraban y salían a los quince minutos, a la media hora, cabizbajos, llorosos, confundidos, incómodos, como si hubieran dicho más o menos de lo que debían y estuvieran arrepentidos. En el pueblo había una atmósfera lúgubre y un silencio tétrico. Los vecinos porfiaban por ocultar el miedo y la incertidumbre con el enfurruñamiento de sus caras y su mutismo, pero los delataba esa manera de andar sonámbula en que, hasta altas horas, se los veía recorrer las rectas callecitas de Andamarca. Muchas mujeres pasaron el día rezando letanías en la desfondada iglesia de la plaza, cuyo techo se trajo al suelo el último temblor.

El alférez interrogó a la gente todo el día y parte de la noche, sin tomarse un descanso ni para almorzar —se hizo llevar un plato de sopa con charqui que tomó mientras proseguía las averiguaciones— y una de las pocas cosas que los vecinos supieron, en el curso de ese segundo día extraordinario, fue que don Medardo Llantac permanecía a su lado, frenético, informando al oficial sobre los que pasaban a declarar y que metía su cuchara en los interrogatorios, exigiendo nombres, precisiones.

Esa noche, la falsa convivencia de Andamarca se trizó. En viviendas, esquinas, calles, en los alrededores de la plaza adonde todos se llegaban a espiar a quienes salían del salón comunal, estallaron discusiones, disputas, acusaciones, insultos, amenazas. Hubo empujones, rasguños y puñetazos. Los republicanos y los guardias civiles no intervenían, porque habían sido instruidos o porque, faltos de órdenes, no sabían cómo reaccionar ante esa hostilidad desencadenada de todos contra todos. Despectivos o indiferentes, veían a los vecinos llamarse unos a otros asesinos, cómplices, terroristas, calumniadores, traidores, cobardes e irse a las manos, sin mover un dedo para separarlos.

Los interrogados debieron contarlo todo, salvando su responsabilidad de la mejor manera que pudieron —es decir, agravando la responsabilidad de los otros— y el alférez pudo reconstruir, a grandes rasgos, lo ocurrido en los juicios, porque, al día siguiente, los cinco hombres y las cuatro mujeres designados dirigentes de la base de apoyo fueron encerrados en la casa comunal.

A media mañana, el alférez reunió a los vecinos en la placita de Andamarca —había aún gallinazos merodeando por el rincón de las ejecuciones— y les habló. No todos entendían el español costeño apocopado y veloz del oficial, pero incluso los que perdían buena parte de su discurso entendieron que los reñía. Por colaborar con los terroristas, por prestarse a esa parodia de juicio, por llevar a cabo esa grotesca y criminal matanza.

«Todo Andamarca tendría que ser juzgada y castigada», repitió varias veces. Después, con paciencia, aunque sin dar muestras de comprensión, escuchó a los vecinos que se atrevían a formular enrevesadas excusas: no era cierto, ninguno había hecho nada, todo había sido obra de los terrucos. Amenazándolos, señor. Los habían obligado, poniéndoles las metralletas y las pistolas en las cabezas, diciendo que degollarían a los niños como a chanchos si no empuñaban las piedras. Se contradecían, se interrumpían, disentían, y terminaban acusándose e insultándose unos a otros. El alférez los miraba con lástima.

La patrulla se quedó ese día en Andamarca. En la tarde y la noche los guardias republicanos y los guardias civiles hicieron registros y decomisaron prendedores, adornos, objetos que parecían de valor, y las bolsas y ataditos de dinero que encontraron escondidos en los colchones y dobles fondos de baúles y roperos. Pero ningún vecino denunció los hurtos al alférez.

A la mañana del segundo día, cuando la patrulla se aprestaba a partir llevándose a los presos, don Medardo Llantac discutió con el oficial, delante de los vecinos. El teniente-gobernador quería que se quedaran algunos hombres de la patrulla en el pueblo. Pero el alférez tenía orden de regresar con todos ellos a la capital de la provincia. Los propios vecinos debían organizar su protección, formando rondas de vigilancia.

—Con qué armas, alférez —se desgañitaba Medardo Llantac—. ¿Nosotros con palos y ellos con fusiles? ¿Así quiere que peleemos?

El alférez repuso que hablaría con sus superiores. Trataría de convencerlos de que reabrieran el puesto de la Guardia Civil desafectado desde hacía cerca de un año. Luego, partió, llevándose amarrados en fila india a los prisioneros.

Tiempo después, los parientes de los nueve presos se desplazaron hasta Puquio y las autoridades no supieron darles la menor pista. En ningún puesto policial, ni en las oficinas del comando político-militar, figuraba que hubiese llegado un grupo de detenidos procedentes de Andamarca. En cuanto al joven alférez apodado Rastrillo probablemente había cambiado de destino, puesto que no era ninguno de los oficiales presentes y puesto que en Puquio nadie lo conocía. Para entonces, don Medardo Llantac y su mujer se habían esfumado del pueblo, sin decir ni siquiera a su madre y a sus hijos dónde se mudaban.

—Ya sé que estás despierto y que te mueres por contarme —dijo Lituma—. Bueno, Tomatito, cuéntame.

El camión entró a Huánuco al atardecer, veinte horas después de haber salido de Tingo María. Dos veces se le reventó una llanta en la carretera desfondada por las lluvias, y Tomás bajó de la tolva a ayudar al camionero, un huancaíno que no hacía preguntas indiscretas. En las afueras de Acomayo, en una barreta, desde los fardos de frutas entre los que se hallaban escondidos, lo oyeron responder «Ninguno» al guardia civil que le preguntó cuántos pasajeros llevaba. Otras dos veces se detuvieron, a tomar desayuno y a almorzar, en rancherías junto al camino, y Tomás y Mercedes bajaron también, pero sin cruzar palabra con el chofer. Éste los dejó frente al Mercado Central.

—Le di las gracias por no delatarnos en la barrera de Acomayo —dijo Tomás—. Le hicimos creer que nos estábamos escapando de un marido celoso.

—Si se están escapando además de otra cosa, no se queden por aquí —les aconsejó el chofer, a manera de despedida—. Como toda la coca de la selva pasa por esta carretera, Huánuco está lleno de soplones en busca de narcos.

Les hizo adiós con la mano y se fue. Estaba oscuro, pero no encendían aún las luces de la calle. Muchos puestos del mercado se hallaban cerrados; en los abiertos había gente comiendo a la luz de velas mortecinas: Olía a aceite, a frituras y a bosta de caballo.

—Estoy como si me hubieran machucado huesos y músculos —dijo Mercedes—. Tengo calambres, sueño. Pero, más que todo, hambre.

Bostezaba, frotándose los brazos. Su vestido floreado estaba lleno de tierra.

—Busquemos donde dormir —dijo Carreño—. Yo ando medio muerto, también.

—Carambolas, qué rico —susurró Lituma—. ¿A dormir o a otra cosa, Tomasito?

Preguntando a la gente que sorbía humeantes platos de sopa, averiguaron la dirección de una pensión y un hotelito. Debían pisar con cuidado pues el suelo estaba lleno de mendigos y vagabundos dormitando, y en las calles oscuras surgían perros enfurecidos a ladrarles. Descartaron la Pensión Lucinda, que se hallaba próxima a una comisaría. Tres cuadras más allá, formando esquina, apareció el Hotel Leoncio Prado. De dos pisos, paredes de barro y techo de calamina, tenía unos balconcitos de juguete. En la planta baja había un bar-restaurante.

—La que atendía me pidió la libreta electoral, pero no a Mercedes, y nos hizo pagarle por adelantado —dijo Tomás demorándose en los detalles—. No le llamó la atención que estuviéramos sin equipaje. Mientras preparaba el cuarto, nos hizo esperar en el corredor.

—¿Un solo cuarto? —se exaltó Lituma—. ¿Una sola camita, para los dos?

—El bar-restaurante estaba vacío —siguió el muchacho, sin oírlo, alargando la historia—. Pedimos gaseosas y una sopa. Mercedes bostezaba y se sobaba los brazos todo el tiempo.

—¿Sabes lo que más lamentaría si los terrucos nos mataran esta noche, Tomasito? —lo interrumpió Lituma—. Irme de esta vida sin haber vuelto a ver una hembrita calata. Desde que pisé Naccos, me siento capado. A ti eso no parece importarte mucho, a ti te bastan los recuerdos de la piurana, ¿no?

—Lo único que faltaría es que me enferme —se quejó Mercedes.

—Eso era un pretexto —protestó Lituma—. Supongo que no le creíste.

—Será la incomodidad del camión. La sopa y un buen sueño te compondrán —la animó el muchacho. Ella murmuró «Ojalá». Y estuvo con los ojos cerrados, tiritando, hasta que les trajeron la comida.

—Así, yo podía mirarla a mis anchas —dijo Tomasito.

—Hasta ahora no puedo imaginármela —dijo Lituma—. No acabo de verla. No me ayuda nada que me digas «Es riquísima», «Es bestial». Dame detalles de cómo es, por lo menos.

—Una cara llenita, unos pómulos como dos manzanas, unos labios gruesos y una nariz bien dibujada —recitó Tomás—. Una naricita que latía cuando hablaba, olfateando como los perritos. El cansancio le había sacado unas ojeras azules, debajo de sus pestañotas.

—Pucha, estabas más templado que un becerro de la luna —se admiró Lituma—. Y sigues estándolo, Tomasito.

—A pesar de lo despeinada, a pesar de haber perdido todo el rouge y del terral del viaje, no se había afeado —insistió el muchacho—. Seguía lindísima, mi cabo.

—Tú, al menos, tienes esos recuerdos de Mercedes para consolarte —se quejó Lituma—. Yo no me traje ninguno de Piura. Ni una sola piurana o talareña que me esté extrañando, ni una sola mujer en el mundo a la que yo pueda extrañar.

Tomaron la sopa, en silencio, y les trajeron luego un apanado con arroz, que no habían pedido. Pero igual se lo comieron.

—De repente, los ojos se le llenaron de lágrimas, a pesar del esfuerzo para no llorar —dijo Tomás—. Estaba temblando y yo sabía que era por lo que podría pasarnos. Quería consolarla, pero no sabía cómo. El futuro me parecía negro a mí también.

—Sáltate esa parte y lleguemos a la cama de una vez —le pidió Lituma.

—Sécate los ojos —le alcanzó Carreño su pañuelo—. No dejaré que te pase nada, te lo juro.

Mercedes se secó la cara y permaneció callada hasta que terminaron de comer. La habitación estaba en el segundo piso, al fondo del pasillo, y a las camas las separaba un banquito de madera, como velador. El foco bailoteaba colgado de un cordón con telarañas, iluminando apenas las paredes descoloridas y cuarteadas y unos tablones que crujían bajo sus pies.

—La administradora nos alcanzó dos toallas y un jabón —siguió dando rodeos Tomasito—. Nos dijo que si queríamos bañarnos lo hiciéramos de una vez, porque de día no subía el agua.

Salió y Mercedes lo hizo tras ella, con la toalla al hombro. Regresó un buen rato después y el muchacho, que se había echado en la cama y estaba tenso como una cuerda de guitarra, se sobresaltó al sentirla en el cuarto. Venía con la toalla envuelta en la cabeza como un turbante, el vestido desabotonado y los zapatos en la mano.

—Una ducha rica —la oyó decir—. Me ha resucitado el agua fresquita.

Él cogió la toalla y fue a bañarse, también.

—¿Estás cojudo? —se indignó Lituma—. ¿Qué esperabas, pues? ¿Y si la piurana se te dormía?

Era un simple chorro, pero caía con fuerza y, en efecto, el agua estaba fría. Tomás se jabonó, se frotó el cuerpo y sintió que se le quitaba el cansancio. Se secó y se puso el calzoncillo y encima la toalla, atada a la cintura. Encontró la habitación a oscuras. Dejó su ropa sobre una cómoda, donde Mercedes había doblado la suya. Fue tanteando hasta la cama vacía y se metió bajo la frazada. Sus ojos se acostumbraron poco a poco a la penumbra. Ansioso y agitado, esforzó los oídos, tratando de escuchar. Ella respiraba con largos intervalos, profundamente. ¿Estaba ya dormida? Y le pareció que olía su cuerpo, ahí, tan próximo. Desasosegado, respiró hondo. ¿Iría a ver a su padrino, trataría de explicarle? «Así me pagas todo lo que he hecho por ti, pedazo de hijo de puta.» Tendría que irse al extranjero, como fuera.

—Pensaba en todo y en nada, mi cabo —tembló la voz de su adjunto—. Sentía ganas de fumar, pero no me levantaba para no despertarla. Qué raro estar acostado junto a ella. Qué raro pensar «Si estiro la mano, la tocaré».

—Sigue, pues —lo resondró Lituma—. Me tienes en pindingas, Tomasito.

—¿Hiciste eso porque te gusté? —le preguntó Mercedes, de pronto—. ¿Cuando fuiste a recogerme al aeropuerto de Tingo María, con el gordo? ¿Te fijaste en mí?

—Ya te había visto antes —susurró Carreño, sintiendo que la boca le dolía al hablar—. El mes pasado, cuando viajaste a Pucallpa, para pasar la noche con el Chancho.

—¿Eras tú el que lo cuidaba en Pucallpa? Con razón me pareció conocida tu cara al verte en Tingo María.

—En realidad, no se acordaba que había sido yo el que la recogió también en el primer viaje —dijo su adjunto—. Que fui yo quien estuvo cuidando también la casa esa de Pucallpa, entre el río y la maderera, toda la noche. Oyendo cómo le pegaba. Oyéndola rogarle.

—Si eso no termina en cache, te pego —le advirtió Lituma.

—Claro, por eso tu cara me resultó conocida, por supuesto —continuó ella—. Pero, entonces, no fue por asco ni por la religión la pataleta que te dio. Ya te habías fijado en mí. Fue porque yo te gusté. Te dio por celos. ¿Por eso le disparaste, Carreñito?

—El bochorno me quemaba la cara, mi cabo. Si sigue hablando así le tapo la boca de un bofetón, pensaba.

—Te enamoraste de mí —afirmó Mercedes, entre enojada y compadecida—. Ya voy entendiendo. Los hombres, cuando se enamoran, hacen cualquier locura. Las mujeres somos más frías.

—Tú te crees mucho por lo que has corrido tanto, porque tienes mundo —reaccionó, por fin, el muchacho—. No me gusta que me trates como si fuera de pantalón corto.

—Eso es lo que eres, Carreñito. Un mocoso de pantalón corto. —Se rió y se puso seria. Prosiguió, deletreando las palabras—: Pero si te gusté, si te enamoraste, cómo es que no me has dicho nada. Teniéndome aquí a tu lado, quiero decir.

—Tenía toda la razón del mundo —exclamó Lituma—. ¿Por qué no le hacías nada? ¿Qué esperabas, Tomasito?

La callaron unos frenéticos ladridos, en la calle. Se oyó un «Shhttt, mierdas» y el impacto de una piedra. Los perros se calmaron. El muchacho, sudando de pies a cabeza, advirtió que ella se levantaba y se movía alrededor de la cama. Segundos después, la mano de Mercedes se enredó con sus cabellos. Comenzó a revolverlos, suavecito.

—¿Qué cosa dices? —se atoró Lituma.

—¿Por qué no te viniste de frente a mi cama al volver del baño, Carreñito? ¿No era eso lo que querías? —La mano de Mercedes bajó de su cabeza a su cara, rozó sus mejillas y llegó hasta su pecho—. ¡Cómo te late! Pum, pum, pum. Qué raro eres. ¿Te daba vergüenza? ¿Tienes algún problema con las mujeres?

—¿Que-que-qué cosa? —repitió Lituma, incorporado en la oscuridad, espiando a Tomasito.

—Yo nunca me aprovecharía de ti, yo nunca te pegaría —balbuceó el muchacho, cogiendo la mano de Mercedes, besándosela—. Y, además...

—Me estás mintiendo —repetía Lituma, incrédulo—. No puede ser, no puede ser.

—Nunca he estado con una mujer —confesó por fin el muchacho—. Puedes reírte, si quieres.

Mercedes no se rió. Carreño la sintió incorporarse, levantar la frazada y se puso de medio lado para hacerle sitio. Cuando la sintió contra su cuerpo, la abrazó.

—¿Virgen a los veintitrés? —dijo Lituma—. No sé qué haces en la Guardia Civil, tú, chiquillo.

Mientras la besaba, en el pelo, en el cuello, en las orejas, la oyó decir, entre dientes:

—Por fin creo que voy entendiendo, Carreñito.

IV

¿Avanzaba esa carretera? A Lituma le hacía el efecto de que, más bien, retrocedía. En los meses que llevaba aquí había habido tres paralizaciones y, en todas, el proceso se repitió como un disco rayado. La obra se iba a suspender este fin de semana o este fin de mes, el gobierno ya había dado a la constructora el ultimátum. El sindicato se reunía y los peones ocupaban las instalaciones, se apoderaban de la maquinaria y pedían garantías. Había un tiempo elástico en el que no ocurría nada. Los ingenieros desaparecían y el campamento quedaba en manos de los capataces y del contador, quienes fraternizaban con los huelguistas y compartían la olla común, que se preparaba al atardecer, en el campo baldío medianero entre los barracones. Nunca había habido violencia y el cabo y su adjunto jamás tuvieron que intervenir. Las paralizaciones terminaban misteriosamente, sin que se definiera la suerte de la carretera. La compañía, o el representante del Ministerio enviado a zanjar el diferendo, se comprometía a no despedir a nadie y a pagar a los trabajadores los días de huelga. La obra se reanudaba en cámara lenta. Pero a Lituma le parecía que, en lugar de retomarla donde había quedado, los peones desandaban lo recorrido.

O porque había habido derrumbes en los cerros que dinamitaban, o porque con las lluvias los aniegos habían destruido la huella y deshecho el afirmado, o por lo que fuera, el cabo tenía la impresión de que seguían excavando, dinamitando, aplanando o echando capas de gravilla y de alquitrán en el mismo sector que trabajaban cuando él llegó a Naccos.

Estaba en lo alto de una elevación rocosa, al pie de un nevado, a kilómetro y medio del campamento, y podía divisar, allá abajo, en el aire limpio de la madrugada, los techos de calamina de los barracones brillando en el sol madrugador. «Junto al boquerón de la mina abandonada», había dicho el tipo a Tomasito. El boquerón estaba ahí, medio cubierto por unas vigas apolilladas que antaño apuntalaron la entrada al socavón; pero se habían caído y, junto a las piedras y pedruscos rodados de la cumbre, cubrían ahora tres cuartas partes de la abertura.

¿Y si esta cita fuera una emboscada? ¿Un truco para alejarlo de Carreño? Les caerían por separado, los desarmarían y los matarían, después de torturarlos. Lituma imaginó su cadáver cosido a balazos, machucado y descoyuntado, con un cartelito de pintura roja: «Así mueren los perros de la burguesía.» Sacó el Smith Wesson 38 de su cartuchera y echó una mirada alrededor: piedras, cielo y algunas nubecitas muy blancas, a lo lejos. Ni siquiera un maldito pájaro en el aire.

El tipo se había acercado por la espalda a Tomasito la víspera, mientras éste observaba un partido de fútbol entre dos cuadrillas de peones y, haciéndose el que comentaba las jugadas, le susurró: «Hay alguien que tiene información sobre los desaparecidos. Se la daría personalmente al cabo, si hay gratificación.» ¿Había?

—No sé —dijo Carreño.

—Sonríase —añadió el tipo—, mire la pelota, señálela, no me comprometa.

—Está bien —dijo, el guardia—. Se lo preguntaré a mi jefe.

—Que vaya solo, mañana, a la mina abandonada, a la salida del sol —sonrió el tipo, haciendo gestos y muecas como si no se perdiera un patadón—. Ríase, señale la pelota. Y, sobre todo, olvídese de mí.

Carreño había venido muy excitado a darle la noticia:

—Por fin algo de qué agarrarse, mi cabo.

—Ya veremos, Tomasito, ojalá. ¿Tienes idea de quién es ese tipo?

—Parecía un peón. No lo he visto antes, creo.

El cabo se había levantado a oscuras y visto salir el sol en el trayecto hacia la mina. Llevaba allí mucho rato. La excitación se le había esfumado. Si no era una trampa, podía ser una pasada de algún serrucho concha de su madre para divertirse a costas del uniformado. Aquí lo tenían hecho un huevón, con el revólver en la mano, esperando a un fantasma.

—Buenos días —oyó, a su espalda.

Se dio vuelta con el Smith Wesson rastrillado y allí estaba Dionisio, el cantinero.

—Oiga, oiga —lo tranquilizaba con las manos, sonriendo—. Baje ese revólver, señor cabo, cuidado se le dispare.

Era bajito, fortachón y tenía la chompa azul de costumbre enroscada por el cuello hasta la barbilla. Esa cara mofletuda y tiznada, esos dientes medio verdosos, ese mechón de pelos grises, esos ojitos abrasados por una fiebre borracha y esas manazas como aspas, a Lituma lo descontrolaban. ¿Qué hacía aquí éste?

—Mal hecho eso de venir tan calladito —refunfu-
ñó—. Hubiera podido rifarse su balazo.

—Todos andamos nerviosos con las cosas que pasan
—masculló el cantinero. Tenía una manera de hablar
almibarada, genuflexa, que, sin embargo, desmentían
sus ojitos acuosos, seguros de sí mismos y hasta despectivos—. Sobre todo ustedes, los policías. No es para
menos, por supuesto.

A Lituma, Dionisio siempre le había despertado un
invencible recelo y en este momento más que nunca.
Pero, disimulando, fue hasta él y le estiró la mano:

—Espero a alguien —le dijo—. Tiene que irse.

—Me espera a mí —contestó Dionisio, divertido—.
Y aquí estoy porque he venido.

—Usted no es el que le habló ayer a Tomasito.

—Olvídese de ése, y también de cómo me llamo y de
mi cara —dijo el cantinero, acuclillándose—. Mejor sién-
tese, podrían vernos desde abajo. Esto es confidencial.

Lituma se sentó a su lado, en una piedra chata.

—¿O sea que puede darme información sobre esos
tres?

—Por este encuentro me estoy jugando el pellejo,
señor cabo —murmuró Dionisio.

—Todos nos lo jugamos, cada día —murmuró Lituma. Allí, en lo alto había aparecido una sombra. Planea-
ba sin aletear, suspendida en el aire, impulsada por alguna corriente suave e invisible; a esa altura, sólo podía
ser un cóndor—. Hasta los pobres animales. ¿Oyó lo
de la familia ésa, en Huancapi? Ajusticiaron hasta los
perros, por lo visto.

—Anoche llegó a la cantina uno que estuvo allá
cuando entraron los terrucos —repuso Dionisio, con un
tonito que a Lituma le pareció complaciente, casi eufó-

rico—. Les hicieron su juicio popular, como siempre. A los suertudos los azotaron y a los salados les machacaron la cabeza.

—Ya sólo falta que se chupen la sangre y se coman la carne cruda de la gente.

—Llegaremos a eso —afirmó el cantinero, y Lituma vio que sus ojitos ardían llenos de desasosiego. «Pájaro de mal agüero», pensó.

—Bueno, volviendo a lo de aquí —dijo—. Si sabe qué mierda está pasando y me lo dice, se lo voy a agradecer. Las desapariciones ésas. Estoy en la luna. Ya ve, le soy franco. ¿Fue Sendero? ¿Los mataron? ¿Se los llevaron? Usted no me va a venir con que fueron los pishtacos o los espíritus de las montañas, como doña Adriana, ¿no?

El cantinero se había puesto a rascar la tierra con el palito que mordisqueaba un momento antes y no lo miraba. Lituma lo había visto siempre con esa chompa azul sebosa. Y siempre le había llamado la atención su mechón de canas. Los serranos rara vez tenían canas. Incluso los viejitos viejitos, esos indios encogidos y achicados que parecían niños o enanos, conservaban sus pelos negros. Ni calvos ni canosos. Cuestión del clima, seguro. O de tanta coca que chacchaban.

—Nadie trabaja de balde —susurró el cantinero—. La información que tengo causaría estragos en Naccos. Caerían muchas cabezas. Me juego el pescuezo si se la doy. ¿Se ha contemplado algún reconocimiento? Usted me entiende.

Lituma rebuscó sus bolsillos en busca de cigarros. Ofreció uno a Dionisio y se lo encendió.

—No quisiera engañarlo —confesó, con parsimonia—. Si espera plata, no tengo un medio. Cualquiera puede ver en qué condiciones vivimos yo y mi adjunto. Peor que los peones y no se diga los capataces. Y que usted mismo. Tendría que consultar a la comandancia, en Huancayo. Tardarán en contestar, si es que me contestan. La pregunta tendría que pasar por la radio de la compañía y se enteraría el operador, es decir todo Naccos. Al final, me responderían: «A ese que pide recompensa, córtele un huevo y que cante. Y si no canta, córtele el otro. Y, si no, métale una bayoneta en el culo.»

Dionisio se echó a reír, retorciendo el cuerpo blanduzco y palmoteando. Lituma se rió también, sin ganas. La figura alada descendía, daba una gran curva majestuosa sobre sus cabezas y empezaba a alejarse, con una especie de desdén. Sí, un cóndor. Él sabía que en algunos pueblos de Junín, en las fiestas del santo patrono, los capturaban vivos y los amarraban a los toros para que éstos los fueran picoteando mientras los serruchos los toreaban. Sería cosa de ver.

—Usted es un guardia civil buena gente —oyó afirmar a Dionisio—. Lo reconocen todos en el campamento. Nunca se aprovecha de su autoridad. No hay muchos así. Se lo asegura alguien que conoce la sierra como la palma de su mano. La he recorrido de cabo a rabo.

—¿Les caigo bien a los peones? Cómo sería si les cayera mal —se burló Lituma—. Porque no he hecho un solo amigo en el campamento hasta ahora.

—La prueba de que lo consideran es que usted y su adjunto están vivos —afirmó Dionisio, con naturalidad, como si dijera el agua es líquida y la noche oscura. Hizo una pausa y, volviendo a rascar el suelo con su palito, añadió—: En cambio, a esos tres, ese Pedrito, ese Demetrio, ese Casimiro, nadie los tenía en buen concepto. ¿Sabía usted que Demetrio Chanca era un nombre falso?

—¿Y cómo se llamaba, entonces?

—Medardo Llantac.

Estuvieron callados y, mientras fumaban, a Lituma se le fue escarapelando el cuerpo. Dionisio estaba enterado de todo. Ahora iba a saber la verdad él también. ¿Qué les habían hecho? Cosas espantosas, seguro. ¿Quiénes? ¿Y por qué? Este rosquete borrachín era cómplice, sin duda. El día avanzaba de prisa y un calorcito estimulante reemplazó el fresco del amanecer. El color de los cerros parecía acentuarse, y con los rayos de sol y la nieve algunas cumbres destellaban. Allá abajo, en la transparencia del aire, Lituma divisó unas figuritas diminutas, moviéndose.

—Me gustaría saber qué les pasó —murmuró—. Se lo agradecería, si puede decírmelo. Todo, toditito. Es algo que me desvela. ¿Qué es eso de que Demetrio Chanca se llamaba Medardo Llantac?

—Se cambió de nombre porque andaba huyendo de los terrucos. Y de la policía, tal vez. Se vino hasta aquí creyendo que en Naccos no lo encontraría nadie. Como capataz era muy malhumorado, dicen.

—Entonces, a ése lo mataron ellos, no hay vuelta que darle. Porque están muertos, ¿no es cierto? ¿Los mataron los terrucos? ¿Hay muchos senderistas en el campamento?

El cantinero tenía la cabeza baja y seguía rascando el suelo con su palito. Lituma veía el mechón de pelos blancos entre las cerdas oscuras y alborotadas. Recordó la borrachera de Fiestas Patrias, en la atestada cantina. Dionisio, como una uva, los ojos malevolentes, incitaba a todos a bailar entre hombres: su tema de cada noche.

104

Iba y venía de grupo en grupo, brincando, bailoteando, picoteando de las copas y las botellas, sirviendo mulitas de pisco, y a ratos imitando a un oso. De pronto, se bajó el pantalón. Lituma volvió a oír la risa de doña Adriana, las carcajadas de los peones y vio, de nuevo, las nalgotas chorreadas del cantinero. Sintió el asco de aquella noche. ¿Qué porquerías habían pasado después, cuando él y Tomasito se largaron? La cabeza del mechón blanco asintió. El palito se elevó, trazó medio círculo y señaló la entrada de la mina abandonada.

—¿Están en ese socavón los tres cadáveres?

Dionisio no asintió ni negó. Su mano regordeta volvió a la posición anterior y el palito empezó a arañar de nuevo los pedruscos, con cierta impaciencia.

—No le aconsejaría que se meta ahí a buscarlos —dijo, de una manera que a Lituma le pareció más insidiosa que amable—. Esos socavones se sostienen de milagro. Al menor paso en falso se viene el derrumbe. Además, los túneles están llenos de gases. Sí, ahí deben estar todavía, en ese laberinto, si no se los comió el muki. ¿Sabe quién es, no? El diablito de las minas, el vengador de los cerros explotados por la codicia de los humanos. Mata sólo a los mineros. Es mejor que no le diga más, señor cabo. En el momento que usted sepa, es hombre muerto. No duraría ni una hora. Se lo iba a decir por plata, a sabiendas de que lo mandaba al matadero. La necesitamos para irnos de aquí. Usted se ha dado cuenta. Se va cerrando el cerco y en cualquier momento llegarán. Después de usted y su adjunto, los segundos en su lista somos yo y mi mujer. Y, tal vez, los primeros. Ellos no sólo odian a los cachacos. También a los que chupan y cachan, a los que hacen chupar y cachar a los demás. A los que se divierten, a pesar de las desgracias. Estamos

105

condenados a las pedradas nosotros también. Hay que irse. Pero ¿con qué? Es una suerte que no tenga con qué comprarme el secreto. ¡Salvó su vida, señor cabo!

Lituma aplastó la colilla con el pie. Tal vez el cantinero tuviera razón, tal vez a su ignorancia debía el estar vivo. Trató de imaginárselos despedazados en el fondo de esos túneles húmedos y en eterna tiniebla, en esos pasadizos de tufos explosivos y venenos sulfurosos. Lo que dijo la señora Adriana pudiera ser cierto. A lo mejor los habían matado por supersticiones de la religión. Sendero no tiraba a la gente a los socavones, dejaba los cadáveres a plena luz, para que lo supiera el mundo entero. El cantinero conocía al dedillo lo ocurrido. ¿Quiénes habían hecho una cosa así? ¿Y si le ponía el Smith Wesson en la boca y lo atarantaba? «Ladra o vas a acompañarlos al fondo del socavón.» Eso hubiera hecho el teniente Silva, allá en Talara. Le vino una risita.

—Cuénteme el chiste, cabo.

—Me río porque estoy nervioso —le explicó Lituma—. Recuerde que a uno de esos tres yo lo conocí mucho. Pedrito Tinoco nos ayudó a habilitar el puesto y vivió con nosotros desde que mi adjunto se lo trajo a Naccos. Era alguien que no hacía daño a nadie.

Se puso de pie y dio unos pasos, respirando hondo. Como otras veces, sintió la presencia aplastante y opresiva de las montañas macizas, del cielo profundo de la sierra. Todo iba hacia lo alto, aquí. Con todas las células de su cuerpo añoró los desiertos, las llanuras sin término de Piura, alborotadas de algarrobos, de rebaños de cabras y de médanos blancos. ¿Qué hacías aquí, Lituma? Y una vez más, como tantas en estos meses, tuvo la certeza de que no saldría vivo de Naccos. Terminaría en el fondo de un túnel, como esos tres.

—Querer aclarar eso es una pérdida de tiempo, señor cabo —dijo el cantinero. Se había sentado en la piedra chata que antes ocupaba Lituma—. La gente anda con la cabeza caliente por lo que pasa. Y, cuando la gente anda así, puede suceder cualquier cosa.

—Ustedes son muy crédulos, muy ingenuos —repuso Lituma—. Se tragan cualquier embuste, como eso del pishtaco o del muki, cosas que no se cree ya nadie en ningún lugar civilizado.

—En cambio, los de la costa son muy sabidos, ¿no? —dijo Dionisio.

—Es muy fácil echarle la culpa de esas desapariciones a Satanás, como hace su esposa.

—Pobre Satanás —se rió Dionisio—. Adriana sólo sigue la corriente. ¿No le han echado siempre la culpa a él de todo lo malo que pasa? De qué se asombra, entonces.

—Vaya, a usted no le parece tan malo Satanás —observó Lituma, escrutándolo.

—Si no fuera por él, los hombres no hubieran aprendido a gozar de la vida —lo desafió Dionisio con sus ojitos sardónicos—. ¿O está también en contra de que los hombres se farreen, como esos fanáticos?

—Por mí, que el mundo se la pase cachando y divirtiéndose —repuso Lituma—. Es lo que quisiera hacer yo aquí. Pero no hay con quién.

—Qué espera para tirarle un polvito a su adjunto —se rió Dionisio—. El muchacho no está mal.

—Conmigo no van las mariconerías —se enojó Lituma.

—Es una broma, señor cabo, no se enoje —dijo el cantinero, incorporándose—. Bueno, ya que no hay negocio, lo voy a dejar en la luna. Mejor para usted, se lo repito. Y peor para mí. Ya sé que estoy en sus manos. Si se le antoja contar a cualquiera esta conversación, soy cadáver.

Lo decía sin la más leve sombra de inquietud, como si no le cupiera la menor duda de que el cabo era incapaz de delatarlo.

—En esta boca no entran moscas —dijo Lituma—. Siento que no hayamos hecho el trato. Pero no depende de mí. Por más que lleve uniforme, yo no existo.

—Puedo darle un consejo —dijo Dionisio—. Tírese una buena borrachera y olvídese de todo. Cuando los pensamientos se van, uno es feliz. Ahí me tiene en la cantina, para servirlo. Hasta lueguito, señor cabo.

Hizo un vago saludo con la mano y se alejó, no por la trocha que bajaba al campamento, sino contorneando el socavón. Lituma volvió a sentarse en la piedra y, con manos que sudaban, encendió el segundo cigarrillo de la mañana. Lo que el cantinero había dicho revoloteaba en su cabeza, como esos pájaros oscuros que habían aparecido en dirección de los nevados. Había muchos aliados de los terroristas en el campamento, sin ninguna duda. Por eso Dionisio estaba asustado y quería irse, aunque fuera delatando por plata a algunos de sus clientes. ¿Se habrían resistido esos tres a cooperar con algo, con alguien, y por eso los aventaron allí abajo? Si cualquiera de estas noches los terrucos prendían fuego al puesto y los achicharraban a él y su adjunto, la superioridad mandaría el pésame a los familiares y los citarían en la orden del día. Triste consuelo.

Daba chupada tras chupada al cigarrillo y su humor cambiaba de la cólera a la desmoralización y a la tristeza. No, no podía haber sido Sendero. Más bien alguna brujería o estupidez de los serruchos. Se levantó y dio unos pasos hacia el boquerón medio obstruido por las piedras. ¿Estarían allí? ¿O sería el cuentanazo de un chupaco que quería ganarse unos soles de cualquier modo, para escapar de Naccos? Él y Tomasito tendrían que meter por ahí la nariz a ver qué se encontraban.

Arrojó el pucho y comenzó la bajada. Carreño ya estaría preparando el desayuno. También Tomasito tenía su misterio. Eso de ponerse a llorar en las noches, de repente. ¿Sería sólo por la piurana? Chistoso, después de todo. El mundo viniéndose abajo, ajusticiamientos, desapariciones, diablos, mukis, pishtacos. Y el guardia civil Tomás Carreño llorando porque lo dejó una hembrita. Bueno, fue la primera que se tiró, la que lo desvirgó. Y, por lo visto, la única que se había comido este inocentón.

Aquella madrugada, como otros días de viaje o de excursión, la señora D'Harcourt se levantó todavía oscuro, segundos antes de que repicara el despertador. Y con el mismo cosquilleo novelero con el que, a pesar de venir haciéndolo ya cerca de treinta años, salía cada vez al campo, ya fuera por trabajo o por placer (ambas cosas eran indiferenciables para ella). Se vistió de prisa, y, en puntas de pie para no despertar a su marido, bajó a la cocina a prepararse un café. La víspera había dejado el maletín de viaje listo, junto a la puerta de la calle. Cuando estaba enjuagando la taza, Marcelo se apareció en la puerta de la cocina, en bata y descalzo, con los cabellos revueltos, bostezando.

—Por más que trato de evitarlo, siempre hago ruido —se disculpó ella—. ¿O el subconsciente me traiciona y quiero despertarte?

—Te doy cualquier cosa para que no vayas a Huancavelica —volvió a bostezar él—. ¿Negociamos? Aquí tengo la chequera.

—La luna y las estrellas, para empezar a hablar —se rió ella, alcanzándole una taza de café—. No seas tonto, Marcelo. Estoy más segura allá arriba que tú yendo a la oficina. Las calles de Lima son más peligrosas que los Andes, estadísticamente.

—Nunca he creído en las estadísticas —bostezó él, desperezándose. Se quedó observándola, viendo el orden cuidadoso con que disponía tazas, platos y cucharillas en el aparador—. Estos viajes tuyos me van a abrir una úlcera, Hortensia. Si no me matan antes de un infarto.

—Te traeré quesito fresco de la sierra —le retiró ella el mechón de la frente—. Vuelve a la cama y suéñate conmigo. No me va a pasar nada, no seas tonto.

En eso sintieron el jeep del Ministerio junto a la puerta de la casa y la señora D'Harcourt se apresuró a salir. Besó a su marido, asegurándole una vez más que no había razón para alarmarse, y le recordó que despachara al Smithsonian el sobre con las fotografías del Parque Nacional del Yanaga-Chemillén. Marcelo salió hasta la puerta y, al despedirse, le dijo a Cañas lo de otras veces:

—Tráigamela de vuelta sana y salva, ingeniero.

Las calles de Lima estaban desiertas y húmedas. El jeep llegó en pocos minutos a la carretera central, donde el tráfico era todavía bastante ralo.

—¿Se pone tan nerviosa su esposa como mi marido cuando usted viaja, ingeniero? —preguntó la señora D'Harcourt. Las luces de Lima se iban quedando atrás, en la claridad lechosa del amanecer.

—Un poquito —asintió el ingeniero—. Pero Mirta no es muy buena en geografía y no se huele que vamos a la boca del lobo.

—¿Vamos a la boca del lobo? —dijo el chofer y el jeep dio un brinco—. Debió decírmelo antes, ingeniero, y no venía. No voy a jugarme el pellejo por la miseria que me pagan.

—Que nos pagan —se rió Cañas.

—Que les pagan —remató la señora D'Harcourt—. Lo que es yo no gano ni un centavo. Todo esto lo hago por amor al arte.

—Bien que le gusta, señora. Usted pagaría por hacer estas cosas.

—Bueno, sí, es la pura verdad —admitió ella—. Esto ha llenado mi vida. Será que las plantas y los animales nunca me han decepcionado. Los seres humanos, en cambio, algunas veces. Y a usted también le gusta, ingeniero. No seguiría en el Ministerio si no fuera por una razón más seria que ese sueldito.

—Usted tiene la culpa, señora. Fue leyendo sus artículos en *El Comercio,* ya se lo he dicho. Usted me abrió el apetito, las ganas de viajar por el Perú, de conocer las maravillas que describía. Usted tiene la culpa de que estudiara agronomía y, también, de que haya terminado en la Dirección Forestal. ¿No le remuerde la conciencia?

—Treinta años haciendo proselitismo y tengo un discípulo —aplaudió la señora D'Harcourt—. Ya puedo morirme tranquila.

—Tiene muchos —aseguró el ingeniero Cañas, con convicción—. Usted nos ha descubierto la tierra privilegiada que tenemos. Y lo mal que la tratamos. No creo que haya un peruano que conozca este país tan al revés y al derecho como usted.

—Ya que estamos de cumplidos, le voy a devolver las flores —dijo la señora D'Harcourt—. Con usted en el Ministerio, mi vida ha cambiado. Por fin alguien que entiende lo del medio ambiente, que pelea con los burócratas. No es un discurso, ingeniero. Gracias a usted, ya no me siento huérfana como antes.

A la altura de Matucana aparecieron, entre los cerros, síntomas de sol. Era una mañana seca y fría y el resto del trayecto, mientras cruzaban las cumbres heladas de La Oroya y el templado valle de Jauja, el ingeniero y la señora D'Harcourt estuvieron haciendo proyectos sobre cómo conseguir nuevos patrocinadores para el proyecto de reforestación de las sierras de Huancavelica, auspiciado por la FAO y Holanda, cuyos primeros resultados iban a verificar. Era una victoria que ambos habían celebrado en un chifa de San Isidro, hacía unos meses. Cerca de cuatro años de oficios, memorándums, conferencias, artículos, cartas, gestiones, recomendaciones. Hasta que lo habían conseguido. Estaba en marcha. En lugar de confinarse en el pastoreo y los cultivos de subsistencia, las comunidades empezaban a trabajar con árboles. Si se mantenían los fondos, dentro de unos años frondosos bosques de queñua darían otra vez sombra a esas cavernas llenas de inscripciones mágicas y dibujos, mensajes de los remotos ancestros que, apenas restablecida la paz, arqueólogos de todo el mundo podrían venir a descifrar. Era preciso que más países y fundaciones dieran dinero. Hacía falta promotores que enseñaran a los campesinos a usar la bosta de los animales en vez de la leña, para cocinar y calentarse; una estación experimental; poner en pie por lo menos diez viveros más. En fin... Aunque la señora D'Harcourt era una mujer práctica, a veces se dejaba llevar por la imaginación y recomponía de acuerdo a sus deseos una realidad que, sin embargo, conocía de sobra, pues llevaba media vida lidiando con ella.

Llegaron a Huancayo poco después del mediodía y pararon a comer un bocado, de prisa, y a que el chofer pusiera gasolina y revisara el motor y las llantas del jeep. Entraron a un restaurante, en una esquina de la plaza.

—Casi convenzo al embajador de España que viniera —contó la señora D'Harcourt al ingeniero—. No pudo porque le llegó de Madrid una delegación de no sé qué. Me ha prometido que vendrá la próxima vez. Y que hará gestiones, a ver si el gobierno español nos ayuda. También allá la ecología se pone de moda, parece.

—Cómo me gustaría conocer Europa —dijo el ingeniero Cañas—. El abuelo de mi madre era de Galicia. Debo de tener parientes por allá.

En la segunda parte del trayecto casi no pudieron conversar, por los barquinazos y sacudones del jeep en la destruida carretera. Los huecos y derrumbes entre Acostambo e Izcuchaca eran tales que estuvieron a punto de dar marcha atrás; pese a ir prendidos del asiento y del techo, los baches los aventaban uno contra el otro y amenazaban con despedirlos del vehículo. El chofer se divertía: «¡Guardabajo!» «¡Toro bravo a la vista!», iba cantando. Llegaron a Huancavelica de noche. Hacía frío y ellos se habían puesto chompas, guantes de lana y bufandas.

En el Hotel de Turistas los esperaba el prefecto, que había recibido instrucciones de Lima. Esperó que se bañaran y los invitó a comer, en el mismo hotel. Allí vinieron a darles el encuentro los dos técnicos del Ministerio que debían acompañarlos. Y se presentó también el comandante de la guarnición, un hombre bajito y cordial. Saludó militarmente y les dio la mano.

—Un gran honor recibir a una persona tan importante, señora —dijo, quitándose la gorra—. Leo siempre su página en *El Comercio*. Y he leído su libro sobre el Callejón de Huaylas. Qué lástima no tenerlo conmigo, para que me pusiera una firmita.

Les anunció que la patrulla estaba lista; podrían iniciar el recorrido a las siete de la mañana.

—¿Una patrulla? —La señora D'Harcourt interrogó con los ojos al ingeniero Cañas.

—Yo le expliqué que no queríamos escolta —dijo éste al prefecto.

—Y yo se lo trasladé al comandante —repuso el prefecto, levantando los hombros—. Pero donde manda capitán no manda marinero. Ésta es zona de emergencia, bajo autoridad militar.

—Lo siento mucho, señora, pero no puedo permitir que se internen por ahí sin protección —les advirtió el comandante. Era un hombre joven, con unos bigotitos bien recortados y se esforzaba por ser amable—. La zona es peligrosa, los subversivos la llaman «territorio liberado». Demasiada responsabilidad para mí. Le aseguro que la patrulla no interferirá en nada.

La señora D'Harcourt suspiró y cambió con el ingeniero Cañas una mirada abatida. Tendría que explicárselo al comandante, como se lo había explicado, desde que la violencia comenzó a llenar de muertos, de miedo y de fantasmas estas serranías, a prefectos, subprefectos, capitanes, mayores, comandantes, guardias civiles, guardias republicanos Y soldados rasos.

—No somos políticos ni tenemos nada que ver con la política, comandante. Nuestra preocupación es la naturaleza, el medio ambiente, los animales, las plantas. No servimos a este gobierno, sino al Perú. A todos los peruanos. A los militares y también a esos cabezas locas. ¿No se da cuenta? Si nos ven rodeados de soldados, se harán una idea falsa de lo que somos, de lo que hacemos. Le agradezco su intención. No necesitamos que nos cuiden, le aseguro. Nuestra mejor protección es ir solos, mostrando que no tenemos nada que ocultar.

El comandante no quería dar su brazo a torcer. Ya había sido bastante temeridad hacer por tierra el tramo de Huancayo a Huancavelica, donde había habido decenas de asaltos y atentados. Insistía, excusándose. Podía parecerles un impertinente, pero era su obligación y no quería que más tarde alguien se lo reprochara.

—Le firmaremos un papel liberándolo de toda responsabilidad —le propuso el ingeniero Cañas—. No lo tome como ofensa, comandante. Pero, para nuestro trabajo, ellos no deben identificarnos con ustedes.

La discusión sólo cesó cuando la señora D'Harcourt dijo que, si el oficial insistía, suspendería la expedición. El comandante redactó un documento e hizo firmar, como testigos, al prefecto y a los dos técnicos.

—Vaya cabeza dura la suya —se reconcilió con él la señora D'Harcourt al darle las buenas noches—. De todos modos, gracias por su gentileza. Escríbame aquí su dirección y le mandaré un librito mío que está por salir, sobre el Valle del Colca. Con unas fotos muy lindas, verá.

A la mañana siguiente, la señora D'Harcourt fue a oír misa a la iglesia de San Sebastián, cuyos majestuosos arcos coloniales y viejísimos retablos de legañosos arcángeles se quedó contemplando un buen rato. Partieron en dos autos, el jeep y un viejo Ford negro en el que iban los técnicos y el prefecto. En el rumbo de las minas de Santa Bárbara se cruzaron con una patrulla de soldados; llevaban los fusiles con las bayonetas caladas y parecían listos a disparar. A los pocos kilómetros, el camino se convirtió en una incierta trocha y el jeep, tratando de no dejar demasiado rezagado al Ford, disminuyó la velocidad. Durante un par de horas estuvieron subiendo y bajando por un paisaje semidesierto, en el que se sucedían montañas peladas en cuyas laderas, como una nota de vida y de color, surgían a veces puñados de chozas y, cuadrados de papa, cebada, haba, ocas y mashua. El Ford se les perdió de vista.

—La última vez que estuve por aquí no había tantas pintas ni banderas rojas —comentó el ingeniero Cañas—. Debe ser cierto lo que decía el comandante. Parece que controlaran esta zona.

—Con tal que esto no eche abajo la reforestación —dijo la señora D'Harcourt—. Sólo faltaría eso. Cuatro años para que salga el proyecto y cuando sale...

—Hasta ahora no he metido mi cuchara, les consta —intervino el chofer—. Pero, si me hubieran preguntado, yo me sentiría más tranquilo con esa escolta.

—Entonces nos hubieran tomado por sus enemigos —dijo la señora D'Harcourt—. Y no lo somos, de nadie. Nosotros trabajamos también para ellos. ¿No se da cuenta?

—Yo sí, señora —gruñó el hombre—. Ojalá que ellos también se den cuenta. ¿No ha visto en la tele las barbaridades que hacen?

—Nunca veo televisión —repuso la señora D'Harcourt—. Será por eso que me siento tan tranquila.

A la caída de la tarde llegaron a la comunidad de Huayllarajcra, donde funcionaba uno de los viveros.

Allí venían los campesinos a llevarse los plantones de queñua para replantarlos alrededor de sus sembríos y a orillas de lagunas y riachuelos. El centro comunal, con su pequeña iglesia de tejas y su torrecilla mochada, su escuelita de barro y su plaza de piedras bastas, estaba semidesierto. Pero el alcalde y los regidores de Huayllarajcra, enarbolando sus varas de mando, los hicieron recorrer el vivero, que había sido construido en faenas comunales. Parecían entusiasmados con el programa de forestación. Decían que, hasta ahora, todos los comuneros vivían en las alturas, muy separados unos de otros, pero que si se hacían realidad los planes de agruparse, tendrían luz y agua potable. En la claridad declinante se podía abarcar una vasta extensión, con manchones de sembríos y un terreno que se endurecía y elevaba hasta perderse entre nubes. El ingeniero Cañas respiró hondo, abriendo los brazos.

—¡Este paisaje a mí me quita la neurosis de Lima! —exclamó, excitado, señalando—. ¿A usted no, señora? Debimos traernos una botellita de algo, para el frío.

—¿Sabe cuándo vi este espectáculo por primera vez? Hace veinticinco años. Desde ahí mismo, donde está usted parado. Maravilloso, ¿no es cierto?

Junto al vivero había un rancho que ofrecía comida. El ingeniero y la señora D'Harcourt se habían alojado allí otras veces y lo harían también ahora. Pero la familia de antaño se había reducido a una anciana, que no supo explicarles dónde y por qué habían partido sus parientes. La choza estaba vacía, con excepción de un pequeño camastro. La mujer permanecía muda y atareada, atizando el fogón, removiendo la olla y dándoles la espalda. El alcalde y los regidores retornaron a sus casas. Quedaron solos en el centro comunal. Los dos guardianes del vivero se habían encerrado en su caseta, bajando una tranca. El corralito de cañas, que la señora D'Harcourt recordaba con carneros y gallinas, estaba vacío y las estacas arrancadas. Entre los montones de paja del techo, en lo alto de un palo, flameaba una franela roja descosida.

Cuando el Ford con el prefecto y los técnicos llegó a Huayllarajcra, refulgían las estrellas en un cielo retinto. El ingeniero y la señora D'Harcourt desempacaban. En un rincón de la cabaña tenían instalados sus bolsones de dormir, habían inflado las almohadillas de jebe y, en un primus portátil, calentaban café.

—Creíamos que habían tenido un accidente —los saludó el ingeniero Cañas—. Estaba por salir a buscarlos.

Pero el prefecto era otra persona; el hombrecillo servicial y bonachón de Huancavelica echaba chispas. Habían pinchado una llanta, en efecto, pero no era eso lo que lo tenía frenético.

—Hay que regresar inmediatamente —ordenó, al tiempo que se apeaba—. No podemos pasar la noche aquí, de ninguna manera.

—Tómese un café y una galleta y admire el panorama —lo calmó el ingeniero—. Este espectáculo no se ve en ninguna parte del mundo. No se sulfure, hombre.

—¿No se da usted cuenta? —elevó la voz el prefecto: le temblaba el mentón y abría y cerraba los ojos como cegado—. ¿No ha visto las pintas, las consignas, por todo el camino? ¿No hay una bandera roja sobre nuestras cabezas? El comandante tenía razón. Es una temeridad. No podemos exponernos así. Y usted menos que nadie, señora.

—Hemos venido a hacer un trabajo que no tiene nada

118

que ver con la política —trató de apaciguarlo ella—. Pero, si se siente inseguro, puede volverse a la ciudad.

—Yo no soy ningún cobarde. —El prefecto tenía la voz cambiada y le salían gallos—. Esto es una imprudencia. Estamos en peligro. No podemos pasar la noche aquí. Ni yo, ni los técnicos, ni el ingeniero. Hágame caso, regresemos. Volveremos con la patrulla. No exponga a la gente de ese modo, señora.

El ingeniero Cañas se volvió hacia los dos técnicos. Ambos escuchaban la discusión, mudos.

—¿Ustedes también quisieran irse?

Eran bastante jóvenes y vestían con ropas muy humildes. Parecían incómodos. Se miraron entre ellos, sin decir nada.

—No se sientan obligados, por favor —intervino la señora D'Harcourt—. Si prefieren regresar, pueden hacerlo.

—¿Usted se quedará, ingeniero? —preguntó por fin uno de ellos, con acento norteño.

—De todas maneras —dijo éste—. Hemos dado una pelea demasiado larga para formalizar este proyecto, para sacarle plata a la FAO, a Holanda. No voy a dar marcha atrás cuando empieza a caminar.

—Entonces, quedémonos —dijo el que había hecho la pregunta—. Y que sea lo que Dios quiera.

—Lo siento mucho, pero yo me voy —anunció el prefecto—. Tengo un cargo político. Si vienen, yo no la cuento. Pediré al comandante que les envíe la patrulla.

—De ninguna manera —repuso ella, dándole la mano—. Vaya, nomás. Nos veremos en Huancavelica, dentro de un par de días. Buen viaje de regreso. Y no se preocupe por nosotros, que allá arriba alguien nos protege mejor que cualquier patrulla.

Descargaron las mantas y maletines de los técnicos y vieron alejarse el Ford, en la oscuridad.

—Regresar solo a estas horas y por esos caminos es una locura —murmuró uno de los técnicos.

Durante un buen rato, trabajaron en silencio, preparándose a pasar la noche en la pequeña construcción. Después de servirles una sopa muy picante, con pedazos de yuca, la anciana se tendió en su camastro. Ellos dispusieron las bolsas de dormir y las mantas una al lado del otro y luego armaron una fogata, sentados en torno de la cual vieron destellar y multiplicarse las estrellas. Tenían sandwichs de jamón, de pollo y de palta, y la señora D'Harcourt les repartió, de postre, tabletas de chocolate. Comieron despacio, conversando. Hablaron del itinerario del día siguiente, de las familias que estaban en Lima, y el técnico norteño, que era de Pacasmayo, de su novia trujillana: el año pasado había ganado el segundo premio del Concurso de la Marinera. Luego, la conversación se concentró en lo innumerables, lo fulgurantes que eran las estrellas cuando se contemplaba la noche desde estas cumbres de los Andes. De pronto, la señora D'Harcourt cambió el sesgo de la charla:

—Hace treinta años que viajo por el Perú, y, la verdad, nunca se me pasó por la cabeza que un día podrían ocurrir estas cosas.

El ingeniero, los técnicos y el chofer permanecieron callados, reflexionando sobre sus palabras. Después, se echaron a dormir, vestidos.

Ellos llegaron al amanecer, cuando los expedicionarios estaban levantándose. Eran una cincuentena de hombres, mujeres, muchos jóvenes, algunos niños, la mayoría campesinos, pero también mestizos de ciudad, con casacas, ponchos, zapatillas u ojotas, pantalones vaqueros y chompas con toscas figuras bordadas a imitación de las que adornan los huacos prehispánicos. Se cubrían las cabezas con chullos, gorras o sombreros, y algunos ocultaban su cara con pasamontañas. Estaban pobremente armados, sólo tres o cuatro con Kalashnikovs; los demás, con escopetas, revólveres, carabinas de caza o simples machetes y garrotes. La vieja cocinera había desaparecido.

—No necesitan apuntarnos —dijo la señora D'Harcourt, adelantándose—. No estamos armados y tampoco vamos a escapar. ¿Puedo hablar con el jefe? Para explicarle qué hacemos aquí.

Nadie le contestó. No se escuchó orden alguna, pero todos parecían bien aleccionados, pues, separándose del montón, grupos de dos o tres rodearon a cada uno de los cinco, y los registraron con minucia, sacándoles todo lo que llevaban en los bolsillos. Les amarraron las manos a la espalda con pedazos de soga o tripa de animal.

—No somos sus enemigos, no somos políticos, no trabajamos para el gobierno sino para los peruanos —decía la señora D'Harcourt, alargando las manos para facilitar el trabajo de sus captores—. Nuestra tarea es defender el medio ambiente, los recursos naturales. Que no se destruya la naturaleza, para que en el futuro haya comida y tengan trabajo todos los niños de la sierra.

—La señora D'Harcourt ha escrito muchos libros sobre nuestras plantas, nuestros animales —les explicaba el ingeniero Cañas—. Es una idealista. Como ustedes, ella quiere una vida mejor para los campesinos. Gracias a ella, esta región se va a llenar de árboles. Una gran cosa para los comuneros, para Huancavelica. Para ustedes y los hijos de ustedes. Esto nos conviene a todos, sean cuales sean las ideas políticas.

Los dejaban hablar, sin interrumpirlos, pero no les prestaban la menor atención. Se habían movilizado, desplazando centinelas a distintos puntos desde los que se podía otear el camino de venida y la trocha que trepaba los nevados. Era una mañana fría y seca, de cielo despejado y aire cortante. Las altas paredes de los cerros lucían reverdecidas.

—La lucha nuestra se parece a la de ustedes —decía la señora D'Harcourt, con la voz tranquila y una expresión que no traducía la menor alarma—. No nos traten como enemigos, no lo somos.

—¿Podríamos hablar con el jefe? —preguntaba, de tanto en tanto, el ingeniero Cañas—. ¿O con cualquier responsable? Permítanme explicarle.

Luego de un buen rato, un grupo de ellos entró a la ranchería y los que permanecieron afuera empezaron a hacer pasar, uno tras otro, a los expedicionarios. Los interrogaban en alta voz. Los de afuera podían seguir pedazos del diálogo. Eran interrogatorios lentos y repetitivos; a los datos personales se mezclaban consideraciones políticas y, a veces, averiguaciones sobre personas y extraños asuntos. Pasó primero el chofer, luego los técnicos, luego el ingeniero Cañas. Cuando éste salió, era ya el atardecer. La señora D'Harcourt pensó, sorprendida, que llevaba diez horas allí, de pie, sin comer ni beber. Pero no tenía hambre ni sed ni se sentía cansada. Pensaba en su marido, más apenada por él que por ella. Vio salir al ingeniero Cañas. Lucía una expresión distinta, como si hubiera perdido la seguridad que lo animó durante el día, cuando trataba de hablarles.

—Oyen, pero no escuchan ni quieren enterarse de lo que se les dice —lo oyó murmurar, al cruzarse con él—. Parecen de otro planeta.

Ya dentro de la choza, la hicieron sentarse en el suelo, en la postura en que se hallaban los tres hombres y la mujer. La señora D'Harcourt se dirigió al que llevaba casaca de cuero y una bufanda al cuello, un hombre joven, con una barba crecida y unos ojos pardos, fríos y directos. Le contó su vida, con cierto detalle, desde su nacimiento, pronto harían sesenta años, en ese remoto país báltico que desconocía y cuya lengua no hablaba, pasando por su infancia trashumante en Europa y América, y sus estudios saltamontes, cambiando de colegios, de idiomas, de países. Hasta su llegada al Perú, antes de cumplir veinte años, recién casada con un joven diplomático. Le contó su amor a primera vista con los peruanos y, sobre todo, su deslumbramiento con los desiertos, las selvas, las montañas, los árboles, los animales, las nieves, de este país que ahora era también suyo. No sólo porque así lo decía su pasaporte —la nacionalidad se la había dado Marcelo, su segundo marido—, sino porque ella se había ganado el derecho a llamarse peruana a fuerza de recorrer y estudiar y promover la belleza de este país, en artículos, conferencias, libros, desde hacía muchos años. Lo seguiría haciendo hasta el fin de sus días, porque eso había dado sentido a su vida. ¿Comprendían que no era su enemiga?

La escucharon sin interrumpirla, pero sin que sus caras denotaran el menor interés. Sólo cuando calló, luego de explicarles lo difícil que había sido para ella y ese joven generoso y abnegado, el ingeniero Cañas, sacar adelante la reforestación de Huancavelica, comenzaron a hacerle preguntas. Sin animadversión ni antipatía, con fórmulas secas, mecánicas, y unas voces neutrales, de rutina, como si, pensaba la señora D'Harcourt, todas estas preguntas fueran una formalidad inútil pues ellos ya conocían las respuestas. Le preguntaban desde cuándo daba informes a la policía, al Ejército, al Servicio de Inteligencia, y sobre sus viajes y recorridos. Ella les dio todas las precisiones. El Instituto Geográfico Militar le había pedido que asesorara a la Comisión Permanente que rehacía y perfeccionaba el Atlas, y ésa había sido su única vinculación con las Fuerzas Armadas, salvo alguna que otra conferencia en la Escuela Militar, en la Naval, o en el Centro de Altos Estudios Militares. Ellos querían saber de sus contactos con gobiernos extranjeros, a cuáles servía, cuáles le enviaban instrucciones. Explicó que no se trataba de gobiernos sino de institutos científicos, el Smithsonian de Washington, el Museo del Hombre en París, el Museo Británico de Londres, y algunas fundaciones o centros ecologistas, de los que a veces había conseguido fondos para pequeños proyectos («unas miserias, casi siempre»). Pero, mientras hablaba, rectificaba, especificaba, y a pesar de que en sus respuestas subrayaba siempre que ninguno de sus contactos era político, que todas esas vinculaciones, relaciones, eran científicas, nada más que científicas, por las expresiones y las miradas de sus interrogadores, la dominaba la certidumbre de un insuperable malentendido, de una incomunicación más profunda que si ella hablase chino y ellos español.

Cuando aquello pareció llegar a su término —sentía la boca reseca y le ardía la garganta— la señora D'Harcourt se sintió muy cansada.

—¿Me van a matar? —preguntó, sintiendo que, por primera vez, la voz se le quebraba.

El de la casaca de cuero la miró a los ojos, sin pestañar.

—Ésta es una guerra y usted es un peón del enemigo de clase —le explicó, mirándola con su mirada blanca, monologando con su voz sin matices—. Usted ni siquiera se da cuenta de que es un instrumento del imperialismo y del Estado burgués. Y encima se da el lujo de tener buena consciencia, de sentirse la gran samaritana del Perú. Su caso es típico.

—¿Me lo puede explicar? —dijo ella—. No lo entiendo, sinceramente. ¿De qué soy un caso típico?

—Del intelectual que traiciona a su pueblo —dijo el hombre, con la misma serena, helada seguridad—. Del que sirve al poder burgués, a la clase dominante. Lo que usted hace no tiene nada que ver con el medio ambiente. Sino con su clase y con el poder. Usted viene con esos funcionarios, los periódicos hacen publicidad y el gobierno gana una batalla. ¿Quién decía que éste era territorio liberado? ¿Quién que en esta zona se había instalado ya un pedazo de la República de Nueva Democracia? Mentira. Ahí está la prueba. Vean las fotografías. Reina la paz burguesa sobre los Andes. Usted tampoco lo sabe, pero aquí está naciendo un nuevo país. Con mucha sangre y mucho dolor. Contra enemigos tan poderosos, no podemos tener contemplaciones.

—¿Puedo al menos interceder por el ingeniero Cañas? —balbuceó la señora D'Harcourt—. Es un joven, acaso de la misma generación que usted. Nunca he conocido un peruano tan idealista, que trabaje con tanta...

—La sesión ha terminado —dijo el joven de la casaca, poniéndose de pie.

Cuando salieron estaba poniéndose el sol detrás de los cerros y el vivero de plantones comenzaba a desaparecer en una gran hoguera cuyas lenguas de fuego caldeaban la atmósfera. Le ardieron las mejillas. La señora D'Harcourt vio que el chofer estaba subiendo al jeep. Poco después, partía, por la ruta hacia Huancavelica.

—Por lo menos, él se ha librado —dijo, a su lado, el ingeniero Cañas—. Me alegro, porque el zambo es muy buen tipo.

—Lo siento mucho, ingeniero —murmuró ella—. Me siento tan culpable con usted. No sé cómo pedirle...

—Es para mí un gran honor, señora —dijo él, sin que le desfalleciera la voz—. Acompañarla en este trance, quiero decir. A los dos técnicos se los han llevado para allá, y, como son de menos jerarquía, les darán un tiro en la cabeza. Usted y yo, en cambio, somos privilegiados. Me lo acaban de explicar. Una cuestión de símbolos, parece. Usted es creyente, ¿no? Rece por mí, se lo ruego, yo no lo soy. ¿Podemos juntarnos? Resistiré mejor si puedo cogerle la mano. Tratemos, ¿quiere? Acérquese, señora.

—¿Y qué decías en sueños, Tomasito? —preguntó Lituma.

Cuando el muchacho abrió los ojos, sobresaltado, el sol brillaba en la habitación y ésta lucía más pequeña y ruinosa que la noche anterior. Mercedes, peinada y vestida, lo miraba desde una esquina de la cama con unos ojillos inquisidores. En su cara flotaba una sonrisita burlona.

—¿Qué hora es? —dijo él, desperezándose.

—Hace horas que te veo dormir —Mercedes abrió la boca y se rió.

—Vaya, vaya —dijo el muchacho, incómodo—. Menos mal que amaneciste de buen humor, hoy.

—Es que no sólo te estuve viendo dormir, también oyendo. —En la cara morena de Mercedes destellaban unos dientes blancos de ratoncita, mi cabo—. Hablabas y hablabas. Creí que te hacías el dormido. Pero me acerqué y estabas seco.

—¿Y qué diablos decías en el sueño, Tomasito? —insistió Lituma.

—Yo me estaba comiendo un pavo que ni se imagina, mi cabo.

—Qué pronto aprendiste, qué pronto te pusiste al día —lanzó otra carcajada Mercedes, y él, para disimular su confusión, se inventó un largo bostezo—. Me seguías diciendo las cosas bonitas de anoche.

—Había llegado el momento de las coqueterías —comentó Lituma, divertido.

—Bueno, dormido se dice cualquier cosa —se defendió Carreño.

Mercedes se puso seria y lo miró derecho a los ojos. Estiró su mano hacia él, sus dedos se hundieron en sus cabellos y Tomás sintió que se los alisaba, como la víspera.

—¿De veras sientes por mí eso que me has dicho toda la noche? ¿Eso que has seguido diciéndome dormido?

—Tenía una manera tan francota de hablar de las cosas íntimas que nunca se ha visto —murmuró Tomás, conmovido—. Me chocaba mucho, mi cabo.

—Te sabía a almíbar y caramelo, truquero —lo corrigió Lituma—. Mi paisana te había puesto ya de vuelta y media.

—¿O es que me tenías ganas y ahora que te diste gusto se te va a pasar? —añadió Mercedes, comiéndoselo con los ojos.

—Eso de hablar, en pleno día, de las cosas que se dicen en la oscuridad y al oído a mí no me convence, mi cabo. Casi me enojo, le juro. Pero, apenas se puso a despeinarme, se me fue.

—Ya sé que no te gusta que te hable de eso —dijo Mercedes, otra vez seria—. Pero tampoco me entra eso de que, viéndome sólo un par de veces, y sin hablar ni siquiera dos palabras conmigo, te enamoraras de esa manera. Nadie me ha dicho esas cosas, horas de horas, incluso después de terminar. Nadie se ha arrodillado para besarme los pies, como tú.

—¿Te arrodillabas y se los besabas? —se asombró Lituma—. Eso ya no era amor, sino adoración religiosa.

—Me está ardiendo la cara y no sé dónde meterme, amorcito —bromeó el muchacho.

Buscó la toalla que recordaba haber dejado la noche anterior al pie de la cama. Estaba en el suelo. La recogió, se cubrió la cintura y se incorporó. Al pasar junto a Mercedes, se inclinó a besarla. La boca contra sus cabellos, murmuró:

—Lo que te dije, lo sentía. Ésos son mis sentimientos por ti.

—Camote puro —se animó Lituma—. ¿Se tumbaron en la cama, otra vez?

—Me ha venido la regla, así que no te excites —dijo Mercedes.

—Tienes una manera de decir las cosas que me va a costar acostumbrarme —le soltó Carreño, riéndose—. ¿Me acostumbraré alguna vez o tendré que cambiarte?

Ella le dio una palmadita en el pecho.

—Anda a vestirte, para ir a tomar desayuno. ¿No te ha dado hambre lo que hiciste anoche?

—Yo me acosté una vez con una puta que estaba con la regla, en la Casa Verde de Piura —recordó Lituma—. Me rebajó la mitad. Los inconquistables me volvían loco con que me daría la sífilis.

Carreño salió al pasillo riéndose a carcajadas. No había agua en la ducha ni en el lavador, pero habían dejado una palangana y pudo lavarse como gato. Se vistió y bajaron al restaurante. Ahora estaban llenas las mesas y muchas caras se volvieron a examinarlos. La gente almorzaba ya, era pasado el mediodía. Se sentaron en la única mesa desocupada. El muchachito que servía les dijo que era tarde para el desayuno. Decidieron irse. Pagaron la noche y la administradora les indicó que las oficinas de los ómnibus y colectivos estaban por la Plaza de Armas. Antes de ir allí, pasaron por una farmacia en busca de paños higiénicos para Mercedes. Y en el mercado se compraron unas chompas de alpaca, para el frío de la Cordillera.

—Menos mal que el Chancho me había pagado por adelantado —dijo Tomás—. ¿Se da cuenta si hubiéramos estado sin un centavo en el bolsillo?

—¿No tenía nombre el narco ése? —preguntó Lituma—. ¿Por qué le dices siempre el tipo, el Chancho, el jefe?

—Nadie sabía cómo se llamaba, mi cabo. Ni siquiera mi padrino, creo.

Comieron unos sandwiches de queso mantecoso en un cafecito y fueron a averiguar. Se decidieron por un auto que partía a las cinco de la tarde y llegaba a la capital al mediodía siguiente. De noche, la vigilancia sería más laxa en los puestos de control de la carretera. Era apenas la una de la tarde. Hicieron tiempo en la Plaza de Armas, donde, a la sombra de los grandes árboles, se sentía menos el calor. Carreño se hizo lustrar los zapatos. En la vasta plaza había nubes de lustrabotas, vendedores, fotógrafos ambulantes y vagos que se asoleaban o dormían en las bancas. Y un tráfico intenso, de camiones cargados de frutas llegando de la selva o partiendo a la sierra y a la costa.

—¿Y ahora qué va a pasar cuando lleguemos a Lima? —preguntó Mercedes.

—Nos iremos a vivir juntos.

—O sea que ya lo decidiste, tú solito.

—Bueno, si quieres nos casamos.

—Eso se llama ir rápido —lo interrumpió Lituma—. ¿Iba en serio eso de casarse?

—¿Por la iglesia, con velo y vestido blanco? —preguntó Mercedes, intrigada.

—Como tú quieras. Si tienes familia en Piura, iré hasta allí a pedirte, con mi madre. Porque padre no tengo. Todo lo que tú quieras, amorcito.

—A ratos me das envidia —suspiró Lituma—. Debe ser cojonudo templarse así.

—Ya veo que es cierto —Mercedes se dejó ir contra él y el muchacho le pasó el brazo por los hombros—. Estás loquito por mí, Carreñito.

—Más de lo que crees —le susurró él en el oído—. Mataría a mil Chanchos más si hiciera falta. Saldremos de esta vaina, ya verás. Lima es muy grande. Si llegamos allá, ya no nos agarran. Lo que me preocupa es otra cosa. Ya sabes lo que yo siento por ti. Pero ¿y tú? ¿Estás enamorada de mí? ¿Siquiera un poquito?

—No, no lo estoy —dijo Mercedes, en el acto—. Siento decepcionarte, pero no puedo decirte lo que no es.

—Y empezó con que a ella no le gustaba mentir

—se entristeció Tomasito—, que ella no era de las que se enamoraban en un dos por tres. Estábamos en ésas cuando nos cayó del cielo el gordo Iscariote.

—¿Te has vuelto loco? ¿Qué haces aquí? ¿Crees que es hora de pachamanquearte en público con la querida del tipo que acabas de cargarte, pedazo de...?

—Cálmate, cálmate, gordo —le decía Carreño.

—Tenía toda la razón —reconoció Lituma—. Te andarían buscando en Tingo María, en Lima, en todas partes. Y tú bañándote en agua rica.

—La vida sólo se vive una vez y hay que vivirla, mi cabo —dijo Tomás—. Yo la estaba viviendo a toda máquina desde la noche pasada, junto a mi amor. Qué me importaba el Chancho, que me buscaran o me enchironaran. ¿Quién me iba a quitar ya esa felicidad?

Al gordo Iscariote se le salían los ojos de las órbitas y, en su mano, la canasta de humitas bailoteaba con furia.

—No puedes ser tan inconsciente, Carreño.

—Tienes razón, gordo. No te pongas así. ¿Quieres que te diga una cosa? Me da un gustazo verte. Creí que ya no te veía.

Iscariote estaba con corbata y saco, pero la camisa le apretaba; por la manera como sacudía el cuello, parecía empeñado en librarse de ella. Su cara hinchada, con brillos de sudor, tenía puntitos de barba. Miró a su alrededor, alarmado. Los lustrabotas lo observaban con curiosidad, y un vagabundo, tirado en una banca y chupando un limón, le estiró la mano, pidiendo limosna. El gordo se dejó caer en el banco, junto a Mercedes. Pero en el acto se puso de pie, como si hubiera recibido una descarga eléctrica.

—Nos está viendo todo el mundo. —Señaló hacia el Hotel de Turistas—. Allá mejor, en el cuarto 27. Suban nomás, sin preguntar. Salí un momentito para comprar humitas.

Se alejó a trancos, sin volver la mirada. Esperaron unos minutos, y, dando un rodeo por el contorno de la plaza, lo siguieron. En el Hotel de Turistas una mujer que baldeaba el vestíbulo les mostró la escalera. La puerta del cuarto 27 estaba junta y Carreño, luego de tocar con los nudillos, la abrió.

—Era gordo, comía como una fiera y cuidaba al narco —concluyó Lituma—. Es lo único que me has comentado de Iscariote.

—Estaba asimilado a la policía de algún modo —dijo su adjunto—. Me lo presentó mi padrino y nunca supe mucho de su vida. Tampoco él trabajaba con el Chancho a tiempo completo. Sólo a destajo, igual que yo.

—Cierra con llave —ordenó el gordo, sin dejar de masticar. Se había quitado el saco y estaba sentado en la cama, con la canastita entre las piernas, comiéndose las humitas con las manos. Se había puesto el pañuelo en el cuello, a manera de servilleta. Tomás se puso a su lado y Mercedes se sentó en la única silla de la habitación. Por la ventana asomaban las copas cargadas de hojas de los árboles de la plaza y la antigua glorieta, de balaustrada descolorida. Sin decir una palabra, Iscariote les alcanzó la canasta, donde todavía quedaban un par de humitas. Ellos las rechazaron.

—Antes las hacían mejor —dijo el gordo, llenándose la boca con media humita—. ¿Se puede saber qué haces en Huánuco, Carreñito?

—Nos vamos esta tarde, gordo. —Tomás le dio un

palmazo en la rodilla—. No estarán muy buenas pero cómo te las comes.

—El nerviosismo me da hambre. Me puso los pelos de punta encontrarte en la plaza. Bueno, la verdad, todo me da hambre.

Había terminado de comer. Se puso de pie, fue a sacar una cajetilla de cigarrillos rubios de su saco. Encendió uno.

—Hablé por teléfono con mi contacto, ese al que llaman Mameluco —dijo, haciendo argollas—. Le solté el tigre. Que habían abaleado al jefe y que tú y la hembrita desaparecieron. Le vino un ataque de hipos. ¿Cuál crees que fue su reacción? «O sea que se vendió a los colombianos. Y la puta también, seguramente.» —Iscariote estaba con la cara medio risueña, y, de pronto, la sonrisa se le volvió rictus—: ¿Te pagaron los colombianos, Carreñito?

—Era un poco como usted, mi cabo, no le cabía en la cabeza que alguien pudiera matar sólo por amor.

—Iscariote, Mameluco, el Chancho —se rió Lituma—. Nombres de película.

El gordo asintió, con expresión desconfiada. Detrás de una nueva serie de argollas de humo, sus ojitos rasgados, medio perdidos entre las bolsas grasosas de los pómulos, examinaron a Mercedes de arriba abajo.

—¿Te tirabas a ésta ya desde antes? —preguntó, con un silbido admirativo.

—Un poco más de respeto —protestó Mercedes—. Quién te has creído, elefante...

—Ella está ahora conmigo, así que trátala como se pide. —Carreño cogió a la mujer del brazo, con gesto posesivo—. Mercedes es ahora mi novia, gordo.

—Está bien, no hagamos un mundo de una tontería —se disculpó Iscariote, mirando a uno, a otra—. Sólo quiero estar seguro de una cosa. ¿Están los colombianos detrás de esto?

—Yo no he tenido nada que ver —se adelantó a responder Mercedes.

—Fui yo solito, gordo —juró el muchacho—. Ya sé que te cuesta convencerte. Pero fue así, tal cual. Un arranque del momento.

—Dime, al menos, si ella era ya tu querida —insistió el gordo—. Eso al menos, Carreñito.

—Ni siquiera habíamos conversado. Sólo la vi a la carrera, cuando fuimos a recogerla y dejarla al aeropuerto, en Pucallpa y en Tingo María. Así fue, gordo, tienes que creerme.

Iscariote siguió fumando, moviendo la cabezota, abrumado por tanta estupidez.

—Cosa de locos —murmuró—. Debe de ser cierto, entonces. Que lo mataste porque...

—Bueno, bueno —lo interrumpió el muchacho, riéndose—. Que ellos crean que me pagaron los colombianos, qué más da.

Iscariote echó la colilla por la ventana y la vio zigzaguear en el aire antes de aterrizar entre los peatones de la Plaza de Armas.

—El Chancho quería abrirse de ellos, estaba cansado de que los colombianos se llevaran la parte del león. Se lo oí muchas veces. Ellos pudieron recibir el soplo. Y lo mandaron matar. ¿No tiene lógica?

—Tiene —reconoció el muchacho—. Pero no es verdad.

El gordo Iscariote estuvo escrutando los penachos de los árboles de la plaza.

—Podría ser verdad —dijo, al fin, haciendo un ademán vago—. Es la verdad que te conviene, además. ¿Me entiendes, Carreñito?

—Ni una palabra —se sorprendió Lituma—. ¿Qué conspiración era ésa?

—Este elefante se las sabe todas —dijo Mercedes.

—Ella ya entendió. —El gordo Iscariote volvió a sentarse en la cama, junto a Carreño. Le puso una mano en el hombro—. Regálales ese cadáver a los colombianos, Tomasito. ¿El Chancho no se quería abrir de ellos? ¿No quería montar su propia vaina y refinar y exportar él, haciéndoles el puente? Les hiciste un gran favor sacándoles a ese competidor de encima. Ellos tendrían que gratificarte, carajo. Para qué son los reyes del negocio, si no.

Se volvió a poner de pie, rebuscó su saco y encendió otro cigarrillo. Tomás y Mercedes empezaron a fumar, también. Estuvieron callados un momento, echando pitadas y arrojando bocanadas de humo. Afuera habían comenzado a repicar las campanas de varias iglesias. Las campanadas, a veces broncas, a veces agudas, con ecos largos o breves, colmaron la habitación y Mercedes se persignó.

—Llegando a Lima, ponte el uniforme y preséntate donde tu padrino —dijo Iscariote—. «Yo se lo saqué de encima, yo los libré de él. Les hice el favor de su vida a los colombianos, padrino. Ahora usted puede pasarles la factura.» El comandante los conoce. Está en contacto con ellos. También les da protección. Sacarás de un mal un bien, Carreñito. Y es la forma de que tu padrino te perdone lo que hiciste.

—Ese gordo era una bala —se admiró Lituma—. Puta, qué inventiva.

—Bueno, no sé —dijo el muchacho—. De repente tienes razón. De repente es lo que yo debería hacer.

Mercedes miraba a uno y a otro, desconcertada.

—¿Qué es eso de que te pongas el uniforme? —preguntó.

—El gordo lo había pensado muy bien —aclaró el muchacho—. Tenía su plan. Hacerles creer a los colombianos que yo había matado al Chancho para congraciarme con ellos. El sueño de Iscariote era trabajar para la mafia internacional y llegar un día a Nueva York.

—Así, de un gran mal saldrá un gran bien, para ti y hasta para mí —dijo Iscariote, con fruición—. ¿Irás donde tu padrino y se lo dirás, Carreñito?

—Te prometo que iré, gordo. No perdamos el contacto en Lima.

—Si es que llegas allá —dijo Iscariote—. Eso está por verse todavía. No me vas a tener de ángel de la guarda cada vez que haces una cojudez.

—Ese gordo se está poniendo más interesante que tus pachamancas con la piurana —exclamó Lituma—. Cuéntame más de él.

—Un gran tipo, mi cabo. Y un gran amigo, también.

—Hasta que sea hora de irse, mejor no anden dando ese espectáculo indecente en la vía pública —les recomendó Iscariote—. ¿No te enseñaron eso cuando te pusiste el uniforme?

—¿De qué uniforme habla? —preguntó Mercedes otra vez a Tomás, ya encrespada.

El gordo Iscariote se echó a reír y, de pronto, encaró a la mujer con una pregunta sorpresiva:

—¿Qué le hiciste a mi amigo para que se encamotara así? ¿Cuál es tu secreto?

—¿Cuál, cuál era? —lo cortó Lituma—. ¿El perrito?

Pero Mercedes no le hacía caso y seguía interrogando al muchacho:

—¿Qué es eso del uniforme, qué quiere decir?

—¿Es tu novia y todavía no le has dicho que eres guardia civil? —se burló Iscariote—. Fíjate qué mal negocio has hecho, comadre. Cambiar a todo un jefazo de la trafa por un simple cachaco.

—El puta tenía razón, Tomasito —soltó la carcajada Lituma—. La piurana hizo un pésimo negocio.

V

—¿Quiere decir que estamos presos? —preguntó la señora Adriana.

Llovía a cántaros y con el repiqueteo de las gruesas gotas en las calaminas del techo apenas se oía su voz. Sentada en el suelo, sobre un pellejo de carnero, miraba fijamente al cabo, que se había acomodado en una esquina del escritorio. Dionisio permanecía de pie, a su lado, con expresión ida, como si nada de lo que ocurría a su rededor le concerniera. Tenía los ojos inyectados y la mirada más vidriosa que de costumbre. El guardia Carreño, también de pie, se apoyaba en el ropero-armería.

—No tengo más remedio, entiéndame —asintió Lituma. Esas tormentas andinas, con rayos y truenos, no lo hacían feliz; nunca se había acostumbrado a ellas. Siempre le parecía que iban a aumentar, aumentar, hasta el cataclismo. Tampoco lo hacía feliz tener ahí, detenidos, al cantinero borracho y a esa bruja—. Lo mejor sería que nos facilitara las cosas, doña Adriana.

—¿Y por qué estamos presos? —insistió ella, sin alterarse—. ¿Qué hemos hecho?

—Usted no me dijo la verdad sobre Demetrio Chanca, o, mejor dicho, Medardo Llantac. Ése era el nombre del capataz, ¿no es cierto? —Lituma sacó el radiograma que había recibido de Huancayo en respuesta a su consulta y se lo paseó por la cara a la mujer—. ¿Por qué no me dijo que era el alcalde de Andamarca, el que se salvó de la matanza que hicieron los senderistas? Usted sabía por qué había venido a esconderse aquí ese hombre.

—Lo sabía todo Naccos —dijo la mujer, tranquilamente—. Para su mala suerte.

—¿Y por qué no me lo dijo cuando la interrogué la vez pasada?

—Porque usted no me preguntó —replicó la mujer, con la misma calma—. Yo creí que usted lo sabía también.

—No, fíjese que no —levantó la voz Lituma—. Pero ahora que lo sé, también sé que, como se peleó con él, usted tenía una manera muy fácil de vengarse del pobre capataz, entregándolo a los terrucos.

Doña Adriana lo estuvo mirando un buen rato, con ironía compasiva, expulgándolo con sus ojos saltones. Por fin se echó a reír.

—Yo no tengo tratos con los senderistas —exclamó, con sarcasmo—. Ésos a nosotros nos quieren todavía menos que a Medardo Llantac. No fueron ellos los que lo mataron.

—¿Quién, entonces?

—Ya se lo dije. El destino.

Lituma sintió ganas de agarrarlos a golpes, a ella y al borracho de su marido. No, no se estaba burlando de él. Sería una loca de porquería, pero estaba muy al tanto de lo que había ocurrido; era cómplice, seguramente.

—Al menos, estará enterada de que los cadáveres de esos tres están pudriéndose en un socavón de la mina abandonada, ¿no es cierto? ¿No se lo ha contado su marido? Porque, a mí, él sí me lo contó. Y se lo podría confirmar, si no estuviera cayéndose con la mona que tiene encima.

—No me acuerdo haberle contado nada —divagó Dionisio, haciendo morisquetas e imitando al oso—. Sería que estaba mareadito. Ahora, en cambio, estoy en plena forma y no recuerdo haber hablado nunca con usted, señor cabo.

Se rió, contorsionando un poco su cuerpo blanduzco, y volvió a distraerse, adoptando una actitud impávida y ojeando con interés los objetos de la habitación. Carreño se fue a sentar en la banca, detrás de la mujer.

—Todas las manos de Naccos los señalan a ustedes —afirmó, pero la señora Adriana no se volvió a mirarlo—. Todos dicen que ustedes fueron los invencioneros de lo que pasó con ellos.

—¿Y qué ha pasado con ellos? —lanzó una risotada provocadora la mujer.

—Es lo que me gustaría que nos contara, doña Adriana —dijo Lituma—. Olvídese de los diablos, de los espíritus malignos, de la magia negra y blanca, de esos cuentos tan hechiceros que les cuenta a los peones. Dígame simplemente qué les pasó a esos tres tipos. ¿Por qué murmuran en el campamento que usted y su marido son los causantes de lo que les pasó?

La mujer se volvió a reír, sin alegría, con un retintín de desprecio. Así, sobre el pellejo, deformada por la postura y por las bolsudas ropas, había en ella algo siniestro e inquietante. No parecía asustada por lo que podía ocurrirle. Lituma pensó que la mujer se sentía tan segura de su suerte que hasta se daba el lujo de compadecerse de los manotazos de ciegos que daban él y su adjunto. Y, en cuanto al cantinero, ¿se había visto cínico igual? Ahora ni siquiera recordaba haber querido vender el secreto; tenía incluso la desfachatez de negar que hubieran conversado junto a la mina abandonada y, que le dio a entender, de manera inequívoca, que los desaparecidos estaban en el fondo de un socavón. Desde entonces hasta la llegada del radiograma de Huancayo, Lituma y Tomasito habían descartado a los terrucos como responsables de las desapariciones. Pero, ahora, dudaban de nuevo. A ese alcalde de Andamarca, con nombre supuesto, los terrucos lo estarían buscando, qué duda cabía. O sea que... En cualquier caso todos los dedos apuntaban hacia esta pareja, como había dicho Tomasito. Porque, poco a poco, sonsacando algo a un peón y a otro algo más y relacionando lo insinuado por unos y otros, no había duda posible: el cantinero y su mujer tenían mucho que ver, y, en todo caso, sabían al dedillo lo sucedido. El aguacero continuaba, cada vez más fuerte.

—Usted necesita un culpable para esas desapariciones —exclamó de pronto Dionisio, como volviendo al mundo real para encarar a Lituma—. A mal palo se arrima, señor cabo. No tenemos nada que ver. Adriana leerá el destino de la gente, pero no lo decide.

—Lo que les ocurrió a ésos está más allá de ustedes y de nosotros —le quitó la palabra su mujer—. Ya se lo he dicho. Destino, así se llama. Existe, aunque a la gente no le guste. Y, además, usted sabe muy bien que esas murmuraciones de los peones son basura.

—No son basura —dijo, detrás de ella, Carreño—. La esposa de Demetrio, quiero decir de Medardo Llantac, nos declaró antes de irse de Naccos que la última vez que vio a su marido éste le dijo que se iba a tomar una copita a su cantina.

—¿Y no vienen todos los peones y capataces a nuestro local? —prorrumpió Dionisio, despertando de nuevo—. ¿Adónde quiere que vayan? ¿Hay otra cantina en Naccos?

—Para decir la verdad, no tenemos acusaciones concretas contra ustedes —reconoció Lituma—. Cierto. Porque lo saben a medias, o porque tienen miedo. Pero, cuando se les presiona un poco, todos insinúan que ustedes metieron la mano en estas desapariciones.

La señora Adriana volvió a reírse, con su risa amarga y desafiante. Hizo una mueca que le tomó toda la boca, como esas caras que los adultos deforman para divertir a los niños.

—Yo no le meto a nadie ideas en la cabeza —murmuró—. Yo les saco de adentro las ideas que tienen, y se las pongo ante la jeta. Lo que pasa es que a ninguno de esos indios le gusta mirarse en el espejo.

—Yo sólo los ayudo a que se olviden de sus tristezas, dándoles de chupar —volvió a interrumpirla Dionisio, posando sus ojos acuosos y vibrátiles en Lituma—. Qué sería de los peones si no tuvieran siquiera la cantina para enterrar sus penas en alcohol.

Hubo un rayo, a lo lejos, seguido de un estruendo. Los cuatro permanecieron en silencio, hasta que el ruido cesó y quedó sólo el menudo, cascabeleo de la lluvia. Toda la ladera por la que se bajaba al campamento era un lodazal, removido por múltiples arroyuelos. Por la puerta entreabierta, Lituma veía las cortinas de agua y un fondo de nubarrones sombríos. El campamento y los cerros del contorno habían desaparecido en una mancha grisácea. Y eran las tres de la tarde.

—¿Es cierto eso que se dice tanto de usted, doña Adriana? —exclamó de pronto Carreño—. ¿Que, de joven, usted y su primer marido, un minero con una nariz de este tamaño, mataron a un pishtaco?

Esta vez la bruja dio media vuelta para mirar al guardia. Estuvieron midiéndose un buen rato, en silencio, y, por fin, Tomasito pestañó y bajó los ojos.

—Dame tu mano, muchacho —murmuró la señora Adriana, amansada.

Lituma vio que el guardia retrocedía e iniciaba una sonrisa, pero al instante se puso serio. Dionisio lo examinaba, divertido, canturreando en voz baja. Doña Adriana mantenía la mano estirada hacia él, esperando. Su cabeza, vista de espaldas, era un plumero alborotado. Su adjunto le consultó con los ojos qué debía hacer. Lituma se encogió de hombros. Tomasito dejó que la mujer le pusiera la mano derecha entre las suyas. El cabo alargó un poco la cabeza. Doña Adriana sobaba y limpiaba la mano del guardia y la acercaba a sus ojos grandes y saltados: a Lituma le pareció que iban a salírsele de las órbitas y rodar por el suelo de la choza. Tomasito se dejaba hacer, pálido, mirándola con recelo. «Tendría que echar un caraja y acabar con esta payasada», pensaba Lituma, inmóvil. Dionisio se había vuelto a aislar en algún ensueño y, con los ojos entrecerrados, canturreaba bajito una de esas mulizas que entonan los muleros para distraer el aburrimiento en sus largos recorridos. Por fin, la bruja soltó la mano del guardia y resopló, como si hubiera hecho un gran esfuerzo.

—O sea que penas de amor —murmuró—. Ya me lo decía tu cara, muchacho.

—Eso lo adivinan siempre todas las adivinadoras del mundo —dijo Lituma—. Volvamos a las cosas serias, doña Adriana.

—Y tienes un corazón de este tamaño —añadió ella, como si no hubiera oído a Lituma; había separado las manos modelando un corazón gigante—. Qué suerte la de ésa, que la quieran así.

Lituma intentó una risita.

—Está tratando de ablandarte, Tomasito, no te dejes —murmuró. Pero el guardia no se reía. Tampoco lo escuchaba. Muy serio, miraba a la mujer, fascinado. Ella volvió a cogerle la mano y a sobársela, a escrutarla otra vez de muy cerca con sus ojos desorbitados. El cantinero seguía entonando la misma canción, a media voz, meciendo el cuerpo y dando saltitos a compás de la melodía, indiferente a todo lo demás.

—Es un amor que te ha traído desgracias, que te hace sufrir —dijo doña Adriana—. Tu corazón se te desangra cada noche. Pero eso al menos te ayuda a vivir.

Lituma no sabía qué hacer. Se sentía incómodo. No creía en brujas. Mucho menos en las habladurías y disparates sobre Adriana que corrían en el campamento y en la comunidad de Naccos, como esa de que ella y su primer marido, un minero, habían matado con sus propias manos a un pishtaco. Pero igual se sentía descentrado y confuso siempre que se trataba del más allá. ¿Se podía adivinar la historia de las personas en las líneas de la mano? ¿En las barajas? ¿En las hojas de la coca?

—Tendrá un final feliz, así que no te desesperes —concluyó la señora Adriana, soltando la mano del guardia—. No sé cuándo. Tal vez tengas que sufrir un poco más. Ésos son unos hambrientos, nunca se cansan de pedir más y más. Pero, lo que ahora te desangra, terminará bien.

Resopló otra vez y se volvió hacia Lituma.

—¿Está usted tratando de congraciarse con nosotros para que nos olvidemos de los desaparecidos, señora?

La bruja lanzó otra vez su risita.

—A usted no le leería la suerte ni aunque me pagara, cabo.

—Ni yo me dejaría, tampoco. Puta madre, y a éste qué le pasa.

Animado con su propia fantasía, elevando el canto que entonaba y con los ojos cerrados, Dionisio se había puesto a bailar en el sitio, en un estado de gran concentración. Cuando el guardia Carreño lo cogió del brazo y lo sacudió, el cantinero se quedó quieto y abrió los ojos, paseando por ellos una mirada asombrada, como si los viera por primera vez.

—Deja de hacerte el borracho, porque no lo estás tanto —lo reprendió Lituma—. Volvamos donde estábamos. ¿Me van a decir, por fin, lo que pasó con esos tipos? Y los dejo irse.

—Ni yo ni mi marido vimos nada —dijo ella, endureciendo los ojos y la voz—. Vaya y sonsáqueles la verdad a los que nos acusan de invencioneros.

—De todos modos, lo que pasó pasó y ya no tiene remedio, señor cabo —salmodió Dionisio—. Dese cuenta que es inútil. No se estrelle contra el destino, comprenda que es en vano.

Bruscamente, paró de llover y, al instante, el exterior se iluminó con un sol de mediodía. Lituma podía ver un arcoiris coronando los cerros que rodeaban el campamento, sobre el bosquecillo de eucaliptos. Toda la tierra, llena de charcos y riachuelos que brillaban, parecía de azogue. Y ahí estaba, en el horizonte de la Cordillera, donde las piedras y el cielo se tocaban, esa coloración extraña, entre violeta y morada, que él había visto reproducida en tantas polleras y rebozos de las indias, en las bolsas de lana que los campesinos colgaban de las orejas de las llamas, y que era para él el color mismo de los Andes, de esta sierra tan misteriosa y tan violenta. Carreño se había quedado pensativo, como ausente, con las palabras de la bruja. Por supuesto, Tomasito: te había dicho lo que querías oír.

—¿Dónde nos va a tener presos? —La señora Adriana echó una mirada despectiva a la choza—. ¿Aquí? ¿Vamos a dormir los cuatro juntos, unos encima de otros?

—Bueno, ya sé que no tenemos una comisaría a su altura —dijo Lituma—. Tendrá que conformarse con lo que hay. Tampoco este puesto está a la altura nuestra. ¿No, Tomasito?

—Sí, mi cabo —murmuró el guardia, despertando.

—Deje, por lo menos, que Dionisio se vaya. Quién va a atender la cantina, si no. Nos van a robar todo y esos cuatro cachivaches es lo único que tenemos.

Lituma la examinó una vez más, intrigado. Gruesa, amorfa, sumida en sus harapos de ropavejera, con sólo las protuberantes caderas recordando al mundo que eso era una mujer, la bruja hablaba sin la menor emoción, como por cumplir una formalidad, mostrando que en el fondo no le preocupaba lo que pudiera ocurrirle. Dionisio todavía parecía más desdeñoso que ella de su suerte. Había vuelto a entrecerrar los ojos y a desentenderse del mundo. Como si ambos estuvieran muy por encima de todo esto. Todavía se la daban de soberbios, puta madre.

—Vamos a hacer un trato —dijo, por fin, Lituma, derrotado por una súbita desmoralización—. Ustedes me van a dar su palabra de no moverse del campamento. Ni siquiera veinte metros. Con esa condición, los dejaré que vivan en su negocio, mientras investigamos.

—¿Y adónde iríamos? —entreabrió los ojos Dionisio—. Si pudiéramos, ya nos habríamos ido. ¿No están ésos ahí, escondidos en los cerros, con las piedras listas? Naccos se ha vuelto una prisión y ustedes y nosotros estamos prisioneros. ¿No se ha dado cuenta todavía, señor cabo?

La mujer se puso de pie con gran trabajo, cogiéndose de su marido. Y, sin despedirse de los guardias, ambos salieron de la choza. Se alejaron a pasitos cortos, buscando las piedras o las elevaciones donde había menos barro.

—Te has quedado tieso con lo que te adivinó la bruja, Tomasito.

Lituma le ofreció un cigarrillo. Fumaron, viendo achicarse y desaparecer en la ladera las siluetas de Dionisio y Adriana.

—¿Te ha impresionado lo de la gran pena de amor? —echó una bocanada de humo Lituma—. Bah, quien más, quien menos, la tiene todo el mundo. ¿O te crees el único que sufre por una hembrita?

—Usted me dijo que nunca ha conocido eso, mi cabo.

—Bueno, pero sí he tenido mis encamotamientos —dijo Lituma, sintiéndose disminuido—. Sólo que a mí se me pasan ahí mismo. Con polillas, casi siempre. Una vez, en Piura, en esa Casa Verde que te he contado, me enamoré como loco de una trigueñita. Pero, para decirte la verdad, nunca he llegado al extremo de sentir ganas de matarme por una mujer.

Fumaron un buen rato, en silencio. Allá abajo, al pie

de la ladera, una figurita comenzaba a trepar por el sendero, en dirección al puesto.

—Creo que nunca sabremos lo que les pasó a esos tres, Tomasito. La verdad, por más que los del campamento den a entender que Dionisio y doña Adriana están comprometidos, no acabo de tragármelo.

—A mí también me cuesta creerlo, mi cabo. Pero cómo se explica que todos los peones terminen acusándolos.

—Se explica porque todos los serruchos son unos supersticiosos que creen en diablos, pishtacos y mukis —dijo Lituma—. Y como Dionisio y su mujer son medio brujos, los relacionan con las desapariciones.

—Yo no creía hasta ahora en nada de eso —trató de bromear el guardia—. Pero, después de lo que me leyó doña Adriana en la mano, me conviene creer. Eso del corazón grande me ha gustado.

Ya Lituma podía distinguir a la persona que subía: llevaba un casco de minero que despedía reflejos en la tarde ahora luminosa, de cielo radiante y sin nubes. ¿Quién hubiera dicho que hacía unos minutos había trombas de agua, truenos, negras nubes panzudas?

—Ah, carajo, la bruja te compró —le siguió la broma Lituma—. ¿No los habrás hecho desaparecer tú a esos tres, Tomasito?

—Quién sabe, mi cabo.

Terminaron riéndose, nerviosos y con unas risitas insinceras. Y, mientras, a la vez que veía ya muy cerca al hombre con casco, Lituma no podía apartar de su cabeza a Pedrito Tinoco, el mudito que hacía mandados, el que limpiaba los barracones, el que había visto con sus ojos la matanza de vicuñas en Pampa Galeras. Desde que Tomasito le contó su historia, lo tenía presente casi todo el tiempo. ¿Por qué lo recordaba siempre en ese lugar, entre el parapeto y aquellas rocas grises, lavando la ropa? El del casco llevaba una pistola en la cintura y un bastón parecido a los de la policía. Pero vestía de civil, con bluejeans y un chaquetón en el que se distinguía un brazalete negro en el antebrazo derecho.

—No hay duda que muchos aquí saben muy bien lo que pasó, aunque no quieran abrir la boca. Los únicos papanatas que están en la luna somos tú y yo. ¿No te sientes un gran cojudo aquí, en Naccos, Tomasito?

—Me siento saltón, más bien. Claro que todos saben algo, aunque mientan y quieran descargar sus culpas en el cantinero y su mujer. Hasta creo que se han puesto de acuerdo para darnos a entender que Dionisio y doña Adriana fueron los invencioneros. Así nos despistan y se libran de toda responsabilidad. ¿No sería mejor enterrar este caso, mi cabo?

—No es que me importe nada esclarecerlo, Tomasito. Por el trabajo, quiero decir. Pero yo soy muy curioso. Se me ha metido el gusanito de saber qué les pasó. Y desde que me contaste lo del mudito y el teniente Pancorvo, no voy a dormir tranquilo hasta que sepa.

—La gente anda asustada, ¿lo ha notado? En la cantina, en la obra, entre las cuadrillas. Hasta entre los indios de la comunidad que todavía no se han ido. El ambiente es tenso, como si fuera a pasar algo. Puede ser el rumor ese de que van a parar la carretera, de que se quedarán todos sin trabajo. Y, también, tantas matanzas por todas partes. No hay nervios que aguanten. El aire está caldeado. ¿No lo siente?

Sí, Lituma lo sentía. Las caras de los peones andaban reconcentradas, sus ojos se volvían a derecha y a izquierda como para sorprender a un enemigo acechante, las conversaciones en la cantina o entre las barracas eran entrecortadas, lúgubres y se interrumpían en su presencia. ¿Era por las desapariciones? ¿Estaban asustados porque cualquiera de ellos podría ser el cuarto?

—Buenas tardes, cabo —dijo el hombre con casco de minero, haciéndoles una venia de saludo. Era un mestizo alto y fuerte, con la barba crecida. Traía unos botines de minero, de anchas suelas, embarrados hasta los tobillos. Trató de limpiárselos, antes de entrar a la choza, zapateando fuerte en el travesaño del umbral—. Vengo de La Esperanza. A buscarlo a usted, cabo Lituma.

La Esperanza era una mina de plata, a unas cuatro horas de marcha, al oriente de Naccos. Lituma no había estado allá, pero sabía que varios peones del campamento eran mineros licenciados de esa empresa.

—Anoche nos cayeron los terrucos e hicieron destrozos —explicó, quitándose el casco y sacudiéndose unos pelos largos, llenos de grasa. Su chaqueta y pantalón estaban empapados—. Mataron a uno de mis hombres e hirieron a otro. Soy el jefe de seguridad de La Esperanza. Se llevaron los explosivos, la plata de la planilla y mil cosas más.

—Lo siento mucho, pero no puedo ir —se disculpó Lituma—. Sólo somos dos en el puesto, yo y mi adjunto. Tenemos un problema serio que resolver. Tendría que pedir instrucciones a la comandancia de Huancayo.

—Ya lo hicieron los ingenieros —replicó el hombre, con mucho respeto. Sacó un papel doblado del bolsillo y se lo alcanzó—. Hablaron por radio con sus jefes. De Huancayo dijeron que usted debía encargarse. La Esperanza está dentro de su jurisdicción.

Lituma leyó y releyó, descorazonado, el telegrama. Eso decía. En esa mina estaban mejor equipados que en este campamento cochambroso. Él aquí estaba incomunicado, ciego y sordo a lo que ocurría en el mundo exterior. Porque la radio del campamento funcionaba tarde, mal y nunca. ¿Quién había tenido la absurda idea de instalar un puesto de la guardia civil en Naccos? Hubieran debido instalarlo en La Esperanza, más bien. Pero de haber estado allí, él y Tomasito hubieran tenido que enfrentarse a los terrucos. Estaban cerquita, entonces. La soga se apretaba en el cuello un poquito más.

Carreño se había puesto a preparar café en el primus. El hombre de la mina se llamaba Francisco López. Se dejó caer en el pellejo en el que había estado sentada doña Adriana. La tetera empezó a hacer gorgoritos.

—No es que pueda usted hacer nada ya —explicó López—. Ellos zumbaron, por supuesto, llevándose su botín. Pero se necesita el parte policial con la denuncia, para que el seguro indemnice a la compañía.

Tomás llenó las tazas de latón con el café hirviendo y se las alcanzó.

—Si quiere, yo me doy un salto a La Esperanza, mi cabo.

—No, iré yo nomás. Quédate a cargo del puesto. Y, si me demoro, te rezas un padrenuestro por mí.

—No hay peligro, cabo —lo tranquilizó Francisco López—. He venido en el jeep. Tuve que dejarlo allá donde se termina la trocha. No es tan lejos, menos de una hora caminando rápido. Sólo que me agarró el aguacero. Lo traeré de vuelta apenas termine con los trámites.

Francisco López trabajaba ya tres años en La Esperanza, siempre en seguridad. Éste era el segundo asalto que sufrían. En el primero, seis meses atrás, no hubo víctimas, pero también se habían llevado explosivos, ropas, materiales de la despensa y todo el botiquín de la mina.

—La suerte es que los ingenieros pudieron esconderse —explicó el minero, sorbiendo a poquitos el café—. Y también un gringo amigo de ellos, que anda allá de visita. Se subieron a los depósitos de agua. Si los encuentran, ya estarían fríos. Ingenieros, administradores y ejecutivos nunca se libran. Y menos los extranjeros, por supuesto.

—No se olvide de los policías —dijo Lituma, con voz cavernosa.

Francisco López hizo una broma:

—No quería decirlo, para no meterle miedo. En cambio, a los trabajadores no les hacen nada, a menos que los consideren amarillos.

Hablaba con la mayor naturalidad, como si fuera normal que pasaran estas cosas, como si siempre hubiera sido así. Tal vez tenía razón, puta madre.

—Con todo lo que pasa, hablan de cerrar La Esperanza —añadió López, soplando la taza y volviendo a sorber—. Los ingenieros ya no quieren ir. Y los cupos revolucionarios encarecen demasiado los costos.

—Si pagan cupos, ¿por qué los asaltan? —dijo Lituma.

—Eso es lo que nos preguntamos todos —asintió Francisco López—. No hay lógica.

Seguía soplando la taza y bebiendo su café a sorbitos, como si aquella conversación fuera, también, la cosa más normal del mundo.

El tener los pelos color paja y unos ojos claros y líquidos había sido una pesadilla para Casimiro Huarcaya en su infancia. Porque en el pueblecito andino de Yauli, donde nació, todos eran morenos, y sobre todo porque sus propios padres y hermanos tenían también los pelos negros, las caras trigueñas y los ojos oscuros. ¿De dónde había salido este albino en la familia Huarcaya? Las bromas que le gastaban sus compañeros en la escuelita fiscal hicieron que Casimiro tuviera que trompearse muchas veces, porque, aunque era de buen carácter, se le subía la mostaza a la cabeza cada vez que, para verlo rabiar, le sugerían que su padre no era su padre, sino algún foráneo que pasó por Yauli, o el mero diablo, quien, como se sabe en los Andes, cuando viene a hacer sus fechorías en la tierra se corporiza a veces en un forastero agringado que cojea.

A Casimiro siempre le quedó rondando en la cabeza, además, si su propio padre, el tinajero Apolinario Huarcaya, no tenía también sospechas sobre su origen. Porque él estaba seguro de haber sido fuente de desavenencias entre sus padres y porque Apolinario, que trataba bien a sus hermanos y hermanas, a él, fuera de encargarle las tareas más pesadas, a la menor falta lo molía a zurriagazos.

Pero, pese a las burlas de sus compañeros y a la mala relación con su familia, Casimiro creció sin complejos, fuerte, hábil con sus manos, despierto y amante de la vida. Desde que tuvo uso de razón soñó con crecer pronto para irse de Yauli a una ciudad grande, como Huancayo, Pampas o Ayacucho, donde sus pelos pajizos y sus ojos claros no atrajeran tanto la curiosidad de la gente.

Poco antes de cumplir los quince años se escapó de su pueblo con un comerciante viajero al que, siempre que aparecía por Yauli, ayudaba a cargar y descargar sus mercancías y a venderlas en el mercado. Don Pericles Chalhuanca tenía un camioncito del año de Matusalén, parchado y reparchado mil veces, con el que recorría todas las comunidades y aldeas campesinas del centro, vendiéndoles productos de las ciudades —remedios, instrumentos de labranza, ropas, vajillas, zapatos— y comprándoles queso, ollucos, habas, frutas o tejidos y porongos que luego llevaba a las ciudades. Además de comerciante, don Pericles era diestro mecánico y a su lado Casimiro aprendió a conocer de memoria los secretos del camión y a repararlo cada vez —varias en cada viaje— que se descomponía en los atroces caminos de la sierra.

Al lado de don Pericles, fue totalmente feliz. El viejo comerciante lo encandilaba contándole su vida aventurera, de impenitente gallo en corral ajeno, con mujeres seducidas, embarazadas y abandonadas en incontables distritos, anexos y pagos de Apurímac, Huancavelica, Ayacucho, Cusco y Cerro de Pasco, departamentos que, se envanecía, «he sembrado con bastardos y bastardas de mi sangre». A algunos se los señalaba a Casimiro en el curso de sus andanzas, con un guiño pícaro. Muchos de ellos saludaban respetuosamente al mercader, besándole la mano y llamándolo «padrino».

Pero lo que al muchacho le gustaba más que nada era la vida a la intemperie que llevaban, sin horarios ni rumbos predeterminados, a merced de las inclemencias o bondades del tiempo, de las ferias y fiestas del santo patrono, de los encargos que recibían y de los achaques del camioncito, factores que decidían su diario destino, sus itinerarios, las noches que pernoctaban en cada lugar. Don Pericles tenía una casa quinta, estable y sin ruedas, en Pampas, que compartía con una sobrina casada y con hijos. Cuando estaban allí, Casimiro se alojaba en la casa, como si fuera de la familia. Pero la mayor parte del tiempo vivía en el camión, en el que, entre la carga y protegido por una gruesa lona, se había construido un refugio con pellejos de vaca. Si había lluvia, se tumbaba a dormir en la caseta o debajo del camión.

El negocio no era gran cosa, por lo menos no para Pericles y Casimiro, pues todas las ganancias se las tragaba el camión al que siempre había que estarle comprando repuestos y haciéndole reencauchar las llantas, pero les daba para ir viviendo. En los años que pasó junto a don Pericles, Casimiro llegó a conocer como la palma de la mano todo el centro de los Andes, sus villorios, sus comunidades, sus ferias, sus abismos y valles y, asimismo, todos los secretos del negocio: dónde comprar el mejor maíz y dónde llevar hilos y agujas, dónde esperaban las lámparas y las percalas como maná del cielo, y qué cintas, prendedores, collares y pulseras atraían de manera irresistible la codicia de las muchachas.

Don Pericles lo trató al principio como a un aprendiz, luego como a un hijo, por fin como a socio. A medida que envejecía y el muchacho se hacía hombre, el peso del trabajo se fue desplazando a él hasta que, con el paso de los años —Casimiro era ya el único que manejaba y el que decidía las compras y ventas—, don Pericles pasó a ser el director técnico de la sociedad.

Cuando al anciano le vino el ataque cerebral que lo dejó paralizado y sin habla, estaban, por suerte, en Pampas. De modo que pudieron llevarlo al hospital y salvarlo de la muerte. Pero don Pericles no pudo volver a viajar y Casimiro tuvo que hacerlo desde entonces solo. Lo hizo un buen tiempo, en el inmortal camioncito, hasta que un día debió renunciar porque la sobrina y los nietos de don Pericles le exigían, por seguir usándolo, sumas fuera de toda realidad. Les entregó, pues, el vehículo y, aunque hasta que don Pericles murió lo visitó regularmente, llevándole algún regalito cada vez que caía por Pampas, fue desde entonces amo y señor de su negocio. Era un mocetón fuerte y curtido, con amigos por todas partes, trabajador y alegre. Podía pasarse las noches bebiendo y bailando en las fiestas de los pueblos, respondiendo con bromas ingeniosas a las burlas de los borrachos sobre sus pelos amarillos, y a la mañana siguiente abrir su negocio en el mercado antes que ningún comerciante. Había reemplazado el camioncito por una camioneta de tercera mano que compró a un agricultor de Huancayo al que le pagaba puntualmente las mensualidades.

Una vez, mientras vendía hebillas y aretes de fantasía en un pequeño pago de Andahuaylas, vio a una muchacha que parecía estar esperando para hablarle a solas. Era joven, con trenzas, de cara lozana y asustadiza como un animalito. Le pareció que no era la primera vez que la veía. En un momento que quedó sin clientes, la muchacha se acercó a la plancha de la camioneta, donde estaba sentado Casimiro.

—Ya sé —dijo él, riéndose—. Quieres uno de esos prendedores y no tienes plata.

Ella negó con la cabeza, confundida.

—Me has dejado, pues, encinta, papay —susurró, en quechua, bajando los ojos—. ¿No te acuerdas de mí, acaso?

156

Entre brumas, Casimiro recordó algo. ¿Era esta chiquilla la que, en la fiesta de Gabriel Arcángel, se había subido a la camioneta? Pero ese día había tomado mucha chicha y no estaba muy seguro de que esta cara fuese la borrosa de su memoria.

—Y quién dice que fui yo —le contestó de mal modo—. Con cuántos te fuiste, pues, en esas fiestas. ¿Crees que me vas a agarrar de manso? ¿Que voy a cargar con un hijo de Dios sabe quién?

No pudo seguir gritándola porque la muchacha salió corriendo. Casimiro se acordó que don Pericles aconsejaba, para casos así, sentarse al volante y arrancar. Pero unas horas después, cuando cerró su negocio, empezó a deambular de un lado a otro por el lugar, buscando a la muchacha. Sentía desazón y ganas de hacer las paces con ella.

La encontró en el camino, a la salida del pueblo, en una avenida de sauces y tunales alborotada con el croar de las ranas. Ella estaba regresándose a su anexo, muy ofendida. Al final, Huarcaya la aplacó, la convenció de que subiera a la camioneta y la llevó hasta las afueras de la comunidad donde vivía. La consoló como pudo y le dio un poco de dinero aconsejándole que se consiguiera una de esas comadronas que también hacen abortar. Ella asentía, con los ojos medio mojados. Se llamaba Asunta y cuando él le preguntó la edad, le contestó que dieciocho, pero él calculó que se aumentaba.

Volvió a pasar por allí un mes después y, preguntando, llegó hasta la casa de la muchacha. Vivía con sus padres y una nube de hermanos, que lo recibieron con desconfianza, huraños. El padre, dueño de su propio terreno dentro de la comunidad, había sido mayordomo de las fiestas. Entendía español, aunque a las preguntas de Casimiro respondía en quechua. Asunta no había encontrado a nadie que le diera esos cocimientos, pero dijo a Huarcaya que no se preocupara. Sus padrinos, de un anexo vecino, le habían dicho que tuviera el hijo nomás y que podía irse a vivir con ellos si la echaban de la casa. Parecía resignada a lo que le ocurría. Al despedirse de ella, Casimiro le regaló unos zapatos de medio taco y un chal floreado que ella le agradeció besándole la mano.

La vez siguiente que pasó por el lugar, Asunta ya no estaba y la familia no quiso hablarle de ella. El padre lo recibió más hosco que en la primera visita y le dijo a boca de jarro que no volviera por allí. Nadie supo o quiso darle razón de dónde vivían los padrinos de Asunta. Casimiro se dijo que había hecho todo lo que estaba a su alcance por esa chiquilla y que no debía quitarse más el sueño. Si la volvía a encontrar, la ayudaría.

Pero su vida no volvió a ser lo que había sido. Por lo pronto, esos caminos, esas sierras, esas aldeas que él se había pasado tantos años recorriendo con don Pericles y luego solo, sin sentir jamás que corría otro riesgo que el de reventar una llanta o quedarse botado por los malos caminos, se volvían cada vez más violentos. Casimiro empezó a encontrar torres eléctricas dinamitadas, puentes volados, senderos obstruidos con rocas y troncos, inscripciones amenazantes y trapos rojos en los cerros. Y grupos armados a los que tenía que darles siempre algo de lo que llevaba: ropas, víveres, cuchillos y machetes. Empezaron a aparecer, también, por los caminos patrullas de sinchis y de soldados. Revisaban sus papeles y saqueaban su camioneta, igual que los alzados. En los pueblos se quejaban de abusos, de robos, de matanzas, y en ciertas regiones empezó un verdadero éxodo. Familias, comunidades enteras abandonaban tierras, viviendas, animales, rumbo a las ciudades de la costa.

Su negocio pronto le alcanzó a duras penas para sobrevivir y un buen día se dio cuenta de que perdía plata. ¿Por qué seguía viajando, comprando y vendiendo? Tal vez porque se le había metido entre ceja y ceja que así encontraría a Asunta. Se le fue convirtiendo de reto y pasatiempo en obsesión. Tanto preguntó por ella, adonde iba, que la gente lo creía medio chiflado y se divertía dándole pistas falsas o contándole fantasías.

Dos veces volvió a su pueblo, a tratar de que su familia le diera noticias de su paradero. El padre lo insultó y le lanzó piedras. Pero una hermana de Asunta le salió al encuentro en el camino y le contó que los padrinos de la muchacha vivían en Andahuaylas y se llamaban Gallirgos. Sin embargo, nadie en Andahuaylas pudo darle noticias de una familia de ese nombre. La segunda vez que pasó por casa de Asunta había muerto el padre, y la madre y los hijos se habían ido a Ica, con otras familias de comuneros. Había habido una matanza por la región y todos vivían recelosos.

¿Para qué buscaba a Asunta con esa perseverancia? Se lo preguntaba y no sabía darse una respuesta. ¿Era por el posible hijo o hija que andaría ahora por los tres años? Aunque no se hacía muchas ilusiones ya de encontrarla, seguía preguntando por ella, aquí y allá, como un rito, a sabiendas de que sólo recibiría respuestas negativas. Se habría ido a Lima, como tantas otras muchachas de la sierra. Y estaría trabajando de empleada doméstica en alguna casa, o de obrera, o se habría casado y su hijo o hija ya tendría hermanos.

Había pasado mucho tiempo y Casimiro Huarcaya

pensaba cada vez menos en Asunta, cuando llegó, en una noche de borrachera generalizada —era el inicio de las fiestas del pueblo—, a la localidad de Arcca, al sur de Ayacucho. Al salir de la fonda donde comió, se vio rodeado por un grupo hostil de hombres y mujeres que lo insultaban, señalándole el pelo y diciéndole «nacaq», «pishtaco». Estaban muy borrachos para tratar de hacerlos entrar en razón, explicándoles que no todos los hombres que tenían la desgracia de tener el pelo claro iban por el mundo buscando víctimas humanas para sacarles el sebo, y optó por meterse a su camioneta. Pero no lo dejaron partir. Estaban asustados y furiosos y se azuzaban unos a otros.

Lo sacaron a empellones de la caseta y empezaron a golpearlo, sin escuchar sus explicaciones. Cuando creyó que ya no había escapatoria para él, oyó tiros. Vio hombres y mujeres armados y el cerco hostil se deshizo. Desde el suelo donde se había desplomado, aturdido por los golpes, Casimiro oyó las voces de sus salvadores. Explicaban a la muchedumbre de cuyas manos lo habían arrancado que no había que creer en pishtacos, que ésas eran supersticiones, creencias oscurantistas inculcadas al pueblo por sus enemigos.

Entonces, reconoció a Asunta. No le cupo la menor duda. A pesar de la escasa luz y el aturdimiento de su cerebro, no dudó un segundo. Era ella. Sólo que ahora no llevaba trenzas, sino el pelo cortito, como un hombre. Y, en vez de pollera, un bluejeans y zapatillas de basquet. Y una escopeta en las manos. Ella lo había reconocido también, por lo visto. No le respondió el saludo que él le hizo con la mano, ni la sonrisa que le dirigió. Ella estaba explicando ahora, a los demás hombres y mujeres armados que lo rodeaban, que ese albino, Casimiro Huarcaya, la había violado, hacía cinco años, aprovechándose de las fiestas de otro pueblo. Y que la había dejado embarazada. Y que cuando ella fue a contárselo, la había tratado de prostituta, o poco menos. Y que, después, como quien tira un hueso a un perro, se había dignado darle plata para que se hiciera abortar. Era Asunta pero no era Asunta. Por lo menos, a Casimiro le costaba trabajo identificar a la muchachita tímida que le besaba la mano con esta mujer, fría, seria, didáctica, que contaba esas intimidades en voz alta, como si hablara de otra persona.

Trató de decirle que todo este tiempo había estado averiguando por ella. Trató de preguntarle qué había pasado con ese hijo que estaba esperando, si había nacido albino como él. Pero no le salió la voz. Ellos hablaron largo rato, cambiaron ideas en español y en quechua. Le hicieron preguntas que no supo contestar. Cuando vio que habían tomado una decisión sobre su suerte, tuvo una sensación de irrealidad. Ahí estaba, pues, la mujer a la que había buscado tantos años. Se acercaba a él con la escopeta apuntándole a la cabeza. Y Casimiro estuvo seguro de que la mano no le temblaría al disparar.

—Guardia civil, guardia civil —dijo Mercedes—. Lo último que se me hubiera pasado por la cabeza es que fueras un cachaco de esos que dirigen el tránsito.

—Ya sé que conmigo has bajado de nivel —repuso el muchacho—. Pero no te preocupes, con una mujer como tú a mi lado llegaré muy lejos.

—Si alguna vez te viera vestido de guardia civil me moriría de vergüenza —dijo ella.

—¿Por qué nos tenía en tan mal concepto? —gruñó Lituma.

—Por qué va a ser —suspiró Tomasito—. Por la miseria que ganamos.

Habían salido de Huánuco cerca de las seis, con una hora de atraso, y ellos ocupaban los dos asientos de adelante del viejo Dodge, junto al chofer. Atrás se apiñaban cuatro pasajeros, entre ellos una señora que gemía «Ay, Jesús» con cada bache. El chofer llevaba una gorrita hundida hasta las orejas y una bufanda le cubría la boca de modo que casi no se le divisaba la cara. Tenía puesta la radio a todo volumen, así que lo que Carreño y Mercedes se decían al oído no lo escuchaban los demás. A medida que el colectivo iba trepando la Cordillera, la radio se oía peor y la música naufragaba entre pitos y zumbidos.

—Tan apretaditos como iban, aprovecharías para toquetearla —comentó Lituma.

—Me hablas para tener un pretexto y poder besarme en el cuello —dijo ella, hablándole también con la boca pegada en el oído.

—¿Te molesta? —susurró él, frotándole los labios despacito en el contorno de la oreja.

—Esas pachamancas en los autos son cojonudas —sentenció Lituma.

—Me haces cosquillas —dijo ella—. El chofer debe creerme una idiota que se ríe y se ríe todo el tiempo.

—Es que para ti el amor no es cosa seria —volvió a besarla Carreño.

—Prométeme que nunca más en la vida te pondrás el uniforme de cachaco —dijo Mercedes—. Mientras estemos juntos, por lo menos.

—Te prometo todo lo que me pidas —se acarameló el muchacho.

—Y ya ves —suspiró Lituma—. Te lo volviste a poner, y aquí ni siquiera puedes quitártelo. Morirás con las botas puestas, Tomasito. ¿Viste ese peliculón?

Carreño le tenía pasado el brazo, por los hombros y trataba de amortiguar con su cuerpo los respingos que el Dodge hacía dar a Mercedes. Oscurecía de prisa y comenzaba a hacer frío. Se habían puesto las chompas de alpaca que compraron en Huánuco, pero uno de los cristales del vehículo estaba rajado y por el hueco se colaba un vientecito helado. El chofer terminó por apagar la radio, ya inaudible.

—No es que crea que va a pasar nada —dijo, hablando fuerte, detrás de la bufanda—. Pero mi obligación es advertirles. Hay muchos asaltos en esta ruta últimamente.

Ninguno de los pasajeros hizo comentario alguno, pero la atmósfera del vehículo se espesó, como una leche que se corta. Carreño sintió que Mercedes se ponía rígida.

—Y lo más probable es que a los dos nos lleven a la tumba con los uniformes puestos, Tomasito. ¿No te cansas a veces de esperarlos? ¿No piensas a veces: «Que vengan de una vez y que termine esta maldita guerra de nervios»?

—¿Y eso qué quiere decir? —preguntó, por fin, en el asiento de atrás, la señora de las exclamaciones—. ¿Que estamos en peligro?

—Espero que no —replicó el chofer—. Pero tengo el deber de prevenirlos.

—¿Y en ese caso, qué? —preguntó otro pasajero.

—En ese caso, lo mejor es no ponerse respondones —sugirió el chofer—. Ésa es mi recomendación, al menos. Los que asaltan van armados y con el dedo en el gatillo.

—O sea, les damos todo lo que tenemos, como mansos corderitos —dijo la señora, irritada—. Aunque nos quedemos con una mano atrás y otra adelante. Qué buen consejo, caracho.

—Si quiere dárselas de heroína, allá usted —dijo el chofer—. Yo sólo doy una opinión.

—Usted está asustando a los pasajeros —intervino Carreño—. Una cosa es un consejo y otra meter miedo a la gente.

El chofer ladeó un poquito la cabeza para mirarlo.

—No es que quiera asustar a nadie —afirmó—. Sólo que me han asaltado tres veces ya, y en la última me partieron la rodilla de un combazo.

Hubo un largo silencio, entrecortado por los ronquidos y espasmos del motor y los sonidos metálicos de la carrocería sacudida por los huecos y piedras del camino.

—No sé por qué hace usted un trabajo tan peligroso, entonces —comentó un pasajero que hasta ahora no había hablado.

—Por la misma razón que viajan ustedes a Lima por tierra, sabiendo que es peligroso —dijo el chofer—. Por necesidad.

—Maldita la hora en que vine a Tingo María, maldita la hora en que acepté la invitación de ese baboso —susurró Mercedes en el oído del muchacho—. Me iba muy bien, tenía para comprarme ropa, en el show del Vacilón me divertía, era independiente. Y, ahora, perseguida y arrejuntada con un guardia civil.

—Era tu destino —la volvió a besar en la oreja el muchacho, sintiendo que ella se estremecía—. Aunque no te lo creas, ahora comienza la mejor parte de tu vida. ¿Sabes por qué? Porque estamos juntos. ¿Y quieres que te diga una cosa?

164

—Yo siempre esperando cositas ricas, plancitos, manoseos, polvos que me distraigan del ayuno forzoso, y tú siempre yéndote por lo romántico —se quejó Lituma—. No tienes remedio, Tomasito.

—¿Cuál? —susurró ella.

—Juntos hasta que la muerte nos separe —le mordisqueó Carreño el borde de la oreja y Mercedes se rió, fuerte.

—¿No estarán ustedes en viaje de novios, por casualidad? —les lanzó una ojeada el chofer.

—Acabamos de casarnos —confirmó al instante Carreño—. ¿Cómo lo adivinó?

—Mi sexto sentido —se rió el chofer—. Y por tantos besitos que se dan.

Alguien se rió en el asiento de atrás y un pasajero murmuró: «Felicitaciones a los novios.» Carreño apretó a Mercedes contra él y, besándola, le susurró:

—Ya eres mi mujercita ante todo el mundo. Ya no podrás librarte nunca de mí.

—Si me sigues haciendo cosquillas me cambio de sitio —susurró ella—. Me estoy haciendo pis de la risa.

—Pagaría cualquier cosa por ver a una hembrita haciendo pis —mugió Lituma, estremeciendo el catre—. Nunca se me ocurrió, maldita sea. Y ahora que me provoca, no hay hembras a la vista.

—Tendrías que ir en la maletera —dijo Carreño—. Bueno, te doy un recreo. Diez minutos sin besarte. Puedes dormirte en mi hombro, como en el camión. Te despertaré si nos asaltan.

—Se ponía bueno con eso del pipí y tú la mandas a dormir —protestó Lituma—. Ay, qué desgracia.

—Qué gracioso eres, cachaquito —dijo ella, acomodándose.

—Nadie podrá estropear nuestra luna de miel —dijo el muchacho.

La carretera estaba vacía; de rato en rato cruzaban un aparatoso camión que obligaba al Dodge a salirse del camino. No llovía, pero el cielo estaba encapotado y, en vez de estrellas, un tenue resplandor difuminaba los contornos de algunas nubes plomizas y el horizonte de cumbres y crestas de nieve. Carreño fue adormeciéndose.

—Me despertó un brillo que me hirió en los ojos y una voz que decía: «Documentos» —continuó el guardia—. Luchando contra el aturdimiento, me palpé la cintura y el revólver estaba donde debía.

—Volvemos a los cowboys —comentó Lituma—. ¿A cuántos mataste esta vez?

Mercedes se restregaba los ojos, moviendo la cabeza a un lado y a otro. El chofer estaba alcanzando las libretas electorales de los pasajeros a un hombre con metralleta que tenía media cabeza dentro del automóvil. Carreño vio una caseta iluminada con lámparas, un escudo, y a otro hombre, envuelto en un poncho y también con metralleta en el hombro, frotándose las manos. Una cadena de metal, colocada sobre dos barriles, trancaba el camino. Alrededor no se veían luces ni casas, sólo cerros.

—Un momentito —dijo el hombre y se alejó hacia la caseta con los documentos en la mano.

—No sé qué mosca les picó —comentó el chofer, volviéndose a los pasajeros—. Aquí nunca paran a los autos, y menos a esta hora.

A la rancia luz de la lamparilla del puesto, uno de los policías revisaba documento por documento. Lo acercaba a sus ojos como si fuera miope. El otro seguía sobándose las manos.

—Debe estar helando, ahí afuera —murmuró la señora de atrás.

—Espérese que lleguemos a la puna para que sepa lo que es frío —advirtió el chofer.

Estuvieron un buen rato en silencio, oyendo silbar el viento. Ahora, los policías conversaban y el que había recogido los documentos le mostraba un papel al otro, señalando al Dodge.

—Si me pasa algo, sigues viaje —le besó la oreja el muchacho a Mercedes, viendo a los dos hombres del puesto acercarse al automóvil, uno detrás del otro.

—Mercedes Trelles —dijo el hombre, metiendo de nuevo la cabeza en el vehículo.

—¿Así se apellida tu piurana? —dijo Lituma—. Entonces, a lo mejor es pariente de uno que yo conocí. El Patojo Trelles. Tenía una zapatería por el cine Municipal y andaba siempre comiendo chifles.

—Yo soy.

—Venga un momentito, para una verificación.

Devolvió al chofer los otros documentos, para que los repartiera a los pasajeros, y esperó que Carreño se bajara a ayudar a salir a la mujer del auto. El otro policía tenía ahora la metralleta en las manos y permanecía a un metro del colectivo.

—Ninguno de los dos parecía darle mucha importancia al asunto —dijo Tomás—. Parecían aburridos, cosa de rutina. Podía ser pura casualidad que la llamaran. Pero yo no podía arriesgarme, tratándose de ella.

—Claro, claro —se burló Lituma—. Tú eres de esos que matan y preguntan después al muerto cómo se llama.

Mercedes se alejó, caminando despacio hacia la caseta, seguida por el que había revisado sus documentos.

Carreño se quedó de pie junto a la puerta abierta del Dodge y, aunque en las sombras era improbable que éste lo advirtiera, sonreía exageradamente al policía que vigilaba el automóvil.

—Cómo no se mueren de frío aquí, jefe —murmuró, a la vez que, de manera llamativa, se frotaba los brazos y hacía «Brrn»—. ¿A qué altura estaremos?

—Tres mil doscientos, nomás.

El muchacho sacó su cajetilla de cigarrillos y se puso uno en la boca. Iba a guardarla pero, como recordando, se la extendió al policía: «¿Quiere fumar?» A la vez, sin esperar respuesta, dio dos pasitos hacia él. El policía no se alarmó en absoluto. Cogió un cigarrillo y, sin darle las gracias, se lo puso en la boca.

—Ése, como policía, era un chambón —juzgó Lituma—. Hasta yo, que soy otro chambón, hubiera maliciado.

—Estaban muertos de sueño, mi cabo.

Carreño encendió un fósforo, que el aire apagó. Encendió un segundo, encogiéndose, para proteger la lumbre con su cuerpo —estaba con todos sus sentidos alertas, como la fiera antes de atacar—, oyendo, a la señora quejosa pedirle al chofer que cerrara la puerta, y la acercó a la boca donde colgaba el cigarrillo. Cuando, en lugar de la lumbre, el cañón del revólver chocó contra sus dientes, el policía quedó petrificado.

—Ni un grito, ni un movimiento —le ordenó Tomás—. Te lo digo por tu bien.

Estaba con sus ojos clavados en el hombre que ahora abría la boca —el cigarrillo rodó al suelo—, al que despojaba suavemente de la metralleta con la mano libre, pero con los oídos pendientes de lo que sucedía en el automóvil, esperando que el chofer o uno de los

168

pasajeros diera un grito que previniera al policía del puesto.

—Pero no oyó nada, porque los pasajeros, amodorrados, ni se dieron cuenta de lo que pasaba —recitó Lituma—. Ya ves, te las adivino todas. ¿Sabes por qué? Porque he visto muchas películas en mi vida y conozco todos sus trucos.

—Arriba las manos —ordenó, en voz alta, desde el umbral. Apuntaba con su revólver al policía sentado en la mesita y, con la metralleta, el cráneo del que tenía delante. Usaba a este último como parapeto. Oyó a Mercedes dar un gritito, pero no la miró, pendiente siempre del hombre de la mesa. Luego de un momento de sorpresa, éste levantó las manos. Se quedó mirándolo. Pestañeaba, embobado.

—Le dije a Mercedes «Cógele la metralleta» —recordó Carreño—. Pero ella estaba muerta de miedo y no se movió. Tuve que repetirle la orden dando un grito.

—¿No se haría pis en ese momento también?

Esta vez ella cogió con sus dos manos el arma que el policía había dejado sobre la mesa.

—Los puse a los dos contra la pared, con las manos en la cabeza —prosiguió el muchacho—. Se hubiera asombrado de lo obedientes que resultaron, mi cabo. Se dejaron registrar, quitar las pistolas y se amarraron uno al otro sin abrir el pico.

Sólo cuando Tomás y Mercedes se iban, uno de ellos se atrevió a murmurar:

—No vas a llegar muy lejos, compadre.

—Y no llegaste —dijo Lituma—. Voy a dormirme, Tomasito, ya tengo sueño y tu cuento me aburrió.

—Me voy bien armado para defenderme —lo cortó Carreño.

—¿Qué está pasando aquí? —dijo, detrás de él, el chofer.

—Nada, nada, ya nos vamos.

—¿Cómo que nada? —lo oyó exclamar—. Pero, quién es usted, por qué...

—Calma, calma, no va contigo, no te va a pasar nada —dijo el muchacho, empujándolo afuera.

Los pasajeros habían bajado del Dodge y rodeaban a Mercedes, comiéndosela a preguntas. Ella movía las manos y la cabeza medio histérica: «No sé, no sé.»

Carreño tiró al asiento del Dodge las metralletas y las pistolas de los dos hombres del puesto e indicó al chofer que se instalara en el volante. Tomando a Mercedes del brazo, la obligó a subir al automóvil.

—¿Nos va a dejar aquí? —se indignó la señora de las quejas.

—Los recogerá alguien, no se preocupen. No pueden venir conmigo, los creerían mis cómplices.

—Para eso, déjame a mí también con ellos —protestó el chofer, ya sentado en el volante.

—¿Y para qué diablos te llevaste al chofer? —bostezó Lituma—. ¿No te bastaba Mercedes como compañía?

—Ni mi mujer ni yo sabemos manejar —le explicó Carreño—. Parte de una vez y métele la pata al acelerador a fondo.

Segunda parte

VI

—Bueno, ahora creo que me puedo ir —dijo el cabo Lituma, calculando que si partía de inmediato llegaría a Naccos antes del anochecer.

—De ninguna manera, mi amigo —lo atajó, levantando dos manos cordiales, el ingeniero alto y rubio que había sido tan amable con él desde que pisó La Esperanza—. La noche lo puede coger en el camino y no se lo recomiendo. Usted se queda a comer y a dormir aquí y mañana tempranito Francisco López lo lleva de vuelta a Naccos en el jeep.

El ingeniero morenito, al que decían Pichín, también insistió y Lituma no se hizo de rogar mucho para quedarse una noche más en la mina. Porque, cierto, era imprudente viajar a oscuras por estas soledades, y porque, de ese modo, tendría ocasión de ver y oír un poco más al gringo ése de visita en La Esperanza, un explorador o algo así. Desde que lo vio, lo tenía fascinado. Llevaba unas barbas y unos cabellos alborotados y tan largos como Lituma sólo había visto en ciertas estampas de profetas y apóstoles bíblicos, o como los llevaban algunos locos o mendigos semi desnudos por las calles de Lima. Pero éste no tenía nada de loco; era un sabio. Aunque sencillo y amistoso, con aire de ciudadano de las nubes extraviado en la tierra, y totalmente indiferente —¿inconsciente?— al peligro que había corrido en la mina con la incursión de los terrucos. Los ingenieros le decían el Profe y a ratos Escarlatina.

Mientras tomaba declaraciones, hacía el inventario de lo que los asaltantes se habían llevado y escribía los partes que se necesitaban para la compañía de seguros, Lituma había oído a los dos ingenieros, sobre todo al rubio, tomarle el pelo al Profe de lo lindo, con los horrores que los terrucos habrían hecho con él si descubrían que, ahí nomás, en sus narices, escondido en los depósitos de agua, había un agente de la CIA. Él les seguía la cuerda. En materia de horrores, podía dar lecciones a los terrucos, unos aprendices que sólo sabían matar a la gente a bala, cuchillo o chancándoles las cabezas, mediocridades comparadas con las técnicas de los antiguos peruanos, quienes, en esto, habían alcanzado formas refinadísimas. Más aún que los antiguos mexicanos, aunque hubiera un complot internacional de historiadores para disimular el aporte peruano al arte de los sacrificios humanos. Todo el mundo sabía que los sacerdotes aztecas, en lo alto de las pirámides, arrancaban el corazón de las víctimas de la guerra florida, pero ¿cuántos habían oído de la pasión religiosa de los chancas y los huancas por las vísceras humanas, de la delicada cirugía con que extirpaban los hígados y los sesos y los riñones de sus víctimas, que se comían en sus ceremonias acompañados de buena chicha de maíz? Los ingenieros lo festejaban y él los festejaba y Lituma se hacía el concentrado en la redacción de los partes, pero no perdía palabra de su conversación. Y hubiera dado cualquier cosa por sentarse un buen rato a escuchar al parlanchín y examinar a sus anchas su facha estrambótica.

¿Era gringo? Por sus ojos claros y esos pelos rubios que se mezclaban en su cabeza y en su barba con sus canas abundantes, parecía. Así como por el chaquetón de rombos rojos y blancos, tan huachafo, que vestía sobre sus pantalones y camisas de vaquero y sus zapatones de alpinista. Ningún peruano se vestía así. Pero el español que hablaba era más que perfecto, muchas de sus palabras Lituma las oía por primera vez, aunque estaba seguro de que existían en los libros. Un verdadero cráneo, puta madre. Esta noche se lo gozaría.

En sus buenas épocas, le explicaron los ingenieros, La Esperanza tuvo más de cien mineros en sus socavones, pero ahora apenas trabajaban unos treinta. Y, al paso que iban las cosas, con los problemas y la caída del precio de los metales, tal vez tendría que cerrar, como otras minas de Cerro de Pasco y de Junín. La mantenían más por no dar su brazo a torcer que por otra cosa, pues ya no era buen negocio. El campamento se parecía al de la constructora, en Naccos: pequeñito, con barracones de madera y un par de casas sólidas, donde funcionaba la oficina y donde se alojaban los ingenieros cuando venían. En un ala vivía el capataz (ahora ausente, pues él había llevado al herido a Huancayo). En esa casita dieron a Lituma un cuarto, con una cama, un lamparín de querosene y un lavatorio. Desde la ventanilla vio los dos depósitos de agua, a medio camino entre la entrada del socavón y los barracones. Dos recipientes altos, sujetos con pilotes de piedra y unas escalerillas de fierro. En uno de ellos, vaciado la víspera para la limpieza anual, habían trepado a refugiarse los ingenieros y el doctor cuando sintieron a los terrucos. Metidos allí, temblando de frío y de miedo —¿o también se habrían estado haciendo chistes en voz baja?—

175

permanecieron las tres horas que les tomó a los invasores tirotearse con la media docena de hombres de seguridad y hacerlos correr —el muerto y el herido pertenecían al grupo que trabajaba a órdenes de Francisco López—, saquear de explosivos, mechas, remedios, botas y ropas el almacén y el botiquín, y arengar a los mineros a los que hicieron salir de los barracones y formar en la pequeña explanada vecina, a la luz de unas cuantas lámparas de acetileno.

—¿Sabe qué es lo que voy a recordar de esta aventura, cabo? —preguntó el ingeniero rubio, al que Pichín decía Bali—. No el miedo que pasé, ni el robo, ni siquiera al pobre muchacho que se palomearon. Sino que ningún minero nos denunció.

Estaban empezando a comer, sentados alrededor de una larga mesa. Entre el humo de los cigarrillos, flotaban aromas apetitosos.

—Bastaba que uno señalara con su dedo o con su cabeza el depósito de agua —asintió Pichín—. Nos habrían hecho un juicio revolucionario y ya estaríamos en el Paraíso, ¿no, Bali?

—Tú y yo en el infierno, Pichín. El Profe se hubiera ido al cielo, él sí. Porque, imagínese, cabo, ahí donde lo ve, Escarlatina todavía no ha cometido su primer pecado.

—Yo no les hubiera hecho esa perrada —dijo el doctor, y Lituma trató de detectar en su acento siquiera una sílaba que sonara extranjera—. Yo los hubiera acompañado a compartir las llamitas. Las que queman, no las que escupen.

Él había cocinado, mientras los dos ingenieros y Francisco López y Lituma se tomaban una copita de un perfumado pisco iqueño que al cabo le llenó las venas de un delicioso calorcito y la cabeza de una despreocupación excitada. La verdad, el doctor se preparó un banquetazo: sopa de papa seca y habas con pedazos de carne de gallina y un apanado con arroz blanco. ¡De chuparse los dedos! Acompañaron esos manjares con unas cervecitas frías que a Lituma acabaron por ponerlo muy contento. No comía tan bien hacía meses; desde los tiempos de Piura, lo menos. Estaba tan entretenido que, desde que se sentó a la mesa con éstos, casi no había recordado a los desaparecidos de Naccos, ni los llantos nocturnos y las confesiones sentimentales de Tomasito, los dos temas que —ahora se daba cuenta— le ocupaban toda la vida últimamente.

—¿Y sabe por qué voy a recordar siempre la lealtad de esos treinta mineros, cabo? —insistió el ingeniero Bali—. Porque nos han dado una lección a Pichín y a mí. Nosotros los creíamos conchabados con los terrucos. Y, ya lo ve, gracias a su silencio, aquí estamos.

—Vivitos y coleando como San Puta y con una historia del carajo para contársela a los amigos —remató Pichín.

—Todavía hay mucho pan que rebajar —levantó su vaso de cerveza el Profe—. Ustedes creen que deben la vida a esos trabajadores que no los delataron. Yo les digo que se la deben a los apus de estas montañas. Ellos fueron benevolentes con ustedes gracias a mí. Resumiendo: yo los salvé.

—¿Y por qué gracias a ti, Profe? —dijo Pichín—. ¿Qué les has dado tú a los apus?

—Treinta años de estudio —suspiró el doctor—. Cinco libros. Un centenar de artículos. Ah, y hasta un mapa lingüístico-arqueológico de la sierra central.

—¿Qué son los apus, doctor? —se atrevió a preguntar Lituma.

—Los dioses manes, los espíritus tutelares de los cerros y montañas de la Cordillera —dijo el profesor, encantado de hablar de algo que, por lo visto, le daba en la yema del gusto—. Cada elevación de los Andes, por chiquita que sea, tiene su diosecillo protector. Cuando llegaron los españoles y destruyeron los ídolos y las huacas y bautizaron a los indios y prohibieron los cultos paganos, creyeron que esas idolatrías se acabarían. Lo cierto es que, entreveradas con los ritos cristianos, siguen vigentes. Los apus deciden la vida y la muerte en estas tierras. A ellos les debemos el estar aquí, mis amigos. ¡Seco y volteado por los apus de La Esperanza!

Envalentonado por el pisco, la cerveza y la atmósfera cordial, Lituma intervino otra vez:

—Allá en Naccos hay una medio bruja que sabe mucho de esas cosas, doctor. La señora Adriana. Y, justamente, según ella los cerros están llenos de espíritus, con los que dice que se comunica. Asegura que son malignos y que les gusta la carne humana.

—¿Adriana? ¿La mujer de Dionisio, el vendedor de pisco? —replicó ahí mismo el doctor—. La conozco mucho. Y también al borrachín de su marido. Iba de pueblo en pueblo, con una tropa de músicos y bailarines y él vestido de ukuko, es decir de oso. Unos buenos informantes, los dos. ¿No los han matado todavía los senderistas por antisociales?

Lituma se quedó estupefacto. Éste era como Dios, sabía todo y conocía a todos. ¿Cómo, pues, siendo encima un extranjero?

—En vez de doctor, llámeme Paul, Paul Stirmsson, o Pablo a secas, o Escarlatina, que es como me llaman mis alumnos en Odense. —Había sacado una pipa de los bolsillos de su chaquetón de rombos rojos y estaba deshaciéndole un par de cigarrillos negros; asentaba el tabaco con sus dedos—. En mi país se doctorea sólo a los médicos, no a los humanistas.

—Anda, Escarlatina, cuéntale al cabo Lituma cómo fue que te volviste un peruanófilo —lo animó Pichín.

Cuando era un niño de pantalón corto, allá, en Dinamarca, su tierra natal, su padre le había regalado un libro sobre el descubrimiento y la conquista del Perú por los españoles, escrito por un señor llamado Prescott. Esa lectura había decidido su destino. Desde entonces vivió lleno de curiosidad por los hombres, las cosas y las historias de este país. Había pasado toda su vida estudiando y enseñando las costumbres, los mitos y la historia del Perú, primero en Copenhague y luego en Odense. Y desde hacía treinta años pasaba todas sus vacaciones en las sierras del Perú. Los Andes eran como su casa.

—Ahora comprendo por qué habla usted así el español —murmuró Lituma, lleno de reverencia.

—Y eso que no lo ha oído hablar quechua —intervino Pichín—. Con los mineros, se da sus grandes parrafadas, ni más ni menos que si fuera un indio de pura cepa.

—O sea que también habla quechua —exclamó Lituma, maravillado.

—En sus variantes cusqueña y ayacuchana —precisó el Profe, sin ocultar la satisfacción que le daba el asombro del policía—. Y mi poquito de aymara, también.

Añadió que, sin embargo, el lenguaje peruano que le hubiera gustado aprender era el de los huancas, esa antigua cultura de los Andes centrales, conquistada luego por los incas.

—Mejor dicho, borrada por los incas —corrigió—. Ellos se hicieron una buena fama y desde el siglo XVIII todos hablan de unos conquistadores tolerantes, que adoptaban los dioses de los vencidos. Un gran mito. Como todos los imperios, los incas eran brutales con los pueblos que no se les sometían dócilmente. A los huancas y a los chancas prácticamente los sacaron de la historia. Destruyeron sus ciudades y los dispersaron, aventándolos por todo el Tahuantisuyo, mediante ese sistema de mitimaes, los exilios masivos de poblaciones. Se las arreglaron para que casi no quede rastro de sus creencias ni costumbres. Ni siquiera de su lengua. Este dialecto quechua que ha sobrevivido por la zona no era la lengua de los huancas.

Añadió que los historiadores modernos no tenían mucha simpatía por ellos, pues habían ayudado a los españoles contra los ejércitos incas. ¿No era justo que lo hicieran? Actuaron así siguiendo un viejísimo principio: los enemigos de nuestros enemigos son nuestros amigos. Ayudaron a los conquistadores creyendo que éstos los ayudarían a emanciparse de quienes los tenían en servidumbre. Se equivocaron, por supuesto, ya que los españoles los sometieron luego a un yugo aún más severo que el de los incas. Lo cierto era que la historia había sido muy injusta con los huancas: apenas aparecían en los libros sobre el antiguo Perú y, por lo común, sólo para recordar que habían sido hombres de usos feroces y colaboradores del invasor.

El ingeniero alto y rubio —¿Bali sería su nombre o su apodo?— se puso de pie y trajo otra vez la botellita de ese pisco iqueño de aroma tan intenso que habían saboreado antes de la comida.

—Vacunémonos contra la helada —dijo, llenando

las copas—. Que si los senderistas vuelven, nos encuentren tan borrachos que no nos importe.

El viento ululaba en las ventanas y techos y hacía estremecer la vivienda. Lituma se sintió borracho. Increíble que Escarlatina conociera a Dionisio y a doña Adriana. Hasta había visto al cantinero cuando corría mundo, bailando en las ferias vestido de ukuko. Y con sus espejitos, cadena y máscara, seguro. Cómo sería oírlos conversando a los tres sobre apus y pishtacos. Puta madre, interesantísimo. ¿Creería el doctor en los apus o quería hacerse el muy sabido? Pensó en Naccos. Tomasito estaría ya acostado, mirando el techo en la oscuridad, sumido en esos pensamientos que le comían las noches y lo hacían lagrimear dormido. ¿Sería un hembrón la piuranita Mercedes? Lo había dejado turumba al muchacho. La covacha de Dionisio y doña Adriana estaría llena ya de borrachitos tristes, a los que el cantinero levantaría el ánimo con sus cantos y disfuerzos, incitándolos a bailar entre ellos y toqueteándolos como al descuido. Tremendo rosquete, para qué. Pensó en los peones, dormidos en sus barracones con el secreto a cuestas de lo ocurrido a esos tres, secreto que él nunca llegaría a conocer. El cabo sintió otro ramalazo de nostalgia por la remota Piura, por su clima candente, sus gentes extrovertidas que no sabían guardar secretos, sus desiertos y montañas sin apus ni pishtacos, una tierra que, desde que lo habían mudado a estas alturas encrespadas, vivía en su memoria como un paraíso perdido. ¿Volvería a poner los pies allá? Hizo un esfuerzo para seguir la conversación.

—Los huancas eran unas bestias, Escarlatina —alegaba Pichín, examinando su copa al trasluz como temiendo que se hubiera zambullido en ella algún insecto—. Y también los chancas. Tú mismo nos contaste las barbaridades que hacían para tener contentos a sus apus. Eso de sacrificar niños, hombres, mujeres, al río que iban a desviar, al camino que iban a abrir, al templo o fortaleza que levantaban, no es muy civilizado que digamos.

—Ahí en Odense, cerca del barrio en que yo vivo, una secta de satanistas asesinó a un anciano clavándole alfileres, como ofrenda a Belcebú —se encogió de hombros el profesor Stirmsson—. Claro que eran unas bestias. ¿Algún pueblo de la antigüedad pasaría el examen? ¿Cuál no fue cruel e intolerante, juzgado desde la perspectiva de ahora?

Francisco López, que había salido a ver si todo estaba en orden, regresó y con él entró un chiflón helado a la habitación donde hacían sobremesa.

—Todo tranquilo —dijo, sacándose el poncho—. Pero ha bajado mucho la temperatura y comienza a granizar. Toquemos madera, no vaya a ser que, de yapa, esta noche nos caiga un huayco.

—Caliéntese con un traguito —le volvió a llenar la copa el ingeniero moreno—. Eso es lo que nos faltaría. Después de los terroristas, un huayco.

—Yo me pregunto —murmuró el ingeniero rubio, completamente abstraído, hablando para sí mismo— si lo que pasa en el Perú no es una resurrección de toda esa violencia empozada. Como si hubiera estado escondida en alguna parte y, de repente, por alguna razón, saliera de nuevo a la superficie.

—Si me hablas otra vez de la ecologista, me voy a dormir —intentó hacerlo callar su amigo Pichín. Y a Lituma, que lo miraba sorprendido, le explicó, señalando a su amigo—: Conocía a la señora D'Harcourt, la que mataron el mes pasado en Huancavelica. Se toma un trago y filosofa sobre ella. Y de un minero a un filósofo hay mucho trecho, Bali.

Pero el ingeniero rubio no le respondió. Estaba ensimismado, con los ojos brillando por el trago y un mechón de pelo sobre su frente.

—La verdad, si hay una muerte difícil de entender es la de Hortensia —se ensombreció la cara del profesor—. Pero, claro, el error es nuestro, por tratar de entender esas matanzas con la cabeza. Porque no tienen explicación racional.

—Ella sabía muy bien que se la estaba jugando —dijo Bali, abriendo mucho los ojos—. Y lo seguía haciendo. Como tú, Escarlatina. Tú también sabes que te la juegas. Si anoche nos pescan, tal vez Pichín y yo hubiéramos podido negociar con ellos. Pero a ti te chancaban el cráneo a pedradas, igual que a Hortensia. Y, sin embargo, sigues viniendo. Yo me quito el sombrero, viejo.

—Bueno, ustedes siguen viniendo también —le devolvió la gentileza el profesor.

—Nosotros vivimos de esta mina —dijo Pichín—. Bueno, vivíamos.

—¿Qué tiene el Perú que despierta esas pasiones en algunos extranjeros? —se asombró Bali—. No nos lo merecemos.

—Es un país que no hay quien entienda —se rió Escarlatina—. Y no hay nada más atractivo que lo indescifrable, para gente de países claros y transparentes como el mío.

—Creo que no volveré más a La Esperanza —cambió de tema Bali—. No tengo ganas de jugar al héroe y menos por una mina que pierde plata. Lo cierto es que anoche me cagué de miedo.

—Lo sentimos, el Profe y yo, en el depósito —dijo Pichín—. Mejor dicho, lo olimos.

Bali se rió, el profesor se rió, y López también se rió. Pero Lituma permanecía muy serio, oyéndolos apenas, adormecido en una zozobra profunda. Más tarde, cuando, luego de terminarse la botella de pisco, se dieron las buenas noches y se fueron todos a sus cuartos, el cabo se detuvo en el umbral del dormitorio del profesor Stirmsson, contiguo al suyo.

—Una curiosidad me ha quedado, doctor —musitó, respetuosamente, con la lengua algo enredada—. ¿Así que los chancas y los huancas sacrificaban gente cuando iban a abrir un camino?

El profesor se doblaba para quitarse los botines y la lámpara de acetileno deshacía sus facciones, dándole un aspecto fantasmagórico. A Lituma se le ocurrió que, de pronto, surgiría un halo dorado de estampita alrededor de sus blancos cabellos.

—No lo hacían por crueldad, sino porque eran muy religiosos —le explicó—. Era su manera de mostrar su respeto a esos espíritus del monte, de la tierra, a los que iban a perturbar. Lo hacían para que no tomaran represalias contra ellos. Para asegurar su supervivencia. Para que no hubiera derrumbes, huaycos, para que el rayo no cayera y los quemara ni se desbordaran las lagunas. Hay que entenderlos. Para ellos no había catástrofes naturales. Todo era decidido por una voluntad superior, a la que había que ganarse con sacrificios.

—Eso mismo que usted dice se lo oí una vez a doña Adriana, doctor.

—Salúdelos de mi parte a ella y a Dionisio —dijo el Profe—. Estuvimos juntos la última vez en la feria de Huancayo. Adriana era una cholita muy linda, de joven. Después se fue descomponiendo, como todos. Veo que se interesa por la historia, cabo.

—Un poquito —asintió Lituma—. Que pase buena noche, doctor.

Andan asustados desde que supieron lo de la invasión de pishtacos y que en los barrios de Ayacucho los vecinos organizan rondas para pelearles. «Tenemos que hacer lo mismo», dicen. «No sea que los degolladores empiecen a hacer su agosto en Naccos también.» Quieren encender fogatas en las noches entre los barracones para divisarlos apenas aparezcan. Ellos siempre caen donde las cosas empiezan a ir mal. Se está repitiendo la historia de cuando Naccos entró en decadencia. Porque éste era antes un pueblo minero muy próspero. Por eso Timoteo y yo, al escaparnos de Quenka, nos vinimos aquí.

En ese tiempo yo era joven y la mina de Naccos no estaba abandonada; rebalsaba de mineros venidos de toda la región, y hasta de sitios alejados como Pampas, Acobamba, Izcuchaca y Lircay. A cada rato abrían nuevas galerías en el socavón para sacar la plata, el zinc. Y los enganchadores tenían que ir a contratar cada vez más lejos gente dispuesta a venirse a la mina, que se llamaba Santa Rita. Para alojarlos levantaron barracones y carpas en todas las faldas del cerro; muchos mineros dormían envueltos en sus ponchos en las oquedades bajo los grandes pedruscos. Hasta que un día los ingenieros dijeron que se había acabado el metal de calidad, que iba quedando sólo la escoria invendible.

Cuando empezaron a despedir gente y Santa Rita a decaer y muchos a irse de Naccos, sucedieron las cosas extrañas que nadie sabía explicar. Y brotó en el pueblo una desconfianza y un miedo parecidos a los que hay ahora entre los peones de la carretera. Un gordito que venía de Huasicancha y era guachimán del almacén comenzó a enflaquecer y a decir que se sentía raro, como si se hubiera vaciado por dentro y su cuerpo fuera sólo pellejo y huesos, un globo al que se podía reventar de un alfilerazo, y también su cabeza se hubiera desaguado de ideas y de recuerdos. Cuando se murió, un par de semanas después, se había encogido y adelgazado tanto que parecía un niño enclenque de diez años. No se acordaba de dónde venía, ni de su nombre, y a quienes iban a verlo les preguntaba azorado, con un hilito de voz, si era humano o animal, pues ni de eso estaba seguro. Esto no me lo contaron, esto lo vimos Timoteo y yo con nuestros ojos.

El guachimán se llamaba Juan Apaza. Sólo después de enterrarlo en el fondo de la quebrada empezaron a sospechar los mineros de Santa Rita y sus familias que la misteriosa enfermedad de Apaza no era tal, sino que un pishtaco se le había cruzado en su camino. Igual que ahora, todos en Naccos revoloteaban nerviosos. «¿Hay remedio contra eso?», decían. «¿Se puede hacer algo contra los pishtacos?» Venían a consultarme porque se había corrido la voz que yo sabía qué cerros eran machos y cuáles hembras, y también qué piedras parían. Claro que hay remedios, por supuesto que se puede hacer algo. Tener cuidado y tomar precauciones. Poner una batea de agua en la entrada de la casa para que no haga efecto el polvo mágico que el pishtaco avienta a sus víctimas, sirve. Orinar una puntita de las camisas y las chompas antes de ponérselas, ayuda. Y llevar encima algo de lana, las mujeres una faja, unas tijeras, un jaboncito y un diente de ajo o un poquito de sal, también.

Nada de eso hicieron y por eso les fue como les fue. Ellos no aceptaban la verdad; los de ahora la van aceptando. Han tenido ya demasiadas pruebas para seguir incrédulos. ¿Cierto?

Cuando los de Naccos se dieron cuenta de lo que pasaba, el pishtaco que mató a Juan Apaza ya había secado a varios. Entonces la grasa humana servía para hacer ungüentos y mezclarla con el metal de las campanas, así cantaban entonadas. Ahora, desde la invasión de pishtacos, en Ayacucho mucha gente está segura que la grasa se manda al extranjero, y a Lima, donde hay fábricas que sólo funcionan con manteca de hombre o de mujer.

A ese pishtaco de Santa Rita lo conocí muy bien. Después de secar a Juan Apaza, secó a Sebastián, un amigo de Timoteo. Su historia la siguió pasito a paso todo Naccos, porque él empezó a contarla a los mineros desde que se sintió raro. Es decir, desde la misma noche en que, en las afueras del pueblo, viniendo con un rebaño de llamas por la pampa, se topó de pronto con uno de los enganchadores de Santa Rita que era su conocido. Andaba abrigado con un poncho y un sombrerazo metido hasta las orejas. Apoyado en una piedra, fumaba. Sebastián lo reconoció ahí mismo. Lo había visto en los anexos y comunidades de la región, apalabrando a los campesinos que se fueran a trabajar a Naccos y adelantándoles unos soles para convencerlos.

Sebastián se acercó a saludarlo y el enganchador le convidó un cigarrillo. Era un foráneo blancón, de barbita color cucaracha y ojos claros, al que en Naccos le decían el Padrillo porque se las daba de mujeriego (a mí me correteó varias veces, sin que Timoteo lo supiera). Estaban fumando y hablando de la mala suerte que había caído sobre Santa Rita, con el metal acabándose, cuando, de repente, Sebastián sintió que una bocanada de humo del Padrillo le daba en la cara y lo hacía estornudar. Ahí mismo se sintió mareado y con sueño. No era humo de cigarro lo que le echó en la cara, por supuesto. Sino esos polvos con los que el pishtaco marea a sus víctimas para que no sientan que los desgrasa. ¿Qué polvos son? Polvos de huesos machacados de llama o de alpaca, casi siempre. El que los respira no siente ni se da cuenta de nada. El pishtaco puede sacarle sus adentros sin que lo note ni le duela. Eso hizo el Padrillo, y Sebastián, desde esa noche, empezó a enflaquecer, a achicarse y a olvidarse de lo que sabía. Lo mismo que Juan Apaza. Hasta que también murió.

Así ocurrió cuando Naccos vivía de la mina Santa Rita y así está ocurriendo ahora, que vive de esta carretera. Las desgracias no vendrán de los terrucos que andan ajusticiando a tanta gente o llevándosela a su milicia. Ni de los pishtacos que rondan por ahí. Cierto, éstos vienen siempre en los tiempos difíciles, como lo demuestra la invasión de Ayacucho. Por aquí debe haber algunos en las grutas de esos cerros, amontonando su reserva de manteca humana. Será que la necesitan, allá, en Lima, o en los Estados Unidos, para aceitar las nuevas máquinas, los cohetes que mandan a la Luna por ejemplo. Dicen que no hay gasolina ni aceite que haga funcionar tan bien los inventos científicos como la manteca de los runa. Para eso habrán mandado a sus degolladores, armados con sus machetes de hoja curva que puede estirarse como un chicle, hasta el pescuezo del sacrificado. Ellos también hacen daño, quién va a negarlo.

Pero las peores desgracias vienen siempre de ánimas que no dan la cara. Ésas son las que piden más de lo que la gente les puede dar. Están ahí, hechas piedra con las piedras, esperando que, a fuerza de desgracias, a los peones se les abra la mollera. Por gusto se enrabian cuando se lo explico. ¿Para qué preguntan, si luego se tapan las orejas y no quieren entender? Sigan, más bien, los consejos de mi marido: chupen y chupen hasta emborracharse, que en la borrachera todo se vuelve mejor de lo que es, y desaparecen los terrucos, los pishtacos y todo lo que los enfurece y asusta.

—¿Pero por qué a mí? —volvió a preguntarse, de pronto, Mercedes.

—Lo siento, Tomasito —lo interrumpió Lituma, en la oscuridad—. Eso que leímos en el periódico de Lima sobre los tipos que roban ojos de niños me tiene descompuesto. Esta noche no me da el ánimo para tus amoríos. Hablemos de los robaojos, más bien. O de Dionisio y la bruja, a los que tampoco puedo sacarme de la tutuma.

—De ninguna manera, mi cabo —repuso Tomás, desde su catre—. Las noches son de Mercedes y de nadie más, a menos que esté de servicio. Ya tengo bastantes horas en el día para desesperarme con las cosas que pasan. Quédese con los pishtacos y déjeme a mí con mi hembrita.

—¿Por qué no te detuvieron a ti, o en todo caso a los dos? —repitió Mercedes.

Era una pregunta que volvía a sus labios desde que escaparon de los policías. Carreño le había dado todas las respuestas: podía que tuvieran registrado su nombre porque la asociaban al Chancho, fichado hacía rato por la policía; quizás encontraron en su libreta electoral alguna errata o manchón sospechoso; o la llamaran como hubieran podido llamar a cualquiera de los pasajeros, sólo para sacarle algo de plata. Para qué darle más vueltas, ya había pasado lo peor. ¿No estaba libre? ¿No habían atravesado media sierra sin problemas? Llegarían a Lima sanos y salvos dentro de un par de horitas. Como para refrendar las palabras de Carreño, el maquinista hizo sonar la sirena del tren y el estridente soplido rebotó largamente en los cerros pelados del contorno.

—El periódico no hablaba de pishtacos, sino de sacaojos o robaojos —dijo Lituma—. Pero tienes razón, Tomasito, se parecen a esos pishtacos de los serruchos. Lo que no me entra es que ahora también en Lima la gente empiece a creer en esas cosas. ¡En la capital del Perú, cómo es posible!

—Usted cree que yo lo escucho, pero yo no estoy aquí —susurró Tomasito—. Sino en el tren de la sierra, bajando, bajando hacia Desamparados, abrazadito a mi amor.

—Convénceme, convénceme —murmuró ella, encogiéndose contra él—. Que fue pura casualidad que me llamaran. No quiero ir a la cárcel. Una que yo conocía estuvo presa en Chorrillos. Yo iba a visitarla. Antes de ir a la cárcel, me mataría.

El muchacho la abrazó con fuerza y la arrulló. Iban muy juntos, en un asiento que era para un solo pasajero. El vagón estaba repleto, con gente de pie, cargada de bultos, paquetes, hasta gallinas, y en cada estación seguían subiendo pasajeros. Pronto no se podría respirar. Menos mal que ya estaba ahí la estación de Matucana. Tomás aplastó su boca contra la mata de cabellos de Mercedes:

—Te juro que nunca te pasará nada —le prometió—. Yo te salvaré siempre, como anoche.

La besó y vio que ella cerraba los ojos. Por la ventanilla, en las cumbres y faldas de los cerros aparecían de cuando en cuando algunas aldeas, y en las piedras del camino ya coloreaban avisos publicitarios. Era una tarde plomiza, de nubes bajas, amenazando con una lluvia que nunca llegaría. El clima de Lima, pues.

—Algo grave está pasando en este país, Tomasito —irrumpió de nuevo Lituma—. ¿Cómo va a ser posible que toda una barriada de Lima se atolondre con semejante bola? Unos gringos metiendo en autos lujosos a niños de cinco años para sacarles los ojos con bisturíes ultradinámicos. Que haya locas que digan eso, por supuesto. Lima también tendrá sus doñas Adrianas. Pero que toda una barriada se lo crea y los pobladores se lancen a sacar a sus hijos del colegio y se pongan a buscar forasteros para lincharlos, ¿no te parece increíble?

—Para ojos, los de mi Mercedes —musitó el guardia—. Grandes como las estrellas y del color de la chancaca.

No sentía la menor aprensión ahora. La había tenido mientras rodaban por los Andes librados al volante de ese chofer al que, para que no fuera a avivarse, Carreño le mostraba de cuando en cuando la pistola. Pero en el viaje habían hecho buenas migas con él. Se tragó, o fingió que se lo tragaba, el cuento de que Carreño y Mercedes andaban fugándose de un marido celoso, quien la habría denunciado a la policía. Se bajó a comprar comida y bebidas en dos ocasiones y les sugirió que tomaran el tren en Cerro de Pasco. En pago de servicios, Carreño le dejó las dos metralletas:

—Si quieres, las devuelves, como buen ciudadano.

O las vendes y sacas un montón de plata por ese par de juguetes.

—Lo decidiré a cara o sello —dijo el chofer, deseándoles una feliz luna de miel—. Me aguantaré unas horitas antes de ir a la policía.

—El periódico decía que en Chiclayo también hubo otra locura así, el mes pasado, y otra en Ferreñafe —prosiguió Lituma—. Que una mujer vio a cuatro gringos con batas blancas llevándose un niño; que apareció el cadáver de otro, sin ojitos, en una acequia y que los robaojos le habían puesto cincuenta dólares en el bolsillo. Formaron rondas, igual que en Ayacucho, cuando los rumores de invasión de pishtacos. Lima, Chiclayo y Ferreñafe contagiándose las supersticiones de los serruchos. Ni más ni menos que Naccos. Hay como una epidemia, ¿no crees?

—Para serle franco, me importa un carajo, mi cabo. Porque, en este momentito, soy feliz.

El tren llegó a la estación de Desamparados cerca de las seis. Comenzaba a oscurecer, pero aún no habían encendido las luces, de manera que Carreño y Mercedes atravesaron en penumbra el alto vestíbulo. No había policías en el recinto y tampoco a la salida, salvo los de guardia junto a las rejas del Palacio de Gobierno.

—Lo mejor es que ahora nos vayamos cada uno por nuestro lado, Carreñito —dijo Mercedes, en la calle.

—¿Piensas ir a tu casa? Estará tan vigilada como la mía. Lo mejor es que nos escondamos unos días donde mi mamá.

Tomaron un taxi y, luego de darle una dirección en Breña, el muchacho se inclinó a susurrar en el oído de Mercedes:

—¿O sea que querías librarte de mí?

—Que las cosas queden claras —le dijo ella, en voz baja, para que no la oyera el taxista—. Ha pasado lo que pasó, bueno. Pero yo he luchado mucho para tener independencia en la vida. No te hagas falsas ideas. No voy a ser coleta de un guardia civil.

—De un ex guardia civil —la interrumpió el muchacho.

—Sólo estaremos juntos hasta salir de este lío en que tú nos metiste. ¿Okey, Carreñito?

—No puedo dejar de mezclar todo esto con Dionisio y la bruja —dijo Lituma—. Es como si ese par de salvajes estuvieran teniendo razón y los civilizados no. Saber leer y escribir, usar saco y corbata, haber ido al colegio y vivido en la ciudad, ya no sirve. Sólo los brujos entienden lo que pasa. ¿Sabes lo que dijo Dionisio ahora en la tarde, en la cantina? Que para ser sabio hay que ser hijo incestuoso. Cada vez que ese rosquete abre la boca, me da un escalofrío. ¿A ti no?

—Yo también tengo escalofríos ahorita mismo, pero de otra clase, mi cabo. Porque estoy empezando mi accidentada luna de miel.

En Breña, cuando bajaban por la avenida Arica, encendieron las desvaídas luces de la calle. El taxi contorneó el colegio La Salle, recorrió una callejuela e iba a torcer por donde el muchacho le había indicado, cuando éste le dio contraorden:

—Siga, nomás. He cambiado de idea. A los Barrios Altos, más bien.

Mercedes se volvió a mirarlo, sorprendida, y vio que Carreño tenía el revólver en la mano.

—Los diablos y la locura adueñándose del Perú y tú dale que dale con esa hembrita. Es cierto, no hay nadie tan egoísta como un enchuchado, Tomasito.

—Había un tipo junto al farol, frente a la casa, y no me gustó —le explicó el muchacho—. Puede ser aprensión, pero no podemos arriesgarnos.

En los Barrios Altos, hizo que el chofer los dejara junto al asilo de ancianos y esperó que el taxi hubiera partido para arrastrar a Mercedes del brazo un par de cuadras, hasta una casita con puertas y ventanas enreja- das, en la planta baja de un descolorido edificio de tres pisos. La puerta se abrió de inmediato. Una mujer en bata y zapatillas, con un pañuelo en la cabeza, los exa- minó de arriba abajo, sin alegría.

—Te andarán mal las cosas cuando apareces por acá —le dijo a Carreño a modo de saludo—. Mil años que no vienes.

—Sí, tía Alicia, andan algo mal por el momento —reconoció Tomás, besando en la frente a la mujer—. ¿Tienes libre el cuartito en que das pensión?

La mujer examinó a Mercedes, de pies a cabeza. Asintió, a regañadientes.

—¿Me lo puedes alquilar por unos cuantos días, tía Alicia?

Ella se apartó, para dejarlos entrar.

—Quedó libre ayer —dijo. Al pasar junto a ella, Mercedes murmuró «Buenas noches» y la mujer le con- testó con un zumbido.

Los precedió por un pasillo estrecho, con fotos en las paredes, y abrió una puerta y prendió la luz: era un dormitorio con una sola cama, cubierta con una colcha rosada, y un baúl que ocupaba medio cuarto. Había una pequeña ventana sin visillos y, sobre la cabecera del catre, un crucifijo de madera.

—Esta noche no hay comida y ya es tarde para ir a comprar algo —les advirtió la mujer—. Puedo preparar almuerzo, mañana. Eso sí, aunque el cuarto tenga una sola cama, como ustedes son dos...

—Te pagaré el doble —aceptó el muchacho—. Lo justo es justo.

Ella asintió y cerró la puerta, al irse.

—Eso de que eras santito debe ser un cuento —comentó Mercedes—. ¿No has traído mujeres aquí? Esa antipática ni se inmutó al verme.

—Cualquiera diría que tienes celos —silbó él.

—¿Celos?

—Ya sé que no —dijo Carreño—. Era para ver si, haciéndote una broma, te quitaba el susto de la cara. Nunca he traído aquí a nadie. Alicia ni siquiera es mi tía. Así le dicen todos. Éste fue mi barrio, una época. Anda, lavémonos y salgamos a comer.

—O sea que, según ese rosquete, los sabios son hijos de hermano y hermana, o de padre e hija, salvajadas así —divagaba Lituma—. Las cosas que oigo en Naccos yo no las he oído nunca en Piura. Dionisio podría ser un hijo incestuoso, por supuesto. No sé por qué me intrigan tanto él y la bruja. En el fondo, son ellos los que aquí mandan. Tú y yo ni pintamos. Trato de sonsacarles a los peones y capataces y a los comuneros cosas sobre ellos, pero nadie suelta prenda. Y, además, no sé si me toman el pelo. ¿Sabes qué me dijo de Dionisio el huancaíno de la aplanadora? Que su apodo en quechua era...

—Comedor de carne cruda —lo interrumpió su adjunto—. Pucha, mi cabo, ¿va a contarme también que a la madre del cantinero la mató un rayo?

—Son cosas importantes, Tomasito —rezongó Lituma—. Para entender su idiosincrasia.

Mercedes se había sentado en la cama y miraba a

Carreño de una manera que al muchacho le pareció condescendiente.

—No quiero engañarte —le dijo una vez más, de manera amistosa, tratando de no herirlo—. No siento por ti lo que tú por mí. Es mejor que te lo diga, ¿no? No me voy a ir a vivir contigo, no voy a ser tu mujer. Métetelo en la cabeza, Carreñito. Sólo estaremos juntos hasta salir de este lío.

—Hasta entonces hay tiempo de sobra para que te enamores de mí —ronroneó él, acariciándole los cabellos—. Además, ahora no podrías dejarme aunque quisieras. ¿Quién te sacará de ésta, sino yo? Mejor dicho, ¿quién sino mi padrino puede sacarnos de ésta?

Se lavaron en un bañito minúsculo, que parecía de juguete, y salieron a la calle. Cogiéndola del brazo, Carreño llevó a Mercedes, con paso seguro, por unas calles en penumbra, llenas de pandillas de Pluchachos que fumaban en las esquinas, hasta un chifa, con reservados protegidos por biombos grasientos. El local estaba lleno de humo, olor a fritura, y una radio a todo volumen esparcía por el ambiente una música rock. Se sentaron cerca de la puerta de calle, y, además de varios platos para compartir, el muchacho pidió una cerveza helada. Con la música llegaban hasta ellos palabrotas y un ritmo de cajón.

—A mí una vez me jugaron a los dados, para que lo sepas, Carreñito. —Mercedes lo miraba sin sonreír. Tenía unas ojeras profundas y estaba demacrada; sus ojos ya no brillaban como en Tingo María o en Huánuco—. La maldita mala suerte me persigue desde que nací, no hay nada que hacer.

—¿La jugaron a los dados? —se interesó Lituma,

por primera vez en la noche—. Cuéntame cómo fue eso, Tomasito.

—Como lo oyes —dijo ella, lúgubre—. Unos borrachos y vagos de lo peor. A los dados. De ahí salí, de ahí vengo. Me levanté solita, nadie me ayudó. Y estaba saliendo, hasta que te me cruzaste en el camino. Me empujaste otra vez al hueco, Carreñito.

—Vaya, por fin hice que se olvidara de los pishtacos, de los sacaojos y de doña Adriana y Dionisia, mi cabo.

—Es que, hace años, yo vi algo parecido y me llamó la atención —contestó Lituma—. ¿Se la jugaron a los dados allá en su tierra, en Piura?

—No me dijo dónde ni cómo. Sólo eso y a mí se me pusieron los huevos de corbata. ¡Jugársela a los dados, como a una cosa! ¡A mi amor!

—¿No te dijo si fue en un barcito que tenía una a la que le dicen la Chunga, allí por las vecindades del Estadio de Piura?

—No quiso contarme nada más. Sólo eso, para mostrarme cuánto había subido en la vida desde donde empezó. Y que yo la había retrocedido matando al Chancho.

—Qué curioso —dijo Lituma—. En ese bar yo vi a uno de mis amigos, uno de esos inconquistables de los que te he hablado, venderle su hembrita a la Chunga para seguir jugando al póquer. ¿Y qué tal si las piuranas de tu cuento y del mío fueran la misma? ¿Estás seguro que el amor de tu vida se llama Mercedes y no Meche?

—Bueno, a las Mercedes les dicen Meche, mi cabo.

—También por eso se me hace cuesta arriba la idea de vivir escondiéndome —dijo ella—. Para mí, todo eso había quedado atrás. Yo quiero irme a mi casa. Bañarme en mi baño, que lo tengo siempre limpiecito. Cambiarme de ropa y quitarme esta mugre que llevo puesta cinco días.

Iba a decir algo más, pero en eso entró el mozo del chifa con los platos, y Mercedes se calló. Cuando aquél les preguntó si iban a comer con cubierto o con palitos, Carreño dijo que con palitos.

—Te enseñaré a comer como los chinos, amor. Es facilísimo. Cuando aprendes, puedes hacer con los palitos lo mismo que con cuchillo y tenedor.

—Todo me estaba saliendo bien en la vida —dijo ella, mientras comían—. Estaba ahorrando para irme a Estados Unidos. Una amiga de Miami me iba a encontrar trabajo allá. Y, ahora, otra vez con una mano atrás y otra delante.

—Meche, Mercedes, vaya casualidad, tiene usted razón —dijo Tomasito—. Pudieran ser la misma persona, por qué no. Una coincidencia así sería para creer en milagros. O en pishtacos. Sólo que ahora va a tener usted que decirme...

—Tranquilízate, yo nunca me tiré a la Meche, Tomasito. Por desgracia. Era la hembrita más linda de Piura, te juro.

—Si quieres ir a los Estados Unidos, nos iremos allá —le prometió el muchacho—. Yo sé cómo entrar sin visa, por México. Uno que conozco se está haciendo millonario con ese negocio.

—¿Se puede saber cuál es el sueldo de un guardia civil? —dijo ella, mirándolo con compasión—. Apenas un poquito más de lo que le pago a mi muchacha, me imagino.

—Tal vez menos que eso —se rió él—. ¿Por qué crees que tengo que hacer mis cachuelitos, cuidando a chanchos, mientras se dan la gran vida con sus hembras en Tingo María?

Comieron un buen rato en silencio y se terminaron la botella de cerveza. Después pidieron helados y el muchacho prendió un cigarrillo. Fumó haciendo argollas, que disparaba hacia el techo.

—Lo chistoso de todo esto es que pareces contento —dijo ella.

—Estoy contento —dijo él, mandándole un besito volado—. ¿Quieres saber por qué?

A pesar de sí misma, Mercedes sonrió.

—Ya sé lo que me vas a decir. —Se lo quedó mirando con esa mirada que Carreño no podía descifrar si era de pena o de desdén y añadió—: Aunque me has fregado la vida, no te puedo tener cólera.

—Algo es algo —se alegró él—. Así se empieza y uno termina por templarse.

Ella se rió, con más ganas que antes.

—¿Te has enamorado otras veces?

—Nunca como ahora —afirmó el muchacho, con seguridad—. Nunca de nadie como de ti. Bueno, tampoco había conocido a una mujer tan linda, hasta ahora.

—Podría ser Mechita, la vida tiene esas casualidades. ¿Tienes una foto de ella?

—No tuvimos siquiera tiempo de tomarnos una foto juntos —se lamentó el guardia—. No sabe usted cuánto me pesa. Qué cojonudo hubiera sido, además de recordarla, poder verla.

—Lo había conocido apenas unas semanitas antes. En una peña criolla de Barranco. Él fue a verme al show. Me llevó a su casa, en Chacarilla del Estanque. ¡Vaya casa! Me hizo regalos. Me propuso ponerme un departamento. El oro y el moro. Todo, a condición de que estuviera sólo con él. Así salió el maldito viaje a Pucallpa. Vente a pasar el fin de semana conmigo, conocerás la selva. Y fui. Y para mi mala suerte, volví a Tingo María.

El muchacho se había puesto muy serio.

—¿Y desde la primera vez que te acostaste con el Chancho, te pegó?

Se arrepintió ahí mismo de haberlo dicho.

—¿Me tomas cuentas? —dijo ella, enojándose—. ¿Te has tomado en serio eso de que ahora eres mi amante o mi marido?

—Veo que estamos teniendo nuestra primera pelea —dijo el muchacho, tratando de arreglar las cosas—. Ocurre en todas las parejas. No hablaremos más de ese tema. ¿Contenta?

Estuvieron callados un rato y Carreño pidió dos tazas de té. Mientras las tomaban, Mercedes volvió a hablarle. Sin cólera, pero con firmeza:

—A pesar de que te he visto matar a un tipo, pareces buena persona. Y por eso te lo digo por última vez, Carreñito. Siento que te hayas enamorado de mí. Pero no puedo corresponderte. Es mi manera de ser. Hace mucho decidí que no podía dejarme amarrar por nadie. ¿Por qué crees que no me he casado, si no? Por eso. Yo sólo he tenido amigos sin compromiso, como el Chancho. Así han sido todas mis relaciones. Y así seguirán...

—Hasta que nos vayamos a Estados Unidos —la interrumpió él.

Mercedes terminó por sonreír.

—¿Nunca te enojas?

—Contigo no me voy a enojar nunca. Puedes seguir diciéndome las cosas más horribles.

—La verdad es que haces méritos —reconoció ella.

El muchacho pagó la cuenta. Al salir, Mercedes dijo que quería llamar por teléfono a su departamento.

—Se lo presté a una amiga, mientras me iba a la selva.

—No le digas de dónde le hablas, ni le des relleno de cuándo vas a volver.

El teléfono estaba junto a la caja y Mercedes tuvo que pasar bajo el mostrador. Mientras hablaba, aunque sin escuchar lo que ella decía, Carreño supo que recibía malas noticias. Vino hacia él demudada, con la barbilla temblándole.

—Fueron dos tipos a la casa a preguntar por mí, y a exigirle a mi amiga que les dijera dónde estaba. Eran de la policía, le mostraron sus documentos.

—¿Qué le dijiste?

—Que estaba llamándola de Tingo María, que ya le explicaría —dijo Mercedes—. Qué voy a hacer ahora, Dios mío.

—¿Y qué fue de esa Meche que su amigo le vendió a la tortillera para seguir jugando al póquer? —preguntó Tomás.

—Se hizo humo, nunca más se supo —repuso Lituma—. Un misterio que intrigó a todo Piura.

—Ahora vas a dormir y olvidarte de todo eso —dijo el muchacho—. Nadie vendrá a buscarnos donde la tía Alicia. Tranquila, amorcito.

—Y la Chunga jamás quiso decirnos palabra sobre qué fue de la Mechita.

—Los desaparecidos lo persiguen a usted, mi cabo, por lo visto. No le eche tanto la culpa a Dionisio ni a doña Adriana, ni a los terrucos ni a los pishtacos. Por lo que veo, el culpable de esas desapariciones podría ser usted.

VII

Francisco López sacó todavía a oscuras al cabo Lituma de su sueño sobresaltado: tenían que partir de inmediato pues él debía regresar a La Esperanza antes del anochecer. Había preparado café y tostado panes en el hornillo. Los ingenieros y el profesor aún dormían cuando ellos emprendieron viaje rumbo a Naccos.

Les había tomado unas tres horas la venida, pero el retorno resultó el doble de largo. Había llovido fuerte en las alturas de la Cordillera la noche anterior y la trocha estaba anegada y obstruida por derrumbes. El cabo y el chofer tenían que bajarse y hacer rodar los pedruscos para abrir paso al vehículo. Éste se enfangaba y era preciso empujarlo o sacarlo del atollo tendiendo tablas o piedras chatas bajo las ruedas.

A principio, los intentos de Francisco López por entablar conversación con Lituma fueron inútiles. Vez que le dirigía la palabra obtenía gruñidos, monosílabos o asentimientos de cabeza. Pero, luego de una hora de viaje, súbitamente el cabo rompió su mutismo murmurando detrás de su bufanda:

—Eso tiene que haber sido, los serruchos de mierda los sacrificaron a los apus.

—¿Se refiere a los desaparecidos de Naccos? —se volvió a mirarlo Francisco López, desconcertado.

—Así son esos conchas de su madre, aunque le parezca mentira —asintió Lituma—. Y la idea se la metieron Dionisio y la bruja, por supuesto.

—Ese Dionisio es capaz de las peores cosas —se rió Francisco López—. No debe ser cierto que el alcohol mata. ¿Cómo estaría vivo ese borracho, si no?

—¿Lo conoce desde hace mucho?

—Me lo he ido encontrando por toda la sierra desde muchacho. Siempre se aparecía por las minas donde yo trabajaba. Fui enganchador antes de ocuparme de seguridad. En ese tiempo Dionisio no tenía local fijo, era cantinero ambulante. Iba vendiendo pisco, chicha y aguardiente de mina en mina, de pueblo en pueblo, y dando espectáculos con una comparsa de saltimbanquis. Los curas lo hacían correr por los cachacos. Perdón, me olvidé que usted también era uno de ellos.

Lituma seguía con su cabeza hundida en su bufanda y el quepis embutido hasta media frente; el chofer sólo alcanzaba a divisar los pómulos, la achatada nariz y los dos ojillos oscuros, entrecerrados, escudriñándolo.

—¿Ya estaba casado con doña Adriana?

—No, a ella se la encontró en Naccos, más tarde. ¿No le han contado? Pero si es una de las grandes habladurías de los Andes. Dicen que para quedarse con ella, se cargó al minero que era su marido. Y que después se la robó.

—No falla nunca —exclamó Lituma—. Donde aparece ese tipo, todo es degeneración y sangre.

—Y ahora sólo nos faltaba esto —dijo el chofer—. El diluvio universal.

Había empezado a llover con verdadera furia. El

cielo se oscureció rápidamente y se llenó de truenos que retumbaban en los montes. Una cortina de gruesas gotas caía contra los cristales y el limpiaparabrisas no alcanzaba a darles visibilidad para evitar baches y aniegos. Avanzaban lentísimo y el vehículo parecía un caballo chúcaro.

—¿Y cómo era Dionisio en ese tiempo? —Lituma no apartaba los ojos del chofer—. ¿Lo trató un poco?

—Me emborrachaba con él a veces, nada más —dijo Francisco López—. Siempre caía por ferias y fiestas con sus músicos y unas indias medio putas, que bailaban disforzadas. En los carnavales de Jauja, una vez, lo vi enloquecerse con el Jalapato. ¿Conoce ese baile jaujino? Bailan, bailan y, al pasar, le arrancan la cabeza a un pato vivo. Dionisio los decapitaba a todos, no dejaba jugar a los demás. Terminaron botándolo.

El jeep avanzaba a paso de tortuga por un paisaje sin árboles ni animales, entre rocas, barrancos, cumbres y meandros sacudidos por las trombas de agua. Pero ni siquiera la tormenta distraía a Lituma de su obsesión. Tenía un profundo surco en el ceño y se había cogido de la puerta y del techo del jeep para resistir los sacudones.

—Ese tipo me produce pesadillas —confesó—. Él es el responsable de todo lo que pasa en Naccos.

—Lo raro es que los terrucos no lo hayan matado todavía. Ellos andan ajusticiando maricones, cafiches, putas, degenerados de cualquier especie. Dionisio es todas esas cosas a la vez y encima otras. —Francisco López echó una rápida mirada a Lituma—. Por lo visto, se creyó usted esas historias de Escarlatina, cabo. No le haga caso, es un gringo muy fantaseoso. ¿De veras cree que a esos tres pudieron sacrificarlos? Bueno, por qué no. ¿No matan aquí de todo y por todo? A cada rato se descubren tumbas, como esa de los diez evangelistas en las afueras de Huanta. Qué de raro que comiencen los sacrificios humanos también.

Se rió, pero Lituma no le celebró el chiste.

—No es para tomarlo a la broma —dijo. Una traca de truenos cortó lo que iba a añadir.

—No sé cómo va a hacer la caminata hasta Naccos —dijo a gritos Francisco López, cuando pudo hacerse escuchar—. Si allá también está lloviendo así, la bajada será una torrentera de fango. ¿No quiere regresarse conmigo a la mina, más bien?

—De ninguna manera —murmuró Lituma—. Tengo que aclarar ese asunto de una vez por todas.

—¿Por qué se toma tan a pecho a los desaparecidos, cabo? Por último, ¿qué le importan tres piojosos más o menos en el mundo?

—Conocí a uno de los tres. Un mudito que nos limpiaba el puesto. Una buenísima persona.

—Usted quiere ser el John Wayne de las películas, cabo. El justiciero solitario.

Cuando, un par de horas después, llegaron al lugar donde el jeep tenía que dar media vuelta, había dejado de llover. Pero el cielo seguía encapotado y se oía, a lo lejos, como desacompasados redobles de tambor, los truenos de la tormenta.

—Me da no sé qué dejarlo solo —dijo Francisco López—. ¿Quiere que hagamos un poco de tiempo mientras se seca la trocha?

—No, no, aprovecharé ahora —dijo el cabo, apeándose del jeep—. Antes que arranque a llover de nuevo.

Le dio la mano y escuchó apenas los agradecimientos del jefe de seguridad de La Esperanza por haber ido hasta allá a levantar esos partes. Cuando iniciaba el descenso por la ladera, oyó encenderse el motor y sintió alejarse al jeep.

—¡Jijunagrandísimas! —rugió entonces, con todas sus fuerzas—. ¡Serranos de mierda! ¡Supersticiosos, idólatras, indios de mierda, hijos de la grandísima puta!

Oyó su voz repetida por el eco, rebotando entre las altas paredes de las montañas que la neblina había vuelto invisibles. Esa descarga de insultos le hizo bien. Se sentó en un pedrusco y, haciéndose un nidito con las manos para que no se le apagara el fuego, encendió un cigarrillo. Eso había pasado, estaba clarísimo. El misterio se lo resolvió ese Profe chiflado con el Perú. Ahí estaba para qué servía la historia, pues. Recordó el curso que dictaba en el Colegio San Miguel de Piura el profesor Néstor Martos. Él se entretenía en sus clases, porque el profesor Martos, que se presentaba hecho una facha, enchalinado, barbón y picadito de chicha, lo explicaba todo como en tecnicolor. Pero nunca se le pasó por la cabeza que estudiar las costumbres de los antiguos peruanos pudiera ser útil para entender lo que ocurría ahora en Naccos. Gracias, Escarlatina, por resolverme el misterio. Pero se sentía más descorazonado y confuso que antes. Porque, aunque su cabeza le decía que no había duda posible, que todas las piezas casaban, en el fondo se resistía a aceptarlo. ¿Cómo iba a entrarle en la cabeza a una persona normal, con un solo dedo en la frente, que a Pedrito Tinoco y a esos dos los peones los sacrificaran a los espíritus de los montes por donde iba a pasar la carretera? Y ese salmuera de alcalde; venir a esconderse aquí, con nombre supuesto, escapando de los terrucos, para terminar despachurrado en un socavón.

Lanzó el pucho y vio cómo se lo llevaba el aire haciendo piruetas. Reanudó la marcha. Todo era bajada, pero la lluvia había borrado el trazo y el suelo estaba jabonoso y tenía que pisar con mucha cautela para no irse de bruces. En vez de la hora y media que les había tomado la caminata a él y a Francisco López dos días antes, le tomaría el triple. Pero mejor ir despacio y no romperse una pierna en estas soledades donde no había ni un pájaro para hacerlo sentir a uno menos huérfano. ¿Qué diría Tomasito? Imaginó la cara de su adjunto, la incredulidad de sus ojos, las ganas de vomitar que le vendrían. O a lo mejor no, a él pensar en su piuranita lo vacunaba contra la desmoralización. Doña Adriana los convenció; si querían evitar una gran desgracia en la obra, huayco, terremoto o matanza, había una sola solución: sangre humana a los apus. Y, para ablandarlos y hacerles el consejo aceptable, ese rosquete los habría emborrachado. No me lo creo, mi cabo. Así fue, Tomasito. Ahí tienes la explicación de por qué andan diciendo que fueron los invencioneros. Pero una cosa no estaba clara. Si se trataba de una ofrenda a los apus, ¿no bastaba uno? ¿Para qué tres? Quién sabe, Tomasito. Tal vez había que aplacar a un chuchonal de apus. Una carretera tiene que cruzar muchos montes, ¿no?

Resbaló y cayó sentado en el barro. Se incorporó y volvió a caerse, esta vez de costado. Se rió de su torpeza, pero en verdad tenía ganas de llorar a gritos. Por el estado calamitoso de su uniforme, por los desgarrones en sus manos, pero, sobre todo, porque el mundo, la vida, se le estaban volviendo inaguantables. Se limpió las palmas en el fundillo y continuó su marcha, apoyándose en las rocas a cada paso que daba. ¿Cómo era posible que esos peones, muchos de ellos acriollados, que habían terminado la escuela primaria por lo menos, que habían conocido las ciudades, que oían radio, que iban al cine, que se vestían como cristianos, hicieran cosas de salvajes calatos y caníbales? En los indios de las punas, que nunca pisaron un colegio, que seguían viviendo como sus tatarabuelos, se entendería. Pero en estos tipos que jugaban cartas y estaban bautizados, cómo pues.

Había despejado algo y, a lo lejos y hacia abajo, a través de la grisura del día, Lituma divisó las luces del campamento. En eso se dio cuenta de que, además de los truenos remotos, hacía rato oía también un ronquido profundo, un continuo estremecimiento de la tierra. ¿Qué carajo era eso? Otra tormenta que se le venía encima, por la espalda. Hasta los elementos eran traidores en estos Andes de porquería. ¿Qué chucha pasaba? ¿Temblor? ¿Terremoto? Ahora no le cabía duda: el suelo temblaba bajo sus pies y olía a aguarrás. Lo rodeaba un ruido ronco, profundo, que salía del corazón de la montaña. A su alrededor, entre sus pies, empujadas o espantadas por manos invisibles, rodaban piedrecillas, lascas, y se dio cuenta de que, inconscientemente, buscando protegerse, se había colocado a cuatro patas bajo una alta roca puntiaguda, con manchas de musgo verdoso amarillentas.

«Qué pasa, Dios mío, qué está pasando», gritó, persignándose, y esta vez no hubo eco alguno porque ese ruido denso, múltiple, omnipresente, ese ronquido granítico, ese rodar montaña abajo se tragaba todos los otros ruidos. Decían que a la madre de Dionisio la había matado un rayo. ¿Lo mataría otro a él, ahoritita? Temblaba de pies a cabeza y el miedo le había llenado las manos de sudor. «No quiero morirme, Diosito, por lo más santo», gritó, sintiendo su garganta rajada y reseca.

Se había oscurecido aún más el cielo y a pesar de no ser sino el comienzo de la tarde parecía de noche. Como en sueños, vio que una vizcacha grande como un conejo surgía de entre las piedras y pasaba junto a él, cuesta abajo, corriendo despavorida; tenía las orejas tiesas y saltaba sin fijarse adónde, daba tumbos; finalmente desapareció. Lituma trató de rezar pero ni eso podía. ¿Era un terremoto? ¿Iba a morir aplastado por uno de esos pedrones que pasaban, rodando, saltando, entrechocándose, partiéndose y fragmentándose a derecha y a izquierda, con estruendo enloquecedor? Los animales tenían un sexto sentido, olfateaban las catástrofes, la vizcachita había salido de su covacha huyendo así, escapándose así, porque olió el fin del mundo. «Perdóname mis pecados —gritó—. No quiero acabar así, maldita sea.» Estaba encogido y a gatas, pegado a la roca, viendo pasar a derecha, a izquierda y sobre su cabeza piedras, bloques de tierra, rocas de todas las formas imaginables, y sintiendo que la roca se estremecía con el impacto de los proyectiles que venían a estrellarse y rebotar contra ella. ¿Cuánto aguantaría? Presintió una enorme piedra, rodando desde lo alto de la Cordillera, viniendo derechita contra la roca que le guardaba las espaldas, cayendo sobre ella, pulverizándola, y a él con ella, en un segundo. Con los ojos cerrados vio su cuerpo convertido en una melcocha, en una pestilente y sanguinolenta mazamorra de huesos, sangre, pelos, pedazos de ropa y de zapatos, todo revuelto, sepultado en el fango, arrastrado montaña abajo, hacia, hacia, y sólo entonces se le ocurrió que esta avalancha, esta montaña que se deshacía y desmoronaba iba con su carga de bólidos rumbo al campamento. «El huayco, pues», atinó a pensar, siempre con los ojos cerrados, temblando como un tercianiento. «Los va a aplastar a todos allá abajo, después que a mí.»

Cuando abrió los ojos, creyó estar soñando. A su derecha, en medio de una inmensa nube de polvo, una piedra enorme como un camión, con pedazos de nieve que iba regando a su alrededor, se despeñaba llevándose por delante lo que encontraba a su paso y abriendo una ancha avenida, como el cauce de un gran río, seguida por un remolino vertiginoso de pedrones, piedras, piedrecitas, maderas, pedazos de hielo, de tierra, y a Lituma le pareció distinguir, en esa confusión ruidosa, animales, picos, plumas, huesos. El ruido era ensordecedor y la polvareda se espesaba, ahora lo había envuelto también a él. Tosía, asfixiado, y tenía sangre en las manos con las que se aferraba al suelo fangoso. «El huayco, pues, Lituma», se repetía, sintiendo su corazón en el pecho. «Te está matando a pedacitos.» Entonces sintió un golpe en la cabeza, que, en un fogonazo, le recordó el puñetazo que lo había soñado, aquella vez que se trompeó de churre con el Camarón Panizo, bajo el Viejo Puente del Piura y que le hizo también ver estrellitas, lunas, soles, como ahora, mientras se hundía y todo terminaba.

Cuando recobró el conocimiento seguía temblando, pero ahora del frío que le hacía crujir los huesos. Era de noche y, por los dolores al intentar moverse, tenía la impresión de que le había pasado por encima un auto, triturándole todo lo que tenía debajo de la piel. Pero estaba vivo y era formidable que en vez del estruendo y el torrente de tierra, piedras y rocas, reinara ahora en el mundo esa helada calma apacible. Y todavía más en el cielo. Por unos segundos, olvidó su cuerpo, hechizado por el espectáculo: miles, millones de estrellas, de todos los tamaños, titilando alrededor de esa circunferencia amarilla que parecía estar luciéndose sólo para él. Nunca había visto una luna tan grande, ni siquiera en Paita. Nunca había visto una noche tan estrellada, tan quieta, tan dulce. ¿Cuánto tiempo había estado desmayado? ¿Horas, días? Pero estaba vivo y tenía que moverse. Si no, ibas a congelarte, compadre.

Se ladeó, despacito, a un lado y a otro, y escupió, pues sentía la boca taponeada de tierra. Increíble este silencio, después de ese ruido espantoso. Un silencio visible, que se oía y podía tocar. Fue desentumeciéndose y consiguió sentarse. Se palpó de arriba abajo. ¿En qué momento había perdido su botín izquierdo? No tenía ningún hueso roto, al parecer. Le dolía todo, pero nada en especial. Se había salvado, eso era lo fantástico. ¿No era un milagro? Le había pasado un huayco encima, nada menos. Por el costadito, más bien. Y ahí estaba, averiado pero vivo. «Los piuranos somos huesos duros de roer», pensó. Y se llenó de anticipada vanidad imaginando aquel día futuro en que, de vuelta a Piura, sentado en el barcito de la Chunga, les contaría a los inconquistables esta gran aventura.

Estaba de pie y a su alrededor, en la pálida claridad lunar, divisaba los estragos de la avalancha. Esa brecha que había abierto aquella inmensa piedra. Todo el rededor estaba regado de rocas y lodo. Aquí y allá había manchas de nieve sobre el barro. Pero no había viento ni el menor síntoma de lluvia. Exploró la oscuridad de abajo, hacia donde debía de estar el campamento. No percibió ninguna luz. ¿Los habría enterrado a todos, barracones, hombres, herramientas, la catarata de tierra, fango y piedras?

Agachándose, palpando, buscó y encontró su botín.

Estaba lleno de tierra. Lo limpió como pudo y se lo calzó. Decidió seguir bajando ahora mismo, sin esperar el día. Con esa luna y yendo despacio, llegaría. Estaba tranquilo y feliz. Como si hubiera pasado un examen, pensó, como si estas montañas de mierda, esta sierra de mierda, por fin lo hubieran aceptado. Antes de proseguir su camino, aplastó su boca contra la roca que lo había cobijado y como hubiera hecho un serrucho, susurró: «Gracias por salvarme la vida, mamay, apu, pachamama o quien chucha seas.»

«¿Cómo fue la historia suya con el pishtaco, doña Adriana?», preguntan apenas se toman la primera copita, porque nada les gusta tanto como la muerte del degollador. «¿Era el mismo que secó a su primo Sebastián ese que usted ayudó a matar?» No, otro. Ocurrió mucho antes. Entonces tenía mis dientes enteritos y ninguna arruga. Ya sé que hay muchas versiones, las he oído todas y, como pasó tanto tiempo, algunos detalles se me han borrado. Entonces era joven y no había salido de mi pueblo. Ahora debo ser viejísima.

Quenka está lejos, en la otra banda del Mantaro, cerca de Parcasbamba. Cuando el río crecía mucho por las lluvias y anegaba los terrenos, el pueblo se convertía en isla, apretujadito en lo alto de la loma y rodeado de chacras inundadas. Bonito pueblo, Quenka, próspero, de sembríos esparcidos por el llano y las lomas. Se daban bien las papas, las habas, la cebada, el maíz y el ají. Los molles, los eucaliptos y los sauces nos defendían de los vientos arremolinados. Hasta los campesinos más pobres tenían sus gallinitas, su chanchito, sus ovejitas o sus hatos de llamas, que pastoreaban en la altura. Yo vivía sin sobresaltos. Era la más festejada entre mis hermanas, y mi padre, principal de Quenka, arrendaba tres de sus chacritas y trabajaba dos, era dueño del almacén, pulpería, botica y taller de herramientas, y del molino donde todos venían a moler los granos. Mi padre fue cargo de las fiestas muchas veces y cada vez echaba la casa por la ventana, trayendo un cura y contratando desde Huancayo bandas de música y danzantes. Hasta que llegó el pishtaco.

¿Cómo supimos que había llegado? Por la transformación del proveedor Salcedo, quien hacía años traía remedios, ropas y utensilios para la tienda de mi padre. Era costeño. Andaba en un camioncito alharaquiento lleno de parches; su motor y sus latas lo anunciaban mucho antes de que los pobladores de Quenka pudiéramos verlo. Todos lo conocían, pero esa vez apenas lo reconocimos. Había crecido y engordado hasta volverse un gigantón. Traía ahora una barba color cucaracha y unos ojos inyectados y saltones. A la gente que se amontonó para recibirlo nos miraba como queriendo comernos con sus ojotes. A hombres y mujeres. A mí también. Una mirada que no se me olvida y que a todos receló.

Vestía de negro, con botas hasta las rodillas y un poncho tan grande que cuando el ventarrón lo bailaba parecía que Salcedo iba a volar. Descargó el camioncito y se alojó, como otras veces, en la trastienda de nuestro almacén. Ya no era el conversador que refería las noticias de afuera y se amigaba con la gente. Se estaba callado, metido en su dentro, y apenas dirigía la palabra a nadie. A unos y a otros les clavaba esa mirada taladradora que a los hombres los hacía desconfiar y las muchachas asustarnos.

Después de estar dos o tres días en Quenka y de recibir la lista de pedidos de mi padre, partió de madrugada. Y al día siguiente bajó al pueblo uno de los muchachos que pastoreaban los rebaños en la altura a anunciar que el camioncito se había salido de la carretera y despeñado en una curva del cerro, camino a Parcasbamba. Se lo veía desde la orilla del precipicio, al fondo del abismo, hecho pedazos.

Con mi padre a la cabeza, un grupo de vecinos, después de grandes esfuerzos, consiguió bajar hasta allá. Regados en círculo, encontraron las cuatro llantas, los muelles, las latas abolladas de las tolvas, la carrocería y pedazos del motor. Pero ni rastro del cadáver de Salcedo. Rebuscaron en la pendiente, pensando que habría salido despedido al desbarrancarse el camión. Tampoco apareció. Ni en los escombros del vehículo ni en las piedras del contorno había sangre. ¿Tal vez habría podido saltar cuando sintió que se salía del camino? «Así habrá sido», decían. «Saltó y lo recogió otro camión y estará ahora en Parcasbamba o en Huancayo, curándose del susto.»

En realidad, se quedó domiciliado en Quenka, en unas antiquísimas grutas del mismo cerro en que se desbarrancó, esas que son como colmena de avispas y tienen en las paredes pinturas de los antiguos. Entonces principió a cometer sus fechorías de pishtaco. Se aparecía en las noches, en los caminos, en un puente, detrás de un árbol, al pastor rezagado, a los viajantes, a los arrieros, a los migrantes, a los que llevaban sus cosechas al mercado y a los que volvían de las ferias. Surgía como de la nada, de repente, entre las sombras, sus ojos chisporroteando. Su silueta monumental, envuelta en el poncho volador, los paralizaba de terror. Enton-

214

ces, con toda comodidad, se los llevaba a su gruta de pasadizos helados y en tinieblas, donde tenía sus instrumentos de cirujano. Los trinchaba del ano a la boca y los ponía a asarse vivos, sobre unas pailas que recogían su sebo. Los desollaba para hacer máscaras con la piel de su cara y los cortaba en pedacitos para fabricar con sus huesos machacados polvos de hipnotizar. Desaparecieron varios.

Luego, un día, se le presentó a don Santiago Calancha, un beneficiador de ganado que regresaba a Quenka de una boda en Parcasbamba. En vez de llevárselo a la gruta, le conversó. Si quería salvar su vida y la del resto de la familia, debía traerle a una de sus hijas para que le cocinara. Y le indicó en cuál entrada de la gruta debía dejar a la muchacha.

Ni qué decir que Calancha, pese a jurarle que obedecería, no cumplió las instrucciones del pishtaco. Se atrincheró en su choza con su machete y un alto de piedras para enfrentarse a Salcedo si venía a robarse a su hija. No pasó nada el primer día, ni el segundo, ni las primeras dos semanas. A la tercera, en medio de un aguacero, un rayo cayó en el techo de Calancha y la casa ardió. Él, su mujer y sus tres hijas murieron carbonizados. Yo vi sus esqueletos. Sí, así mismo parece que murió la madre de Dionisio. A ella yo no la vi, acaso sean habladurías. Cuando, empapados y tristes, los pobladores de Quenka salieron a ver el incendio, mezclado con el silbido del viento y el retumbar de los truenos, escucharon una carcajada. Venía de las grutas donde estaba Salcedo.

Entonces, la próxima vez que el pishtaco pidió una muchacha para cocinera, los vecinos, en cabildo, acordaron obedecerle. La primera que entró a la gruta a trabajar para él, fue la mayor de mis hermanas. Mi familia y otras muchas la acompañaron hasta la entrada que indicó el pishtaco. Le cantaban, le rezaban y había muchos llorosos en su despedida.

A ella no la secó como a mi primo Sebastián, aunque mi padre decía que tal vez hubiera sido mejor que le rebanara la grasa. La conservó con vida, pero volviéndola chulilla de pishtaco. Antes abusó de ella, tumbándola en el suelo húmedo de la gruta y perforándola con su destornillador. Los aullidos de mi hermana en su noche de bodas se oyeron en todas las casas de Quenka. Después, ella perdió la voluntad y sólo vivía para servir a su amo y señor. Le preparaba con devoción las laguas de chuño que a él le gustaban, y secaba y salaba las lonjas de carne de las víctimas para el charqui que comían con mote, y lo ayudaba a colgar a los sacrificados en los ganchos que Salcedo clavó en la piedra para hacerles chorrear el sebo en las pailas de cobre.

Mi hermana fue la primera de varias que entraron a la cueva a cocinarle y servirle de ayudantes. Desde entonces, Quenka se sometió a su autoridad. Le llevábamos tributos de comida. Se los dejábamos a la entrada de la gruta, y, de tiempo en tiempo, también a la muchacha que pedía. Resignándonos a que, de tanto en tanto, desaparecieran pobladores que el pishtaco Salcedo se llevaba para renovar su provisión de manteca.

¿Hasta que en eso llegó el príncipe valiente? No era ningún príncipe sino un morochuco amansador de caballos. Los que conocen la historia pueden taparse las orejas o irse. ¿Les parece estarla reviviendo? ¿Les da ánimos? ¿Les hace ver que para grandes males siempre hay grandes remedios?

Timoteo, el narigón, supo lo que pasaba en Quenka

y vino a propósito, desde Ayacucho, para meterse en las grutas y enfrentársele. Timoteo Fajardo, así se apellidaba. Lo conocí muy bien: fue mi primer marido, aunque nunca nos casáramos. «¿Puede un simple mortal enfrentarse a un entenado del diablo?», le decían. También mi padre trató de desanimarlo cuando él respetuosamente le comunicó su proyecto de meterse a la cueva del pishtaco para arrancarle la cabeza y librarnos de su tiranía. Pero Timoteo se empeñó. Nunca he conocido a nadie tan temerario. Era un hombre bien plantado, pese a ser tan narigón. Hacía latir sus narices como dos bocas. Ésa fue su suerte. «Puedo hacerlo», decía, con qué seguridad. «Sé la receta para acercarme hasta él sin que me sienta: un diente de ajo, una pizca de sal, un pedazo de pan seco, una bolita de caca de burro. Y que, antes de entrar a la gruta, una virgen me orine a la altura del corazón.»

Yo tenía las condiciones. Era joven, estaba intacta y, oyéndolo, me pareció tan valiente, tan seguro de sí mismo, que, sin consultárselo a mi padre, le ofrecí ayudarlo. Había una dificultad, eso sí. ¿Cómo saldría de las grutas después de matar a Salcedo? Eran tan grandes y enredadas que nadie había podido explorarlas del todo. Los pasadizos se desdoblaban, subían, bajaban, se torcían, ramificándose y trenzándose como raíces de eucalipto. Y, además de murciélagos, había galerías con miasmas ponzoñosas que ningún humano podía respirar sin envenenarse.

¿Cómo haría Timoteo Fajardo para salir, después de matar al pishtaco? Su narizota me dio la ocurrencia. Le preparé un chupe espeso, bien picante, con ese ají verde que cura el estreñimiento de los más aguantados. Se tomó toda la olla y se contuvo hasta que su estómago quería reventar. Sólo entonces entró a la cueva. Era el atardecer y había sol, pero, a los pocos pasos, Timoteo se encontró a oscuras. Cada cierto rato, se paraba, se bajaba el pantalón, se acuclillaba y ponía un mojoncito. Al principio, avanzaba al tuntún, cubriéndose los ojos con el brazo porque los murciélagos bajaban de los techos a sobarle la cara con sus alas viscosas. Sentía en la piel las hebras de las telarañas. Así estuvo mucho rato, avanzando, parándose a soltar los óbolos de su barriga, avanzando de nuevo. Hasta que divisó una lucecita. Guiado por ese resplandor llegó al aposento del pishtaco.

El gigantón dormía, tendido entre las tres muchachas que le cocinaban. A la luz de unas lámparas encendidas con sebo humano, medio mareado por la pestilencia, vio restos humanos colgados de unos ganchos sanguinolentos, licuando sebo en las pailas borboteantes. Sin perder más tiempo, con su machete cortó de un tajo la cabeza del degollador y remeció a sus chulillas. Éstas, al despertar y ver decapitado a su amo, se pusieron a gritar, enloquecidas. Timoteo las calmó y las hizo recapacitar: las había salvado de la esclavitud y ahora podrían volver a la vida normal. Entonces, los cuatro emprendieron el regreso, guiándose por la estela de olor que el morochuco había sembrado en su recorrido y que su olfato de perro cazador seguía sin la menor vacilación.

Ésa es la historia del gigantón Salcedo. Una historia de sangre, cadáveres y caca, como todas las de los pishtacos.

—Anda, date gusto, cuéntame tus dichas y tus desdichas, Tomasito —lo animó Lituma—. Tienes suerte; últimamente, por las malditas desapariciones, ando desvelado.

—Esas dos semanas en Lima fueron mi luna de miel —dijo su adjunto—. Puro susto y sobresalto, pues nos cayeron encima todas las calamidades. Hasta creímos que nos querían asesinar. Pero la inseguridad le daba gustito a nuestro amor y nos queríamos todas las noches, dos y hasta tres veces seguidas. Una maravilla esplendorosa, mi cabo.

—¿Mercedes se puso a quererte, al fin?

—En las noches, yo estaba seguro que sí. En la cama era pura almíbar mi linda piuranita. Pero con la luz del día, cambiaba de humor. Y dale a sacarme en cara que le había jodido la vida y que nunca sería mi mujer.

A los dos días de estar donde Alicia, en los Barrios Altos, Mercedes fue a sacar los ahorros que tenía en la sucursal del Banco Popular, en la plaza de La Victoria. Entró sola. Carreño la esperó en la esquina, haciéndose lustrar los zapatos. Ella se demoró muchísimo. Cuando apareció por fin en la puerta del local, un zambo bajito, con la cara cortada, dejó el periódico que estaba leyendo recostado contra un farol, dio unos pasos tranquilos y, de improviso, se abalanzó sobre ella. Forcejearon y él trataba de arrebatarle la cartera a la que Mercedes se prendía con las dos manos, pateándolo y gritando. Algunos transeúntes se habían detenido y miraban lo que ocurría sin atreverse a intervenir. Cuando Carreño llegó hasta ellos corriendo, con el revólver en la mano, el ladrón soltó a la mujer y salió como alma que lleva el diablo. Ellos se alejaron de prisa, por la avenida Manco Cápac, donde pararon un taxi. Mercedes estaba más enfurecida que asustada, pues el tipo, aunque no pudo llevarse su plata, le rompió la libreta electoral.

—¿Y por qué creías que ese tipo no era un simple ladrón? ¿No está Lima plagada de cacos?

—Por lo que nos pasó después —dijo el muchacho—. Ésa fue la primera prueba. Tuvimos otras dos, todavía peores. Empecé a ver la mano del Chancho saliendo de su tumba para vengarse de nosotros. «¿No sientes que el peligro nos une más y más, amorcito?», le decía yo.

—Cómo puedes hablar de amor en estos momentos, chiquillo idiota —se indignó Mercedes—. ¿No ves que me he quedado sin mi único documento de identidad? Habla con tu padrino de una vez y que nos ayude.

Pero los intentos de Carreño por localizarlo eran inútiles. Tenía prohibido llamarlo a su oficina y el teléfono de su casa sonaba siempre ocupado. En informaciones le dijeron que ese número no estaba en reparación, de modo que tal vez lo había descolgado a propósito. La mujer de Iscariote respondía que el gordo aún no había vuelto de la selva. Y la madre de Carreño, a quien éste pidió que fuera a su cuarto, en el Rímac, le dio una mala noticia.

—La puerta desfondada, todo revuelto y saqueado y mi cama chamuscada y con caca encima, qué susto para mi viejita. Como si le hubieran prendido fuego a mi cuarto y por alguna razón se hubieran desanimado y preferido cagarse en mi cama —dijo Tomás—. ¿Podía ser ésa otra coincidencia, mi cabo?

—Lo de la caca probaba que eran ladrones —repuso Lituma—. Es una creencia muy común entre los rateros, Tomasito. Que para que no los metan en chirona, luego de vaciar una casa tienen que cagarse en ella. ¿No lo sabías?

—Cuando le conté el saqueo de mi cuarto, Mercedes se echó a llorar —suspiró Tomasito—. La sentía temblar en mis brazos y yo me derretía, mi cabo. No te preocupes, amor, no llores así, te lo ruego.

—Nos persiguen, nos están buscando —gemía Mercedes, las lágrimas corriéndole por las mejillas—. No puede ser casualidad, primero lo del banco y ahora esto de tu cuarto. Es la gente del Chancho, nos buscan, nos van a matar.

Pero los saqueadores e incendiarios no habían descubierto el escondite, disimulado con unos ladrillos debajo del retrete, donde Carreño tenía sus dolarcitos.

—¿Dolarcitos? —respingó Lituma—. ¿Tenías tus ahorros?

—Cerca de cuatro mil dólares, aunque no me lo crea. No de mi sueldito de guardia civil, por supuesto. De los cachuelos que me encargaba mi padrino. Cuidar a alguien por un par de días, llevar un paquete, vigilar una casa, cojudeces así. Cada solcito que recibía lo cambiaba en dólares en el jirón Ocoña y al escondite. Pensando en mi futuro. Mercedes era mi futuro, ahora.

—Carajo, ese padrino tuyo es como Dios, Tomasito. Si salimos vivos de Naccos, preséntamelo, por favor. Quisiera ver la cara de un poderoso antes de morirme. Hasta ahora sólo los he visto en películas o periódicos.

—Con eso no llegaremos a Estados Unidos, no sueñes —dijo Mercedes, calculando.

—Conseguiré toda la plata que haga falta, mi amor. Créemelo. Te sacaré sana y salva de esto y te llevaré a Miami, verás. ¿Cuando estemos allá, delante de los rascacielos y las playas azules y los autos último modelo, me dirás: «Te quiero con toda mi alma, Carreñito»?

—Éste no es momento para bromas. ¡No seas inconsciente! ¿No ves que nos buscan, que quieren vengarse?

—Al menos te he hecho reír —la festejó el muchacho—. Me gustas cuando te ríes, se te forman unos hoyuelos que me aceleran el pulso. Ahora que mi viejita nos entregue los dólares, iremos a que te compres un vestido, ¿okey?

—No se puede cachar por primera vez a los veintitrés años, Tomasito, es demasiado tarde —filosofó Lituma—. Perdóname que te lo diga. Descubrir lo que era una mujer te descalabró el cerebro, te regresó a churre.

—Usted no la ha conocido, no la tuvo nunca en sus brazos calatita a mi Mercedes —suspiró Carreño—. Yo sólo esperaba que llegara cada noche para entrar en el paraíso con mi amor.

—Cuando me dices esas cosas, se me hace que no las sientes, que juegas o te burlas —dijo Mercedes—. ¿De veras las sientes?

—¿Qué tengo que hacer para que me creas?

—No sé, Carreñito. Me desconciertas, diciéndome esas cosas a toda hora. Que cuando estás excitado te pongas tan cariñoso, pase. Pero tú sigues y sigues, todo el día.

—Qué camote, muchacho —comentó Lituma.

Se citaron con la madre de Carreño en la Alameda de los Descalzos, al oscurecer. Tomás llevó a Mercedes con él. Hizo que el taxi los dejara frente a la Plaza de Acho y caminaron hasta la Alameda. Dieron varias vueltas antes de acercarse a la iglesia, donde los esperaba la señora. Era bajita y encorvada y llevaba el hábito del Señor de los Milagros. Abrazó y besó a su hijo largo rato sin decir nada y, cuando éste se la presentó, alcanzó a Mercedes una mano pequeñita y fría. Fueron a conversar en una banca desportillada del paseo, casi a oscuras, pues el farol más próximo estaba destrozado. De entre sus faldas, la mujer sacó un envoltorio de periódico con los dólares rescatados y se lo entregó a Carreño. No hizo ninguna pregunta a Mercedes ni la miró una sola vez. El muchacho sacó un puñado de dólares y se los metió a su madre en el bolsillo, sin decir nada. La cara de la mujer no denotaba miedo ni sorpresa.

—¿Averiguaste algo de mi padrino? —le preguntó Tomás.

Ella asintió. Y adelantó un poco la cabeza, para mirarlo a los ojos. Habló como un murmullo, en un español fluido pero con fuerte acento serrano.

—Fui a dejarle el recado y vino él mismo en persona a mi casa —dijo—. Muy preocupado estaba. Creí que me anunciaría que te había pasado algo malo, que te habían matado. Dice que te pongas en contacto con él, lo más pronto.

—Lo he estado llamando varias veces al día y el teléfono de su casa siempre suena ocupado.

—No quiere que lo llames a su casa. A su oficina, más bien, antes de las diez y en nombre del Chino.

—Eso me tranquilizó bastante —dijo el muchacho—. Si había ido a ver a mi madre, si quería que lo llamara, no andaría tan furioso conmigo. Pero me costó como diez días más dar con él. Eso la angustiaba mucho a Mercedes, pero, a mí no. Porque me permitía seguir disfrutando de nuestra luna de miel. Pese a la incertidumbre y a los sustos, nunca volveré a tener otros días tan felices, mi cabo.

Cuando se despidieron de la señora y volvieron a la pensión de los Barrios Altos, Mercedes acosó a Carreño a preguntas:

—¿Cómo es posible que tu madre tome esto con tanta pachocha? No está sorprendida de que te escondas, de que andes conmigo, de que te saquearan el cuarto. ¿Acaso es normal que te ocurran cosas así?

—Ella sabe que la vida en el Perú tiene sus peligros, amorcito. Ahí donde la ves, tan poquita cosa, es una mujer de fierro. Pasó las mil pellejerías para darme de comer. En Sicuani, en Cusco y en Lima.

Carreño estaba contento de haber recuperado sus dólares y se burlaba de Mercedes por haber puesto sus ahorros en el banco.

—Este país es muy peligroso para fiarse de los bancos, la mejor caja fuerte es el colchón. Ya viste, ese zambo de La Victoria casi te deja muca. Pero qué bueno que te rompiera tu libreta electoral, ahora dependes de mí. Para celebrarlo, te invito a bailar. ¿Me harás algunas de esas figuras que hacías en el show del Vacilón?

—¿Cómo puedes pensar en divertirte con lo que nos pasa? —protestó Mercedes, espantada—. Cabeza hueca, irresponsable.

—Es que estoy enamorado, amorcito, y me muero por bailar contigo *cheek to cheek*.

Al final, Mercedes cedió, y fueron al Rincón de los Recuerdos. Allí nadie les vería la cara. Era un sitio oscuro y romántico, por el Paseo de la República, donde tocaban viejos tangos de Gardel y boleros de Leo Marini, Agustín Lara y Los Panchos. Tomaron Cuba libres y a Carreño rápidamente se le subieron las copas. Empezó a hablar hasta por los codos de la vida que llevarían en Miami. Pondría una compañía de transporte de valores, se haría rico, se casarían y tendrían hijos. Apretaba con fuerza a Mercedes mientras bailaban y la besaba con avidez en el cuello y en la cara.

—Mientras estés conmigo no te pasará nada, palabra de honor. Espera que hable con mi tío, que regrese el gordo Iscariote. La vida comenzará a sonreírnos. A mí ya me sonríe, gracias a ti.

—El Rincón de los Recuerdos es un lindo nombre —suspiró Lituma—. Me das nostalgia oyéndote, Tomasito. Un sitio oscurito, unos buenos tragos, música romántica y una hembrita cariñosa que baila contigo pegándote el cuerpo. ¿Existirán todavía esas cosas?

—Linda y hermosa fue esa noche, mi cabo, mientras estuvimos en la boîte —dijo el muchacho—. Ella me besaba también a ratos, de su propia iniciativa. «Ya empezó a quererme», me ilusionaba yo.

—Con tantos besuqueos y cariñitos me has excitado, Carreñito —le dijo Mercedes al oído, mordisqueándole la oreja—. Vámonos a la cama de una vez, rematemos el disparate que hemos hecho luciéndonos así.

Al salir del lugar, a eso de las tres de la madrugada, ambos estaban bastante bebidos. Pero los efectos de los Cuba libres se les quitaron de golpe al descubrir que no lejos de la pensión de la señora Alicia, en la misma esquina, había coches de bomberos, un patrullero y gente aglomerada. Los vecinos habían salido disparados a la calle al oír la explosión.

—Se bajaron de una camioneta y pusieron el artefacto con toda comodidad delante de una casita de madera, a veinte metros de la pensión de la tía Alicia —explicó su adjunto—. Ésa fue la tercera prueba. ¿Otra casualidad, mi cabo?

—Tomasito, ahora sí que no te creo una palabra más. Lo de la bomba no me lo trago. Si los narcos querían matarte, te mataban, no me jodas.

La explosión hizo añicos los vidrios de muchas casas del rededor y prendió fuego a un basural amontonado en un terreno baldío. La señora Alicia estaba entre el vecindario, cubierta con una manta. Se hizo la que no conocía a Carreño y a Mercedes cuando éstos se mezclaron con los mirones. Estuvieron haciendo tiempo en el dintel de una quinta de los alrededores hasta que clareó. Regresaron cuando se habían ido patrulleros y bomberos. La tía Alicia los hizo entrar rápidamente. A su casa no le había ocurrido nada y ella no parecía asustada; no se le pasaba por la cabeza que la bomba pudiera tener algo que ver con Carreño. Suponía, como los vecinos, que era un atentado contra un funcionario de la Prefectura, que habitaba en la misma calle. La camioneta se había sobreparado ante la puerta de su casa, y la tía Alicia, tomando el fresco asomada a la ventana, la vio y escuchó, incluso, cuchicheos en el interior del vehículo. Éste siguió hasta la esquina, donde se bajaron los tipos a poner la bomba. De puro despistados la colocaron ante la casa desocupada. O tal vez no fue despiste, tal vez no querían matar a nadie, sólo notificarle algo a ese de la Prefectura.

—Mercedes no se creyó un segundo lo del funcionario —dijo Tomasito—. Ella juraba que la cosa iba con nosotros. Se aguantó como pudo delante de la tía Alicia y cuando nos quedamos solos, se me desmoronó.

—¿Para quién iba a ser la bomba, si no para ti y para mí? Qué funcionario de la Prefectura ni qué ocho cuartos. ¿No andamos escondiéndonos? Ya está, ya nos chaparon. Y nos lo han hecho saber. Y mientras ellos querían matarnos, tú y yo en el Rincón de los Recuerdos, bailando. ¿Estás contento, loquito?

Tenía la voz quebrada y se estremecía. Se restregaba las manos de tal modo que el muchacho se las separó a la fuerza, temiendo que se hiciera daño. No podía calmarla. Lloraba y desvariaba diciendo que no quería que la mataran, y lo increpaba, o se encogía sobre la cama, sollozando y retorciéndose, abandonada a la desesperación.

—Creí que se me iba a morir, que le daría un ataque o algo de tanto miedo que tenía —dijo Tomasito—. A mí no me asusta nada, pero verla en ese estado me hizo polvo. No daba pie con bola, no sabía qué prometerle para que dejara de llorar. Se me habían acabado las promesas y los juramentos, mi cabo.

—¿Y qué hiciste? —preguntó Lituma.

Fue hasta la loseta que había despegado para esconder el paquetito con los dólares, y sentándose en el filo de la cama, obligó a Mercedes a cogerlos, mientras la besaba, le alisaba los cabellos, le enjugaba la frente con sus labios y le decía:

—Son tuyos, amorcito, te quedes conmigo o me dejes son tuyos. Te los regalo. Guárdatelos, escóndelos incluso de mí. Para que te sientas más segura hasta que pueda hablar con mi padrino, para que no te sientas que se te abre la tierra entre los pies. Para que no estés atada a mí y puedas irte cuando quieras. Ya no llores, te lo ruego.

—¿Hiciste eso, Tomasito? ¿Le regalaste todos tus dólares?

—Con tal de que dejara de llorar, mi cabo —dijo el muchacho.

—¡Eso es todavía peor que matar al Chancho porque le pegaba, pedazo de huevón! —brincó Lituma en su catre.

VIII

—Le pasó un huayco por encima y aquí está usted, vivito y coleando. —El cantinero dio una palmada a Lituma en el hombro—. ¡Felicitaciones, cabo!

Dionisio era el único que parecía de buen humor en el ambiente funeral de la cantina. Estaba repleta, pero los peones tenían caras de condenados. Repartidos en grupos, con las copitas en las manos, fumaban sin tregua y cuchicheaban como avispas. La incertidumbre les deformaba las caras y Lituma podía ver en sus ojos el miedo animal que los recomía por dentro. Después de los destrozos de la avalancha, nada los libraría esta vez de quedarse sin trabajo. No era para menos que estuvieran tan lúgubres los serruchos, puta madre.

—He nacido de nuevo allá arriba —reconoció el cabo—. No se la recomiendo a nadie esa experiencia. Todavía tengo en las orejas la bulla de esos pedrones conchas de su madre pasándome por todos los lados.

—A ver, muchachos, un brindis por el cabo —propuso Dionisio, alzando su copa—. ¡Gracias a los apus de Naccos por salvarle la vida a la autoridad!

«Encima el rosquete me toma el pelo», pensó el cabo. Pero levantó su copa y agradeció con media sonrisa y algunas venias a los peones que brindaron por él.

El guardia Tomás Carreño, que había salido a orinar al exterior, regresó frotándose las manos.

—Eso que le ha pasado a usted no le ha pasado nunca a nadie —exclamó, con la misma expresión de alborozo y pasmo con que había escuchado a su jefe referirle su aventura—. Tendrían que escribirlo en los periódicos.

—La pura verdad —dijo un peón con la cara picada de viruela—. Desde lo de Casimiro Huarcaya, aquí no se ha visto ni oído nada igual. ¡Pasarle un huayco y salir andando!

—¿Casimiro Huarcaya, el albino? —preguntó Lituma—. ¿El que desapareció? ¿El que se hacía pasar por pishtaco?

El albino entró ya tarde, cuando en la cantina, como siempre la noche del sábado, andaban todos zampados. Él lo estaba también; tenía los ojos coloradotes y sobresaltados bajo esas pestañas blancuzcas que producían incomodidad. Se anunció desde la puerta como solía hacerlo, borracho y provocador: «Aquí llega el degollador, el nacaq, el pishtaco. ¡Para que lo sepan! Y si no me creen, carajo, miren.» Sacó una pequeña chaveta de su bolsillo trasero y la exhibió, levantando el pie derecho y lanzándoles una carcajada tranquilizadora. Luego, haciendo morisquetas de payaso fue tambaleando a acodarse en el mostrador, donde doña Adriana y su marido se afanaban atendiendo a los clientes. Golpeando las tablas, pidió una copita del fuerte. Lituma supo en ese instante lo que le iba a pasar.

—A quién si no a él —repuso el de la viruela, asintiendo—. ¿No sabía que los terrucos lo ajusticiaron y resucitó luego, como Jesucristo?

—No sabía nada, aquí yo soy el último que se entera de las cosas —suspiró Lituma—. ¿Lo ajusticiaron y resucitó?

—Bueno, Pichincho exagera —se adelantó un morenito con los pelos como las púas del puercoespín—. Lo ajusticiaron de mentiras, me parece a mí. ¿Cómo va a ser posible, si no, que le pegaran un tiro y se despertara sin una heridita?

—Por lo que veo, ahora todos se saben la vida de Casimiro Huarcaya de memoria —dijo el guardia Carreño—. ¿Se puede saber por qué nos dijeron al cabo y a mí que no sabían nada del albino, cuando desapareció?

—Es algo que a mí también me gustaría averiguar —murmuró Lituma.

Hubo un silencio caviloso y las caras de recios ángulos, narices chatas, gruesos labios tumefactos y ojitos desconfiados que los rodeaban se escudaron en esa impenetrabilidad sideral que al cabo lo hacía sentirse un marciano en Naccos. Hasta que, luego de un momento, el serranito de la cara de viruela mostró una hilera de grandes dientes blancos desplegados en una gran sonrisa:

—Es que entonces no le teníamos ninguna confianza al cabo.

Hubo algunos murmullos aprobatorios y el cantinero se apresuró a servir al albino, mirándolo con esa sonrisita vidriosa y burlona que no lo abandonaba nunca. Tenía la cara más abotagada que de costumbre y, en el humo de cigarrillos, sus cachetes regordetes lucían bajo los puntos de barba un brillo rosáceo. Estaba más grande y blando que otras veces y sus extremidades, sus hombros, sus huesos, parecían descolgados. Pero era muy fuerte. Lituma lo había visto alzar en peso a un borrachito y echarlo a la calle; no por pendenciero, sino por ponerse a llorar; a los que, azuzados por el alcohol, buscaban pleito, Dionisio los dejaba quedarse en la cantina y hasta animaba a los otros parroquianos a tirar golpe con ellos, como si esas riñas alcohólicas lo divirtieran a morir. El albino bebía su copa a sorbitos y Lituma, angustiado, en ascuas, esperaba que volviera a hablar. Lo hizo, encarando a la compacta concurrencia de enchalinados y enchompados:

—¿No hay un pucho para el degollador? ¡Tacaños! ¡Amarretes!

Nadie se volvió a mirarlo, nadie le hizo caso y a él se le estrió la cara, como si le hubiera venido un violento retortijón en el estómago o un arrebato de rabia. Tenía el pelo, las cejas y las pestañas muy blancas, pero lo que más desconcertaba en ese hombrón era la blancura de los vellos de su piel y los alfilercitos blancos de su barba. Vestía un overol y una casaca de hule, con capuchón, que llevaba abierta, exhibiendo una mata de pelos canosos en medio del pecho.

—Aquí tienes, Casimiro —le alcanzó un cigarrillo el cantinero—. Ahorita vendrá otra vez la música y podrás bailar.

—Menos mal —dijo Lituma—. Quiere decir que por fin me van a tratar como a serrano y no como a gallinazo en puna. Eso se merece un trago. Bájate una botellita, Dionisio, y sirve una rueda a los amigos, por mi cuenta.

Hubo gruñidos de agradecimiento y mientras Dionisio abría la botella y doña Adriana repartía copas a los que no tenían, el cabo y su adjunto se mezclaron con los parroquianos. Todos se habían acercado al mostrador y estaban apretados, formando un puño, como cuando espectaban el final de una partida de dados, con un mazo de muchos billetes.

—¿O sea que a Huarcaya los terrucos le pegaron un tiro y quedó ileso? —preguntó Lituma—. Cuéntenme cómo fue.

—Él decía eso, cuando visitaba a su animal, o mejor dicho cuando se le subía el trago —dijo el de la cabeza de puercoespín—. Andaba por toda la sierra buscando a una muchacha con la que había tenido un hijo. Y una noche llegó a un pueblo, en la provincia de La Mar, donde casi lo linchan creyéndolo pishtaco. Lo salvaron los terrucos, que cayeron en ese momento. ¿Y quién resultó el jefe de los terrucos? ¡La muchacha que él buscaba!

—¿Cómo que lo salvaron? —lo interrumpió Carreño—. ¿No era que lo ajusticiaron?

—Cállate —le ordenó Lituma—. No interrumpas.

—Lo salvaron de que los lugareños lo lincharan por pishtaco, pero ahí mismo los terrucos le hicieron su juicio popular y lo condenaron a muerte —complementó la historia el puercoespín—. La misma muchacha fue la encargada de ajusticiarlo. Y, sin más, le aventó su tiro.

—Vaya salmuera —dijo Lituma—. ¿Y cómo llegó después de muerto a Naccos?

El albino no contestó y estuvo un buen rato tratando de encender el cigarrillo; pero estaba tan borracho que la mano con el fósforo no atinaba a colocar la llamita donde debía. En la cara entre brillante y con tiznes de Dionisio, Lituma advirtió una mirada indefinible, sarcástica, regocijada, de quien sabe lo que va a pasar y se ilusiona y goza por anticipado. También él sabía lo que iba a pasar y sentía escalofríos. En cambio, los otros parroquianos parecían no darse cuenta de nada; algunos estaban sentados en los cajones, pero, los más, permanecían de pie, arracimados en grupos de dos o tres, con las botellas de cerveza, pisco o anís en las manos o haciéndolas circular. De la radio, instalada en lo alto, detrás del mostrador, entre frecuentes interferencias eléctricas salían a todo volumen las canciones alternadas del trópico y del Ande que Radio Junín tocaba siempre la noche del sábado. Como picado en su amor propio por la falta de reacción de los demás, el albino volvió a desafiarlos, dando la espalda al cantinero y mostrando a la concurrencia unos ojos de pescado recién sacado del agua:

—¿Oyeron que soy el degollador? El pishtaco o, como dicen en Ayacucho, el nacaq. Así rebano las lonjas de mis víctimas.

Volvió a hacer unos pases en el aire con su chaveta y repitió las morisquetas de payaso, como implorando que le hicieran caso, que lo festejaran, que se rieran de él o lo aplaudieran. Tampoco esta vez nadie se dio por enterado de su presencia. Y, sin embargo, Lituma lo sabía: todos estaban con sus cinco sentidos puestos en Casimiro Huarcaya.

—Eso es al menos lo que le pasó, según él, ¿no? —preguntó el de la viruela y varios peones asintieron—. Que la terruca lo ejecutó, disparándole su escopeta, a un metro de distancia. Y que Huarcaya se murió.

—Sintió que se moría, Pichincho —lo corrigió el puercoespín—. En realidad, se desmayó. Del susto, por supuesto. Y cuando despertó no tenía herida de bala, sólo los moretones de las patadas que le dieron los que lo tomaron por pishtaco. La terruca quiso asustarlo, nada más.

—Huarcaya decía que vio salir el disparo de la escopeta, derechito a su cabeza —insistió el de la viruela—. Ella lo mató y él resucitó.

—Vaya salmuera —repitió Lituma, espiando la reacción de uno y otro y el de más allá—. Se salvó de un ajusticiamiento y se vino a Naccos a que lo desaparecieran. ¿Se salvaría de ésta, también?

Ellos seguían bebiendo sus copitas de pisco o de anisado, y pasándose la botella y el vaso de cerveza con un pequeño brindis: «Contigo, hermano.» Fumaban, conversando, y canturreaban entre dientes la música de la radio. Alguno, más borracho que otros, abrazándose a una hembrita invisible y con los ojos cerrados daba unos torpes pasos de baile contra su sombra en la pared. Como siempre, Dionisio, en ese estado de efervescencia que lo ponía la noche, los animaba: «Bailen, bailen, diviértanse, qué más da que no haya polleras, de noche todos los gatos son pardos.» Actuaban como si Casimiro Huarcaya no estuviera aquí, los hipócritas. Pero Lituma sabía muy bien que, aunque lo disimularan tanto, todos los peones observaban de reojo al albino.

—Ese que sale de los puentes, de detrás de las piedras, ese que vive en las grutas, uno igualito al que doña Adriana mató, ¡ése soy yo! —gritaba, con voz de trueno—. El que se aparece en el camino y sopla los polvos mágicos. Usted sabe de qué hablo, ¿no, doña Adriana? A ver, máteme a mí también, si puede, como mataron a Salcedo usted y el narigón. Ya me mataron una vez y ni los terrucos pudieron. ¡Carajo, soy inmortal!

Volvió a encogerse y a descomponérsele la cara blancuzca, como aquejado de aquel súbito calambre en el vientre, pero, un momento después, recobrándose, se enderezó y se llevó a los labios con ansia la copita ya vacía. Sin darse cuenta de ello, siguió sorbiéndola y lamiéndola con delectación. Hasta que se le escapó de los dedos y rodó del mostrador al suelo. Casimiro Huarcaya permaneció entonces quieto, enfurruñado, con las manos en la cara, mirando obsesivamente con sus ojos saltones las ranuras, las inscripciones, las manchas, las quemaduras de cigarrillo en los tablones del mostrador. «Sobre todo, no te vayas a ir», susurraba Lituma, a sabiendas de que el albino no podía oírlo. «No se te ocurra salir de la cantina, ahora. Quédate el último, hasta que todos se hayan ido o estén tan borrachos que no se acuerden más de ti.» Pero mientras le daba este consejo, percibió la risita viboresca de Dionisio. Lo buscó y, en efecto, aunque aparentaba mirar a los grupos de hombres que poblaban el local y con gestos seguía animándolos a que bailaran, su gran cara cachetona se reía con la boca abierta de par en par. Lituma no tuvo la menor duda: se burlaba de sus esfuerzos para que las cosas no fueran lo que iban a ser.

—Puede que se salvara también de ésta —dijo Pichincho, sobándose las marcas de viruela como si le picaran—. Desde eso que le pasó con la terruca, Huarcaya quedó medio tronado. ¿No le contaron que le daba con que era pishtaco? Se volvió temático. Hacía su número aquí, cada noche. Puede que no desapareciera, puede que le diera la ventolera de mandarse mudar de Naccos sin despedirse.

Lo decía con tanta insinceridad que Lituma tuvo ganas de preguntarle si los creía a él y a su adjunto tan cojudos o tan pendejos como él. Pero fue Tomasito el que le respondió:

—¿Irse sin cobrar su salario? Ésa es la mejor prueba

de que el albino no se fue por su gusto: no cobró los últimos siete días de trabajo. Nadie le regala a la compañía una semana así porque sí.

—Nadie que no esté medio tronado —replicó Pichincho, sin la menor convicción, resignándose a seguir el juego—. A Huarcaya le faltaba un tornillo desde lo que le pasó con la terruca.

—Y por último, qué más da que desapareciera —dijo otro, que hasta ahora no había hablado: un jorobadito de ojos cóncavos y dientes verdosos de masticar coca—. ¿No vamos a desaparecer todos, acaso?

—Y después de este huayco concha de su madre más pronto de lo que crees —exclamó una voz gutural, de alguien que Lituma no identificó.

En ese momento advirtió que, tambaleándose, el albino se dirigía hacia la puerta. La gente se apartaba para dejarlo pasar, siempre sin mirarlo, siempre simulando que Casimiro Huarcaya no estaba allí ni existía. Antes de cruzar la puerta y desaparecer en el frío y la oscuridad, el albino los desafió una última vez con la garganta quebrada por la rabia o el cansancio:

—Me voy a degollar a unos cuantos. ¡Juás! Con el sebo freiré las lonjas que me comeré. Éstas son las buenas noches del degollador. ¡Muéranse, mierdas!

—No te quejes, que, después de todo, el huayco no mató a nadie —dijo doña Adriana, desde el otro extremo del mostrador—. No hubo ni siquiera un herido. Hasta el cabo, que se metió en el camino de las piedras, se salvó. ¡Agradécelo! ¡Baila en una pata en vez de quejarte, malagradecido!

Salió y se encaminó derecho hacia los barracones, tenuemente iluminados por unas bombillas de luz amarillentas que, los sábados, la compañía mantenía encen-

236

didas hasta las once, una hora más que en el resto de la semana. Pero a los pocos pasos Huarcaya tropezó y se vino al suelo, como un fardo. Estuvo un buen rato tirado ahí, maldiciéndose, quejándose y haciendo unos enredados esfuerzos para levantarse. Lo fue consiguiendo, de a pocos, primero un pie, luego la rodilla de la pierna contraria, luego los dos pies, luego un gran impulso con las dos manos hasta enderezarse. Para poder avanzar sin caerse de nuevo, lo hizo agazapado como simio, balanceando los brazos con fuerza para guardar el equilibrio. ¿Iba en la dirección del barracón? Las lucecitas amarillas se movían como luciérnagas, pero él sabía que no lo eran, porque en la sierra, a estas alturas de la Cordillera, ¿acaso había luciérnagas? Eran los foquitos del barracón. Subían, bajaban, se corrían a la derecha y a la izquierda y se acercaban y alejaban. Lanzando una risotada, Casimiro estuvo un rato tratando de manotearlas. Viéndolo hacer esas payasadas, Lituma se reía también, pero estaba sudando hielo y tiritando. ¿Llegaría alguna vez al barracón, donde estaba esperándolo su tarima de madera, con un colchón de paja y una frazada? Daba vueltas, avanzaba, retrocedía, giraba, tratando siempre de mantener el rumbo que le señalaban esas huidizas lucecitas que, de segundo en segundo, se enloquecían más. Estaba tan fatigado que no tenía fuerzas ni para insultarlas. Pero, de pronto, ya dentro del barracón, a gatas, estaba tratando de trepar a su litera. Lo consiguió, golpeándose la cara con el travesaño y sintiendo que se arañaba la frente y los brazos. Encogido boca abajo, con los ojos cerrados, le vino una ráfaga de arcadas y trató de vomitar, sin conseguirlo. Entonces, quiso persignarse y rezar pero el cansancio no le permitió levantar el brazo y, además, tampoco se acordaba del padrenuestro ni del avemaría. Permaneció en una duermevela ácida, con tembladera, eructos y un dolor transeúnte que le recorría el vientre y el pecho antes de martirizarlo en las axilas, el cuello y los muslos. ¿Sabía que pronto vendrían a buscarlo?

—De qué nos sirve habernos salvado si el huayco nos dejó sin trabajo, pues, mamay —replicó el jorobadito a doña Adriana—. ¿No ves que aplastó las palas, los tractores, la aplanadora?

—¿Es eso para bailar en una pata, doña Adriana? —preguntó el puercoespín—. Que alguien me lo explique porque no lo entiendo.

—¿No nos dejó sin techo? ¿No enterró como cien metros ya listos para el asfaltado? —hizo eco otro peón, desde uno de los corros de parroquianos—. Ya tienen el pretexto que querían para parar la obra. ¡No hay más plata! ¡Sanseacabó! ¡Apriétense los cinturones y revienten!

—Esto podría ser ahora el apocalipsis, así que no lloren —replicó doña Adriana—. Podrían estar ahora sin piernas, sin manos, sin ojos, con todos los huesos rotos, condenados a vivir arrastrándose como gusanos. ¡Y estos piojosos malagradecidos todavía lloran!

—¡Canta y no lloooores! —la interrumpió Dionisio, a voz en cuello—. O, mejor dicho, matemos las penas bailando un huaynito a la manera de Sapallanga, señores.

Estaba en el centro de la cantina, empujando a uno y a otro, tratando de formar un trencito que diera vueltas y revueltas al compás de la muliza que tocaban en la radio. Pero Lituma advirtió que ni siquiera los más borrachos se animaban a seguirlo. El alcohol, esta vez, en lugar de hacerles olvidar el siniestro porvenir, se lo ennegrecía más. Los saltos y canturreos del cantinero le produjeron a Lituma un ligero vértigo.

—¿Se siente mal, mi cabo? —lo sujetó del brazo Tomasito.

—Se me ha subido el trago —tartamudeó Lituma—. Ya me va a pasar.

Habían apagado el motor del campamento y faltaban algunas horas para el amanecer. Pero ellos llevaban linternas y se movían con desenvoltura en unas tinieblas atravesadas por cilindros amarillos. Eran tantos que apenas cabían en el estrecho espacio, pero no se empujaban ni estorbaban el uno al otro, ni se apresuraban ni parecían asustados, enfurecidos, y mucho menos nerviosos o inseguros. Se los notaba serenos y confiados, y, lo más raro de todo, pensaba Lituma, sin el menor tufo de alcohol en ese aliento frío que traían del exterior. Se movían con tranquila determinación, sabiendo lo que hacían, lo que iban a hacer.

—¿Quiere que lo ayude a vomitar? —le preguntó Tomasito.

—No todavía —respondió el cabo—. Eso sí, si me da por bailar como estos rosquetes, agárrame y no me dejes.

El que removió al albino lo hizo cogiéndolo del hombro, sin animadversión y con cierta delicadeza:

—Ya, Huarcaya, ya. Levántate de una vez.

—Está oscuro todavía —protestó el albino, a media voz. Y, en su confusión, añadió algo que a Liturna le pareció una estupidez—: Hoy es domingo y sólo trabajan los guachimanes.

Nadie se rió de él. Permanecían quietos y callados y, en el gran silencio, al cabo le parecía que todos escuchaban los feroces brincos de su corazón.

—Ya, Huarcaya —ordenó ¿el puercoespín?, ¿el de las viruelas?, ¿el jorobadito?—. No seas flojo, levántate.

En la oscuridad, varias manos se alargaron hacia la tarima y ayudaron al albino a sentarse y ponerse de pie. Él se mantenía derecho a duras penas; sin tantos brazos sujetándolo, se hubiera descuajeringado como un hombre de trapo.

—No puedo ni pararme —se quejó. Y, aunque sin rastro de odio, ni ganas, como por una cuestión de principio, todavía intentó insultarlos—: ¡So mierdas!

—Es la mareada, Huarcaya —lo consoló alguien, de buen modo.

—Te sientes así porque ya no eres tú.

—No puedo ni caminar, carajo —protestaba el albino, entristecido. Tenía la voz muy distinta a la de antes, cuando en la cantina se jactaba de ser el degollador. La suya era ahora la voz de un resignado, pensó Lituma, de uno que sabe su suerte y la acepta.

—Es la mareada, repitió otro —animándolo—. No te preocupes, Huarcaya, te vamos a ayudar.

—Yo también estoy cayéndome, mi cabo —afirmó Tomasito, sin soltarle el brazo—. Sólo que a mí no se me nota, toda la tranca va por dentro. No es para menos, nos habremos tomado como cinco piscachos, ¿no?

—¿Viste cómo yo tenía razón? —se volvió a mirarlo Lituma y divisó a su adjunto lejísimos, pese a sentir su mano apretándole el brazo—. Estos serruchos sabían mil cosas del albino y nos hicieron cojudos. Te apuesto a que también saben dónde está.

—Estoy tan mareado que esta noche no podré pensar en ti —dijo Tomás—. No es que esté festejando nada, es que a mi cabo le pasó un huayco encima y no lo aplastó. ¡Figúrate, Merceditas! Figúrate lo que hubiera sido quedarme solo en el puesto de Naccos, sin tener a quién hablarle de ti. Por eso nomás me he emborrachado, amorcito.

Lo tenían de los brazos y lo llevaban hacia la puerta del barracón en peso, sin maltratarlo, sin obligarlo a apresurarse. El roce de tantas siluetas en el angosto espacio hacía crujir y moverse la doble fila de literas de madera. En los conos de luz de las linternas aparecían un instante, furtivas, semiocultas por las chalinas o los cascos de metal o los chullos de lana encasquetados hasta las orejas, las caras de los recién llegados. Lituma los reconocía y los olvidaba.

—Qué veneno de anisado me dio el concha de su madre de Dionisio —se quejó el albino débilmente, tratando en vano de enfurecerse—. Qué menjunjes le metería al trago la bruja de doña Adriana. Me han hecho polvo.

Todos permanecían callados pero ese ominoso silencio era locuaz para Lituma. El cabo estaba acezando, con la lengua afuera. Eso había sido. Los disfuerzos, las matonerías y locuras del albino, no eran de él, eran de las inmundicias que, vaya usted a saber con qué mañas, le habían hecho tomar en la cantina. Por eso decía esas barbaridades, por eso estaba tan excitado. Por eso nadie le había hecho caso cuando los desafiaba. Con razón, con razón: cómo se iban a ofender si ellos mismos lo habían puesto en ese estado. Lo tenían ya medio muerto a Casimiro Huarcaya.

—Debe hacer un frío de mierda ahí afuera —se lamentó Tomasito.

—No, no hace tanto —repuso alguien del montón—. Ahorita salí a mear y no hacía.

—Es que con el calorcito del trago no se siente, compadre.

—Con la mareada no sentirás frío ni nada, Huarcaya.

Lo llevaban, lo guiaban, lo sostenían, pasándoselo de mano en mano, y Lituma lo perdió de vista, momentáneamente, en la gran mancha de sombras animadas que los esperaba en el exterior del barracón. Estaban moviéndose y murmurando, pero cuando el albino estuvo entre ellos y lo vieron, sintieron o adivinaron, todos enmudecieron y se inmovilizaron, como cuando, pensó Lituma, en la puerta de la iglesia, cargados en hombros de su hermandad, aparecen el Cristo, la Virgen, el santo patrono, y empieza la procesión. En las tinieblas heladas de la alta noche, bajo millones de estrellas reverentes, entre las moles de los cerros y de los barracones, reinaba ahora la solemnidad intensa y la expectante devoción de esas misas de Semana Santa que Lituma recordaba de su infancia. Estaban lejísimos como la cara congestionada de Tomasito. Aguzando los oídos, alcanzó a oír a Casimiro Huarcaya, de quien lo había alejado ya un buen trecho la espesa multitud:

—No soy enemigo de nadie y tampoco quiero serlo. ¡Fue el veneno que me dio Dionisio! ¡El menjunje que me compuso su mujer! Ellos me hicieron decir cojudeces, endenantes.

—Ya lo sabemos, Huarcaya —lo tranquilizaban, lo palmeaban—. No te hagas mala sangre. Nadie es tu enemigo, compadre.

—Todos te estamos agradecidos, hermano —dijo una voz, tan suavecita que hubiera podido ser de mujer.

«Sí, sí», repitieron varios, y Lituma se imaginó que muchas decenas de cabezas asentían, confiándole mudamente al albino su reconocimiento, su afecto. Sin necesidad de una voz de orden, sabiendo lo que correspondía a cada cual, la muchedumbre se puso en movimiento, y, aunque nadie hablaba, ni cuchicheaba, se la sentía avanzar, compacta, sincrónica, conmovida hasta los huesos, trémula, camino de los cerros. «A la mina abandonada, a lo que era Santa Rita», pensó Lituma. «Ahí están yendo.» Estuvo escuchando el rumor de tantas pisadas contra las piedras, el chapoteo en los charcos, el suave desliz de los cuerpos, el rumor de los roces y, cuando calculó que había pasado ya mucho tiempo sin oír quejarse al albino, preguntó en voz baja a su vecino:

—¿Ya habrá muerto Casimiro Huarcaya?

—Mejor no hables.

Pero el que estaba a su izquierda se compadeció de su ignorancia, y lo ilustró, en voz apenas audible:

—Para que sea bien recibido, tiene que llegar vivo allá abajo.

Lo iban a echar por la bocatoma de la mina abandonada estando todavía consciente. Subirían hasta allá arriba, en procesión, callados, recogidos, transidos, sujetándolo de los brazos, levantándolo cada vez que tropezara, calmándolo, alentándolo, haciéndole saber que no lo odiaban, que le tenían aprecio, que le agradecían lo que iba a hacer por ellos, y cuando llegaran hasta ese boquerón que las linternas iluminarían, donde estaría silbando el viento, lo despedirían y empujarían y lo oirían alejarse con un largo aullido, y estrellarse con un remoto golpe seco y lo adivinarían despedazarse en las piedras del fondo de ese socavón al llegar a su cita.

—Él ya no siente ni se da cuenta de nada —dijo a su espalda alguien, como leyendo sus pensamientos—. El cabo Lituma está nocáut.

Timoteo Fajardo no fue mi primer marido del todo, mi único marido completo ha sido Dionisio. Con Timoteo nunca nos casamos, solamente nos juntamos. Mi familia se portó mal con él y la gente de Quenka peor. Pese a haberlos librado del pishtaco Salcedo, nadie lo ayudó a convencer a mi padre que le permitiera casarse conmigo. Más bien le metían cizaña contra Timoteo, diciéndole: «Cómo va a permitir que a su hija se la lleve ese morochuco narigudo, ¿no tienen ésos famas de abigeos?» Por eso nos escapamos y nos vinimos a Naccos. Al salir, desde el abra donde se divisa el pueblo, echamos una maldición a esos ingratos. Nunca volví ni volveré a Quenka.

Ni niego ni asiento y si me quedo mirando los cerros absorta y con los labios fruncidos, no es porque las preguntas me incomoden. Sino porque ha pasado mucho tiempo. Ya no estoy segura de si fuimos felices o infelices. Felices, más bien, los primeros tiempos, mientras creía que el aburrimiento y la rutina eran la felicidad. Timoteo consiguió trabajo en la mina Santa Rita y yo le cocinaba, le lavaba la ropa y todos nos consideraban marido y mujer. A diferencia de ahora, entonces había muchas mujeres en Naccos. Y cuando pasaba por aquí Dionisio con sus danzantes y sus locas, se ponían medio locas ellas también. Maridos y padres les rajaban los lomos a fuetazos para que no se desmandasen, pero igual corrían tras él.

¿Qué tenía que se dejaban embrujar así por un borrachín gordinflón? Fama, leyenda, misterio, alegría, don profético, botellones de perfumado pisco de Ica y un soberano pichulón. ¿Quieren más que eso? Era conocidísimo en toda la sierra, no había feria ni fiestas ni velorio de principal en los pueblos de Junín, Ayacucho,

Huancavelica y Apurímac sin él. Mejor dicho, ellos. Porque Dionisio andaba entonces con una coleta de músicos y bailarines huancaínos y jaujinos que por nada se le despegaban. Y ese puñado de locas que de día cocinaban y en las noches se enloquecían y hacían barbaridades.

Hasta que no se presentaba en la entrada del pueblo la comparsa de Dionisio, haciendo sonar sus tambores, silbar sus quenas, rasguear sus charangos y atronando el suelo con sus zapateos, la fiesta no comenzaba. Aunque ya hubieran reventado los cohetes y el cura echado sus rezos, sin Dionisio no había fiesta. Los contrataban de todas partes, siempre estaban yendo y viniendo de un sitio a otro, pese a la mala fama que tenían. ¿Mala fama de qué? De hacer cosas sucias y ser engendros de Satán. De quemar iglesias, descabezar santos y vírgenes y de robarse a los recién nacidos. Eran las malas lenguas de los párrocos, sobre todo. Tenían celos de Dionisio y se vengaban de su popularidad calumniándolo.

La primera vez que lo vi, me corrieron culebritas de la cabeza a los pies. Él estaba ahí, vendiendo pisco de unas tinajas que cargaban unas mulas, en lo que era entonces la placita de Naccos, donde está ahora la oficina de la compañía. Había puesto unos tablones sobre dos caballetes y un cartel: «Ésta es la cantina.» «No tomen cerveza ni cañazo, muchachos. ¡Aprendan a chupar!», predicaba a los mineros. «Saboreen el pisco purito de uva de Ica, hace olvidar las penas y saca al hombre feliz de tus adentros.» «¡Visita a tu animal!» Eran las Fiestas Patrias y había bandas de música, concursos de disfraces, magos y danzantes de tijeras. Pero yo no podía disfrutar con ninguna de las diversiones; aunque no lo quisiera, los pies y la cabeza se me desviaban hacia él.

Era más joven, pero no muy distinto de lo que es ahora. Medio gordito, medio fofo, ojos negrísimos, pelo crespito y esa manera de caminar medio saltando, medio tropezando, que todavía tiene. Atendía a los clientes y salía a bailar y contagiaba a todos su alegría, «Ahora una muliza» y lo seguían, «El pasillo» y le obedecían, «Le toca al huaynito» y zapateaban, «El trencito» y formaban una cola larguísima detrás de él. Cantaba, brincaba, saltaba, tocaba el charango, soplaba la quena, brindaba, gritaba, chasqueaba los platillos, aporreaba el tambor. Horas de horas, sin cansarse nunca. Horas de horas, poniéndose y quitándose las máscaras del Carnaval de Jauja, hasta que todo Naccos era un remolino de gente borracha y feliz: nadie sabía ya quién era quién, dónde empezaba uno y dónde terminaba aquél, quién hombre, quién animal, quién humano, quién mujer. Cuando, en un momento de la fiesta, me tocó bailar con él, me apretó, me manoseó, me hizo sentir su verga tiesa contra mi barriga y tragarme su lengua que chisporroteaba como fritura en la sartén. Esa noche Timoteo Fajardo me sangró a patadas, diciendo: «Si te lo pedía, te ibas con él, ¿no, puta?»

No me lo pidió pero tal vez me hubiera ido con él si me lo pedía, una más de la comparsa de Dionisio, otra loca siguiéndolo por los anexos y los distritos de la sierra, viajando por todos los caminos de los Andes, trepando a las punas frías, bajando a los valles calientes, caminando bajo la lluvia, caminando bajo el sol, cocinándole, lavándole su ropa, obedeciéndole los caprichos, y, en las ferias de los sábados, alegrando a los feriantes y hasta puteando para darle gusto. Decían que, cuando bajaban a la costa a renovar la provisión de pisco, en esos arenales de junto al mar, las locas y los danzantes bailaban calatos en las noches de luna llena y que Dionisio convocaba al demonio vestido de mujer.

Se decían todas las cosas habidas y por haber de él, con miedo y admiración. Pero nadie sabía de verdad gran cosa de su vida, chismografías nomás. Que a su madre la había carbonizado un rayo en una tormenta, por ejemplo. Que lo habían criado las mujeres de una comunidad de iquichanos, todavía idólatras, en las alturas de Huanta. Que había estado loco, de joven, en una misión de los padres dominicos y que le devolvió la razón el diablo, con el que hizo pacto. Que había vivido en la selva, entre chunchos caníbales. Que descubrió el pisco viajando por los desiertos de la costa y que, desde entonces, recorría la sierra vendiéndolo. Que tenía mujeres e hijos por todas partes, que había muerto y resucitado, que era pishtaco, muki, despenador, brujo, estrellero, rabdomante. No había misterio o barbaridad que no se le achacara. A él le gustaba su mala fama.

Era más que un vendedor ambulante de pisco, por supuesto, de eso se daban cuenta todos; más que un empresario de músicos y bailarines folclóricos, más que un animador y también más que patrón de un putarral ambulante. Sí, sí, clarísimo. Pero ¿qué más? ¿Demonio? ¿Ángel? ¿Dios? Timoteo Fajardo me leía en los ojos que yo estaba acordándome de Dionisio y rabioso se me echaba encima. Los hombres le tenían celos, pero todos reconocían: «Sin él, no hay fiesta.» Apenas aparecía y levantaba su tenderete, corrían a comprarle mulitas de pisco y a brindar con él. «Yo los eduqué», decía Dionisio. «Antes se intoxicaban con chicha, cerveza o cañazo y ahora con pisco, la bebida de los tronos y los serafines.»

Yo supe algo más de él por una ayacuchana de Huancasancos. Había sido una de sus locas y luego los dejó. Vino aquí como mujer de un jefe de cuadrilla de la mina Santa Rita, más o menos por la época en que el pishtaco ese secó a Juan Apaza. Nos hicimos amigas, íbamos a lavar la ropa juntas a la torrentera y un día le pregunté por qué tenía tantas cicatrices. Entonces, me contó. Había estado corriendo mundo bastante tiempo con la comparsa de Dionisio, durmiendo a la intemperie donde los cogía la noche, unos sobre otros para aguantar el frío, de feria en feria y mercado en mercado, y viviendo de la caridad de los festejantes. Cuando se alegraban entre ellos, lejos de las miradas de los demás, los de la comparsa se enloquecían. O, como dice Dionisio, visitaban a su animal. Pasaban del amor a los golpes entre las locas. De los cariños a los rasguños, de los besos a los mordiscos, de los abrazos a los empujones, sin dejar de bailar. «¿Y no te dolía, mamita?» «Me dolía después, mamay; con la música, el baile y el mareo, rico era. Se desaparecían las preocupaciones, el corazón palpitaba fuerte y te sentías cernícalo, molle, cuesta, cóndor, río. Hasta las estrellas subíamos, bailando, queriéndonos o pegándonos.» «¿Por qué si te gustaba tanto te apartaste de ellos?» Porque se le hinchaban los pies y ya no podía seguirlos en sus correrías. Eran muchos y no siempre conseguían un camión que los llevara. Hacían sus viajes a patita, días yendo, semanas viniendo. En ese tiempo se podía, no había terrucos ni sinchis por los Andes. Por eso, al fin, la de Huancasancos se resignó a casarse con el jefe de cuadrilla y a sentar cabeza aquí en Naccos. Pero vivía soñando con sus antiguas aventuras, extrañando los viajes y los vicios. Entonaba unos huaynitos tristes, recordándose, y suspiraba: «Yo fui, ay, feliz.» Se tocaba los rasguñitos con nostalgia.

Así que, picada de curiosidad, inquieta desde que bailé con él y me puso sus manos encima en esas Fiestas Patrias, la próxima vez que Dionisio vino a Naccos y me preguntó si quería casarme con él, le dije bueno. La mina se estaba desmoronando. Se había acabado el metal en Santa Rita y el Padrillo, después de secar a Sebastián, el amigo de Timoteo, tenía a la gente despavorida. Dionisio no me pidió que me juntara a las locas, que fuera una más de su comparsa. Me pidió que me casara con él. Estaba enamorado de mí desde que supo cómo ayudé a Timoteo a cazar al pishtaco Salcedo, en las grutas de Quenka. «Me estás predestinada», me aseguró. Las estrellas y las cartas me confirmaron que era así, después.

Nos casamos en la comunidad de Muquiyauyo, donde a él lo celebraban mucho desde que curó a todos los jóvenes comuneros de una epidemia de garrotillo. Sí, de pichulitis. Los atacó un verano lluvioso. Para carcajearse, sí, pero ellos lloraban, desesperados. Desde que abrían los ojos con el canto del gallo, la tenían hinchada, coloradota y picante como un ají. No sabían qué hacer. Se lavaban con agua fría y nada, se la corrían y volvía a enderezarse como muñeco de resortes. Y mientras ordeñaban o sembraban o podaban e hicieran lo que tenían que hacer, ella seguía gordota y pesada entre sus piernas, como un espolón o el badajo de una campana. Trajeron un sacerdote del convento de San Antonio de Ocopa. Les dijo una misa y los exorcizó con incienso. Ni por ésas: seguían empujando y creciendo hasta romper las braguetas y salir a ver el sol. Entonces, llegó Dionisio. Le contaron lo que pasaba y organizó una procesión alegre, con baile y música. En vez de un santo, pasearon en andas una pichula de arcilla que modeló el mejor alfarero de Muquiyauyo. La banda le tocaba un himno marcial y las muchachas la adornaban con guirnaldas de flores. Siguiendo sus instrucciones, la zambulleron en el Mantaro. Los jóvenes atacados de la epidemia se echaron al río, también. Cuando salieron a secarse, ya eran normales, ya la tenían arrugadita y dormidita otra vez.

El cura de Muquiyauyo no quería casarnos, al principio. «Ése no es católico, es un pagano y un salvaje», decía, espantándolo con su mano. Pero después de tomarse sus copitas, se ablandó y nos casó. Las fiestas duraron tres días, bailando y comiendo, bailando y bebiendo, bailando y bailando hasta perder la razón. Al anochecer del segundo día, Dionisio me cogió de la mano, me hizo trepar una cuesta y me señaló el cielo. «¿Ves ese grupito de estrellas, allá, formando una corona?» Se destacaban clarísimo de todas las otras. «Sí, las veo.» «Son mi regalo de bodas.»

Pero no pudo tomarme todavía, porque antes tenía una promesa que cumplir. Lejos de Muquiyauyo, en la otra banda del Mantaro, subiendo las sierras de Jauja, en el anexo de Yanacoto, donde Dionisio había estado de niño. Cuando su madre desapareció, quemada por el rayo, él no se conformaba a esa muerte. Y anduvo buscándola, seguro de que en alguna parte la encontraría. Se volvió andariego, vivió como alma extraviada, yendo y viniendo por todos los rincones hasta que, en las haciendas de Ica, descubrió el pisco y se hizo su comerciante y promotor. Un día la vio en sueños: su madre le dio cita, el domingo de Carnaval a medianoche, en el cementerio de Yanacoto. Hasta allá fue, emocionado. Pero el guardián, un tullido con la nariz comida por la uta que se llamaba Yaranga, no quería dejarlo entrar si no se bajaba primero el pantalón. Discutieron y llegaron a un acuerdo: Yaranga lo dejaría entrar a su cita a condición de que volviera y se le agachara antes de consumar su boda. Dionisio entró, habló con su madre, se despidió de ella, y ahora, en su fiesta de boda, quince años después, tuve que acompañarlo a que cumpliera lo prometido.

Nos tomó dos días subir hasta Yanacoto, el primero en camión y el segundo en mula. Había nieve en la puna y la gente andaba con los labios amoratados y la cara cortada por el frío. El cementerio ya no tenía el murito que Dionisio recordaba, ni tampoco guardián. Preguntando, nos dijeron que Yaranga había muerto hacía años, loco. Dionisio no paró de averiguar, hasta que le mostraron su tumba. Entonces, esa noche, cuando la familia que nos había dado posada dormía, me cogió de la mano y me llevó hasta donde estaba enterrado Yaranga. Todo el día yo lo había visto muy afanoso labrando algo, con su chaveta, en una rama de sauce. Una pinga templadita, eso era. La encebó con manteca de velas, la clavó en la tumba de Yaranga, se bajó el pantalón y sentó encima, dando un aullido. Después, a pesar del hielo, me arrancó el calzón y me tumbó. Me tomó por delante y por detrás, varias veces. Pese a no ser ya virgen, di más aullidos que él, creo, hasta que perdí el sentido. Así fue nuestra noche de bodas.

A la mañana siguiente comenzó a enseñarme la sabiduría. Yo tenía buena disposición para distinguir los vientos, escuchar los sonidos del interior de la tierra y comunicarme con el corazón de las gentes tocándoles la cara. Creía que sabía bailar y él me enseñó a meterme dentro de la música y a meterla dentro de mí y hacer que ella me bailara a mí en vez de yo a ella. Creía que sabía cantar y él me enseñó a dejarme dominar por el canto y a ser la sirvienta de las canciones que cantaba. Poco a poco fui aprendiendo a leer las líneas de la mano, a descifrar las figuras de las hojas de la coca cuando se posan en el suelo después de revolotear en el aire, a localizar los daños pasando un cuy vivo por el cuerpo de los enfermos. Seguíamos viajando, bajando a la costa a renovar el cargamento de pisco, animando muchas fiestas. Hasta que los caminos empezaron a volverse peligrosos con tanta matanza y los pueblos a vaciarse y a encerrarse en una desconfianza feroz hacia los foráneos. Las locas se fueron, los músicos nos abandonaron, los danzantes se hicieron humo. «Es hora de que tú y yo echemos raíces, también», me dijo un día Dionisio. Nos habíamos vuelto viejos, parece.

No sé qué sería de Timoteo Fajardo, nunca lo supe. De las habladurías, sí supe. Me persiguieron como mi sombra años de años, por todas partes. ¿Le pusiste veneno en el plato de chuño y lo mataste para escaparte con el chupaco gordinflón? ¿Lo mató él, amañado con el muki? ¿Se lo regalaste al pishtaco? ¿Se lo llevaron a sus aquelarres en lo alto del cerro y allí las locas borrachas despedazaron al narizón? ¿Después se lo comieron, brujilda? Ya habían comenzado a decirme bruja y doña, entonces.

—Te he hecho sufrir a propósito sin contestar tus llamadas ni darte la cita que me pedías —le aventó a Carreño, a modo de saludo, el comandante—. Para tenerte en pindingas. Y porque quería planear con toda maldad tu castigo, hijo de la grandísima puta.

—Vaya, por fin apareció el famoso padrino —exclamó Lituma—. Lo estaba esperando, es el que más me interesa de tu historia. A ver si así se me pasa el susto del maldito huayco. Sigue, sigue, Tomasito.

—Sí, padrino —admitió Carrasco, humildemente—. Lo que usted diga.

El gordo Iscariote, para evitar mirarlo a los ojos, tenía la cara sepultada en el apanado con huevos fritos, papas fritas y arroz blanco. Masticaba con furia y, entre bocado y bocado, bebía tragos de cerveza. El comandante estaba de civil, con una chalina de seda en el cuello y anteojos oscuros. En la semioscuridad recortada por los espaciados tubos de luz fluorescente, destellaba su cráneo calvo. Un cigarrillo encendido colgaba de sus labios y un vaso de whisky se mecía en su mano derecha.

—Que mataras al Chancho es una falta de respeto conmigo, pues te mandé a Tingo María a cuidarlo —dijo el comandante—. Pero no es eso lo que más me jode de tu cojudez. ¿Sabes qué? Que lo hicieras por lo que lo hiciste. A ver, ¿por qué lo hiciste, huevón?

—Usted sabe muy bien por qué, padrino —murmuró el muchacho, bajando los ojos con humildad—. ¿No se lo dijo Iscariote, acaso?

—¿Estaban en un burdel? —preguntó Lituma—. ¿Con música y putas alrededor de la mesa? ¿Era allí tu padrino como el rey?

—Una medio discoteca, medio bar y medio lenocinio —aclaró Tomasito —. Sin cuartos para las parejas. Los tipos tenían que llevarse a las polillas al hotel del frente. Mi padrino era socio, creo. Yo ni me fijaba en nada, yo tenía los huevos en las amígdalas, mi cabo.

—Quiero oírlo de tu propia boca, hijo de la grandísima puta —ordenó el comandante, con ademán de emperador.

—Lo maté porque el Chancho le estaba pegando para darse gusto —susurró el muchacho, cabizbajo, con un hilito de voz—. Usted ya lo sabía, ya se lo contó Iscariote.

El comandante no se rió. Permaneció muy quieto, mirándolo desde detrás de sus anteojos oscuros, asintiendo ligeramente. Acompañaba el ritmo de la salsa golpeando la mesa con el vaso de whisky. Hasta que, por fin, sin volverse, cogió del brazo a una mujer de blusa tornasolada que pasaba. La obligó a acercarse, a inclinarse y le preguntó a bocadejarro:

—¿A ti te gusta que tus cacheros te peguen, sí o no?

—Todo lo que tú me hagas me gusta, papacito —se rió la mujer, pellizcándolo en el bigote—. ¿Quieres que bailemos?

El comandante la devolvió a la pista de baile con un amable empujoncito. Y adelantó la cabeza hacia Carreño, que permanecía rígido en su silla:

—A las mujeres les gusta un poco de castigo en la cama, so cojudo, y ni te habías enterado. —Hizo un gesto de asco—. Lo que me jode es haber puesto mi confianza en un pelotudo sin roce y sin mundo. Merecerías que te mate, no por cargarte al Chancho, sino por estúpido. ¿Estás arrepentido, al menos?

—Estoy arrepentido de haber quedado mal con usted, al que tanto le debemos yo y mi madre —balbuceó el muchacho. Y sacando fuerzas, añadió—: Pero, perdóneme, padrino, por lo del Chancho no lo estoy. Lo mataría de nuevo si resucitara.

—¿Ah, sí? —exclamó el comandante, sorprendido—. ¿Oyes lo que anda diciendo éste, Iscariote? ¿Tú crees que se ha vuelto todavía más cojudo de lo que era cuando entró aquí? ¿Oyes la furia que le tiene al pobre Chancho sólo porque le aflojó un par de manazas a su puta?

—No era su puta, sólo su amiga, padrino —lo interrumpió Carreño, suplicante—. No hable así de ella, se lo ruego, que ahora es mi mujer. Lo será pronto, mejor dicho. Mercedes y yo vamos a casarnos.

El comandante se quedó mirándolo un momento y, por fin, se echó a reír.

—Me volvió el alma al cuerpo, mi cabo —dijo Tomasito—. Esa risa quería decir que, a pesar de las mentadas de madre, comenzaba a perdonarme.

—¿Él era algo más que tu padrino, Tomasito? —preguntó Lituma—. ¿No sería tu padre, por casualidad?

—Me lo pregunté muchas veces yo también, mi cabo. Es una duda con la que he vivido desde chico. Pero parece que no. Mi madre fue sirvienta en su casa más de veinte años, en Sicuani, en Cusco y en Lima. Vistió y bañó y dio de comer a la boca a la ladre de mi padrino, que era inválida. En fin, no sé, tal vez sea mi padre. Mi viejita nunca ha querido decirme quién la embarazó.

—Seguramente lo es —dijo Lituma—. Después de lo que le hiciste al Chancho, no merecías que te perdonara. Hubieras podido comprometer a tu padrino, joderlo con los narcos. Si te perdonó debe ser tu padre. Esas cosas sólo se le perdonan a los hijos.

—Bueno, quedé mal con él, pero también le hice un favor —dijo Tomasito—. Gracias a mí, mejoró su foja de servicios en el cuerpo y hasta le plantaron una condecoración en el pecho. Se hizo famoso por haber acabado con ese traficante.

—Para que te hayas enamorado así, esa Mercedes debe tener un culo como una casa —dijo el comandante, todavía un poco risueño—. ¿Tú ya lo probaste, Iscariote?

—No, jefe, no. Pero, no se crea que es tan sensacional como dice Carreñito. Está enchuchado y la idealiza. Es una morenita de buenas piernas, nomás.

—Tú sabrás mucho de comida pero no de mujeres, gordo, así que sigue comiendo tu apanado y cállate la boca —dijo Carreño—. No le haga caso, padrino. Mercedes es la mujer más bella que hay en el Perú. Usted tiene que comprenderme, usted tiene que haber estado enamorado alguna vez.

—Yo no me enamoro, sólo cacho y por eso soy feliz —afirmó el comandante—. ¡Matar por amor en estos tiempos! Carajo, para que te exhiban en una jaula de circo. ¿Y a mí me dejarías probar ese culo, para saber si valía la pena hacer la cojudez que hiciste?

—A mi mujer no se la presto a nadie, padrino. Ni siquiera a usted, por más respeto que le tenga.

—No creas que porque te hago unas bromas estás perdonado —dijo el comandante—. Tu gracia con el Chancho a mí puede costarme el hermoso par de huevos que me dio Dios.

—Pero si hasta lo han condecorado por la muerte de ese narco —alegó, débilmente, Carreño—. Pero si ahora es usted un héroe nacional de la lucha contra el narcotráfico. No me diga que le hice un mal. Reconozca que le hice un favor, padrino.

—He tenido que sacar un bien de un mal, pedazo de cojudo —replicó el comandante—. De todas maneras, me has comprometido y puedo tener problemas. Si la gente del Chancho quiere venganza, ¿contra quién se va a ir? ¿A quién van a joder? ¿A un pichiruchi como a ti o a mí? ¿Tendrías remordimientos, al menos, si me mandan al cementerio?

—No me lo perdonaría nunca, padrino. Y le juro que iría a tomarle cuentas hasta el fin de la tierra al que le tocara a usted un pelo.

—Puta, me voy a poner a llorar de la emoción con tanto cariño que me tienes —dijo el comandante, bebiendo un trago de whisky y chasqueando la lengua. Y, sin transición, de manera que no admitía réplica, ordenó—: Antes de seguir hablando, y para ver qué penitencia te doy, anda, trae a esa Mercedes. Ahorita mismo. Quiero ver con mis propios ojos si ese culo justifica tanto bolondrón.

—Carambolas —exclamó Lituma—. Ya lo estoy viendo venir a ese pendejote.

—Yo me aterré, mi cabo —confesó Tomasito—. Qué podía hacer, qué iba a hacer si mi padrino se propasaba con Mercedes.

—Sacar tu pistolita y cargártelo a él también —dijo el cabo.

—Qué podía hacer —repitió su adjunto, removiéndose angustiado en su catre—. Dependíamos de él para todo. Para la libreta electoral de Mercedes, para que arreglara mi situación. Yo era, técnicamente, un desertor de la Guardia Civil, dese cuenta. Pasé un rato muy amargo, le digo.

—¿Tú crees que yo le tengo miedo a ése? —se rió Mercedes.

—Es un sacrificio que tenemos que hacer para poder salir de ésta, amor. Será el mal trago de media horita, apenas. Ya se está aplacando, ya comenzó a hacerme bromas. Le ha picado la curiosidad y quiere conocerte. No permitiré que te falte el respeto, te lo juro.

—Yo puedo defenderme sola, Carreñito —dijo Mercedes, arreglándose el pelo, la falda—. A mí no me faltan el respeto ni los comandantes ni los generales. ¿Qué tal? ¿Paso el examen, caballero?

—Con sobresaliente —carraspeó el comandante—. Asiento, asiento. Ya veo que eres de las cancheras, hijita. Mejor. A mí me gustan las mujercitas respondonas.

—¿O sea que nos vamos a tutear? —dijo Mercedes—. Yo creí que te tendría que decir padrino, también. Bueno, tutiémonos, micifuz.

—Tienes buena cara, buen cuerpo y buenas piernas, concedido —dijo el comandante—. Pero eso no basta para convertir a un muchacho en asesino. Algo más debes tener, para haber puesto a mi ahijado patas arriba. ¿Se puede saber qué le hiciste?

—Lo peor es que no le hice nada —dijo Mercedes—. Yo fui la primera sorprendida con la locura que le vino. ¿No te ha contado? Primero lo mató y después me dijo que lo había hecho por mí, que estaba enamorado de mí. Yo no podía creerlo, todavía no puedo. ¿No ha sido así, Carreñito?

—Sí, padrino, así fue —dijo el muchacho—. Mercedes no tuvo culpa de nada. Yo la metí en este lío. ¿Nos va usted a ayudar? ¿Le sacará una nueva libreta electoral a Mercedes? Queremos irnos a Estados Unidos a empezar de nuevo.

—Tienes que haberle hecho algo muy especial a este muchacho para ponerlo en ese estado de encamotamiento —dijo el comandante, acercándole la cara a Mercedes y cogiéndola de la barbilla—. ¿Le diste chamizo, hijita?

—Le ruego que no le falte el respeto a Mercedes —dijo el muchacho—. Por lo que más quiera, padrino. Ni a usted se lo voy a permitir.

—¿Sabía tu padrino que Mercedes fue la primera mujer con la que te acostaste? —preguntó Lituma.

—No, ni él ni nadie —repuso su adjunto—. Me hubiera batido a morir si se lo decía. Eso sólo lo saben Mercedes y usted, mi cabo.

—Gracias por la confianza, Tomasito.

—Pero ése no fue el peor momento de la noche. El peor fue cuando mi padrino la sacó a bailar. Yo sentía que se me subía la cólera por el cuerpo y que en cualquier momento iba a explotar.

—Cálmate, cálmate y no seas cojudo, Carreñito —lo palmeó en el brazo el gordo Iscariote—. ¿Qué te importa que la baile y la apriete un poquito? Te está haciendo pagar la penitencia, poniéndote celoso. En el fondo ya te perdonó y te va a solucionar tus problemas. Todo está saliendo como te pronostiqué en Huánuco. Piensa sólo en eso.

—Pero yo pensaba le está pegando el cuerpo y toqueteándola —vibró en la sombra la indignada voz de Tomasito—. Aunque me desgracie del todo, le voy a parar los machos a este abusivo.

Pero en ese momento el comandante vino trayendo a Mercedes a la mesa, muerto de risa.

—Es una mujer de rompe y raja y tengo que felicitarte, muchacho —dijo, dándole un amable coscorrón en la cabeza a Tomás—. Le hice una propuesta del carajo para que te metiera los cuernos conmigo, y no aceptó.

—Sabía que me estabas tomando otro examen y por eso te di calabazas, micifuz —dijo Mercedes—. Además, contigo sería la última persona que engañaría a Carreñito. ¿Nos vas a ayudar, entonces?

—A una mujer como tú es mejor tenerla de amiga que de enemiga —dijo el comandante—. Vaya hembra que te estás echando encima, muchacho.

—Y nos ayudó —suspiró Tomás—. Al día siguiente Mercedes tenía una nueva libreta electoral nueva. Y, esa misma noche, se largó.

—¿Quieres decir que apenas tuvo sus papeles te dejó, Tomasito?

—Llevándose los cuatro mil dólares que le regalé —murmuró muy lentamente su adjunto—. Eran suyos, yo se los había dado. Me dejó una carta, diciéndome lo que me había dicho tantas veces. Que ella no era una mujer para mí, que ya se me pasaría, la cantaleta de siempre.

—O sea que así fue la vaina —dijo Lituma—. Pucha, Tomasito.

—Sí, mi cabo —dijo su adjunto—. Así fue la vaina.

IX

—El tipo se llama Paul y tiene un apellido raro, Stirmsson o Stirmesson —dijo Lituma—. Pero lo conocen todos por su apodo: Escarlatina. Fue uno de los que se li-
bró de milagro cuando los terrucos entraron a La
Esperanza. Me contó que los conocía mucho a ustedes.
¿Se acuerdan de ese gringo?

—Un preguntón que quería saberlo todo de todo
—asintió doña Adriana, con una mueca desamorada—.
Andaba siempre con un cuaderno, escribiendo. Hace
mucho que no viene por aquí. ¿O sea que él fue uno de
los que se escondió en el depósito de agua?

—Era un metete, nos estudiaba como si fuéramos
plantas o animales —lanzó un escupitajo Dionisio—.
Me perseguía por todos los Andes. No le interesába-
mos por nosotros, sino para meternos a sus libros.
¿Está vivo todavía ese pezuñento del gringo Escarlatina?

—También él se asombró al saber que ustedes lo estaban —explicó Lituma—. Se creía que los terrucos ya
los habían ajusticiado por antisociales.

Conversaban en la puerta de la cantina, bajo un sol
vertical y blanquísimo que reverberaba en las calaminas
de los barracones sobrevivientes. Grupos de peones re-

movían con tablas, barrenos, sogas, picos y palas algunas piedras del huayco, tratando de abrir un camino por el que pudieran sacar del campamento la maquinaria no aplastada o inutilizada por la avalancha. Pese al trajín que se advertía en la caseta donde se había improvisado una oficina en reemplazo de la que deshicieron las piedras, Naccos parecía haberse vaciado. No quedaban en el pueblo ni la tercera parte de los peones. Seguían partiendo; allá, por ejemplo, en la trochita que trepaba rumbo al camino a Huancayo, Lituma divisó tres siluetas alejándose en fila india cargadas de bultos a la espalda. Caminaban de prisa y a compás, como sin sentir el peso que llevaban.

—Esta vez se han resignado nomás a irse —dijo, señalándolos—. Sin huelgas ni protestas.

—Saben que sería inútil —repuso Dionisio, sin la menor emoción—. El huayco le vino bien a la compañía. Hace tiempo que quería parar los trabajos. Ahora tiene el pretexto.

—No es un pretexto —dijo el cabo—. ¿No ve cómo ha quedado esto? ¿Qué carretera van a construir, después de la montaña que cayó sobre Naccos? No sé cómo no murió nadie con semejante derrumbe.

—Es lo que yo les trato de meter en la cabeza a estos indios testarudos —gruñó doña Adriana, haciendo un gesto de malhumor hacia los hombres que removían los pedrones—. Pudimos morir todos, aplastados como cucarachas. Y, en vez de agradecer el estar salvos, todavía protestan.

—Es que se salvaron del huayco, pero saben que ahora se morirán de a pocos, por falta de trabajo y hambre —murmuró Dionisio, con una risita—. O de cosas peores. Déjelos que pataleen, al menos.

—¿Usted cree que la avalancha no nos apachurró porque así lo decidieron los apus de estas montañas? —preguntó el cabo, buscando los ojos de doña Adriana—. ¿A ellos tengo que agradecerles yo también el haberme salvado?

Esperaba que la mujer de Dionisio le contestara de mal modo que ya parecía lunático de tanto darle a lo mismo, pero esta vez la bruja permaneció muda, sin volverse hacia él. Con el ceño fruncido y enjetada, tenía la mirada medio perdida en las cumbres escarpadas que cercaban al poblado.

—Estuvimos hablando de los apus con Escarlatina, allá en La Esperanza —prosiguió el cabo, luego de un momento—. Él también cree que las montañas tienen sus ánimas, doña Adriana, igual que usted. Los apus. Unos espíritus sanguinarios, por lo visto. Si lo dice un sabio que sabe tanto como ese gringo, así será. Gracias por conservarme la vida, señores apus de Junín.

—No se puede decir señores apus —lo amonestó Dionisio—. Porque apu quiere decir señor en quechua. Y toda repetición es una ofensa, señor cabo, como dice el vals.

—Tampoco se debe decir señor cabo —replicó Lituma—. Cabo o señor, pero las dos cosas juntas es tomadura de pelo. Aunque, usted siempre está tomándole el pelo a la gente.

—Trato de no perder el humor —reconoció Dionisio—. Pese a que, con las cosas que pasan, es difícil no vivir amargado, como todo el mundo.

Y, acto seguido, se puso a silbar una de esas tonadas que solía también zapatear, en las noches, cuando se generalizaba la borrachera en su cantina. Lituma escuchó la triste melodía con el corazón encogido. Parecía venir del fondo de los tiempos, traer consigo un relente de otra humanidad, de un mundo enterrado en estas montañas macizas. Entrecerró los ojos y vio delinearse frente a él, algo desvaída por la luminosidad blanca del día, la pequeña figura dócil y saltarina de Pedrito Tinoco.

—Me da flojera trepar ahorita hasta el puesto, con este sol —murmuró, sacándose la gorra y limpiándose el sudor de la frente—. ¿Puedo sentarme un ratito con ustedes?

Ni el cantinero ni su mujer le contestaron. Lituma se sentó en una de las esquinas de la banca que ocupaba doña Adriana. Dionisio permanecía de pie, fumando, la espalda apoyada en las tablas consteladas de cicatrices de la puerta de la cantina. Los gritos y exclamaciones de los peones que movían las piedras llegaban hasta ellos de manera esporádica, cercanos o remotos según los cambios de dirección del viento.

—Por fin funcionó la radio de la compañía esta mañana, por fin pude mandar el parte a la comandancia de Huancayo —comentó el cabo—. Ojalá contesten pronto. No sé qué hacemos aquí ya, mi adjunto y yo, salvo esperar a que nos maten o nos desaparezcan, como al mudito. ¿Y ustedes, qué harán ahora? ¿Irse también de Naccos?

—Qué remedio —dijo Dionisio—. Ni los indios de la comunidad quieren vivir ya en Naccos. La mayor parte de los jóvenes han migrado a la costa y a Huancayo. Sólo quedan unos pocos viejos que se van muriendo.

—Se quedarán aquí sólo los apus, entonces —sentenció Lituma—. Y los pishtacos y mukis. A darse sus banquetazos de sangre entre ellos. ¿No, doña Adriana?

264

No me ponga esa cara, era una broma. Ya sé que no está para bromas. Yo tampoco. Hablo de eso porque, a pesar de que quisiera sacarme de la cabeza lo que usted ya sabe, no puedo. Aquí los tengo a esos tres, envenenándome la vida.

—¿Y por qué le importan tanto esos desgraciados? —echó una bocanada de humo Dionisio—. Entre tanta gente que desaparece o muere a diario, ¿por qué sólo ellos? ¿Por qué no lo atormenta el que mataron en La Esperanza, por ejemplo? A usted le gustan los misterios, ya se lo dije una vez.

—Esas desapariciones ya no son un misterio para mí —afirmó el cabo, volviéndose otra vez a mirar a doña Adriana, pero tampoco esta vez ella le dio cara—. Gracias a Escarlatina lo aclaré, antenoche. Le juro que hubiera preferido no averiguarlo. Porque eso que les pasó es lo más estúpido y lo más perverso de todas las cosas estúpidas y perversas que pasan aquí. Y nadie va a quitarme nunca de la mollera que los grandes culpables han sido ustedes dos. Sobre todo usted, doña Adriana.

Pero ni siquiera esta vez la mujer de Dionisio reaccionó. Siguió enfurruñada, mirando los cerros, como si no hubiera oído o la ocupara un pensamiento demasiado importante para interesarse por las minucias que decía Lituma.

—Fúmese un cigarro y quítese esas musarañas de la cabeza —le alcanzó una cajetilla de tabaco negro Dionisio—. Piense que pronto se va a ir, tal vez a su tierra, y que en el futuro vivirá más tranquilo que en Naccos.

Lituma sacó un cigarrillo y se lo puso en la boca. El cantinero se lo encendió, con un viejo encendedor de larga mecha cuya llamarada le caldeó al cabo la boca y la nariz. Aspiró una gran bocanada y la expulsó con fuerza viendo elevarse las volutas de humo en el aire limpio y dorado del ardiente mediodía.

—Si salgo vivo de aquí, me llevaré a esos tres conmigo adonde vaya —murmuró—. Principalmente al mudito, el que desapareció viniendo a comprarles cerveza esa noche. ¿Me entiende?

—Claro que le entiende, mi cabo —se rió su adjunto—. Una cerveza cusqueña, bien fría, y volando. ¿No es cierto que has entendido a la perfección, mudito?

Pedrito Tinoco asintió varias veces, con esas venias rápidas e idénticas que a Lituma le hacían pensar en un pollo picoteando granos de maíz, cogió los billetes que el cabo le alcanzó, y haciéndoles una última reverencia dio media vuelta y salió del puesto, desapareciendo en la noche sin luna.

—No debimos mandarlo en esa oscuridad, a esas horas —dijo Lituma, humeando por la boca y la nariz—. Al ver que se demoraba tanto, debimos bajar a averiguar qué pasaba, por qué no volvía. Pero, como comenzó a llover, nos dio flojera. Tomasito y yo nos pusimos a conversar y se nos fue pasando.

Pese a la lluvia, el mudito bajaba muy de prisa por la ladera, como si tuviera ojos de zorro o conociera de memoria dónde pisar, dónde saltar. Tenía los billetes en la mano, apretados para que no fueran a desprendérsele. Llegó empapado a la puerta de la cantina. Tocó con los nudillos un par de veces, empujó y entró. Lo recibió una masa de siluetas semidisueltas en nubarrones de humo. Sus narices percibieron un aliento a sudor, a alcohol, a tabaco, a orines, excremento, semen, a vómitos hediondos que mareaban. Pero no fueron esos olores ni el silencio sepulcral que provocó su llegada lo que lo puso a la defensiva, alerta, receloso de un peligro inminente, sino el miedo que su instinto detectó por doquier, un miedo espeso, vibrátil, que azogaba todas las pupilas de los peones y parecía impregnar el aire, rezumar de las tablas de las paredes, del mostrador y sobre todo de las caras tensas, deformadas en muecas y gestos que no eran obra sólo de la borrachera. Nadie se movía. Todos se habían vuelto a observarlo. Intimidado, Pedrito Tinoco les hizo varias reverencias.

—Ahí está, ahí lo tienen, quién mejor que él —prorrumpió desde el mostrador, carraspeando, la voz de ultratumba de doña Adriana—. Se lo mandan, se lo han mandado. Él debe ser. Él es, pues. El mudito, quién mejor.

—Por supuesto que discutirían —añadió Lituma—. Por supuesto que algunos dirían «de acuerdo, que sea él», y otros «no, pobre, el opa, no». Me figuro que, al menos, habría uno que otro menos borracho que se compadecería. Y, mientras tanto, en vez de bajar a ver por qué no volvía, yo y Tomasito nos habíamos echado a dormir. O, estaríamos conversando sobre la mujer que lo dejó, seguramente. Fuimos cómplices, también. No invencioneros ni incitadores, como ustedes. Pero, cómplices por omisión, sí lo fuimos, en cierta forma.

Todos estaban muy borrachos y algunos tambaleándose, apoyados en las paredes o abrazados entre sí para no desplomarse. Sus ojos vidriosos y brillantes perforaban las nubes de humo y examinaban a Pedrito Tinoco, quien, confundido por sentirse el centro de esa atención colectiva, crispado por la amenaza oscura, incierta, que adivinaba, no se atrevía a avanzar hacia el mostrador. Hasta que Dionisio fue a su encuentro, lo cogió del brazo, le dio un beso en la mejilla, algo que primero desconcertó y luego hizo soltar al mudito una carcajada nerviosa, y le puso [una copita de pisco en la] mano.

—Salud, salud —lo incitó [...] a [...] Em-paréjate con la concurrencia, [...]

—Es inocente, es puro, es [...] de lo que le pasó en Pampa G[...] modió la señora Adriana—. T[...] cos lo ajusticiarían. Si de todas [...] va a morir, que por algo que vale la pena. ¿[...] ¿Tanto inconsciente, durmie[ndo] ahí en los barracones, tanto muerto de cansancio de [...] en la carretera, no la vale? Sumen y resten y decidan.

A medida que el ardiente calorcito le bajaba por el pecho y le hacía cosquillas en el estómago, Pedrito Tinoco empezó a darse cuenta de que, bajo sus embarradas ojotas de llanta y sus pies llenos de costras, el suelo se ablandaba y movía. Como un trompo. Él había sabido, alguna vez, en alguna parte, hacer bailar los trompos, enredándolos en un cordel y lanzándolos con un diestro latigazo del brazo: giraban en el aire hasta confundirse sus colores, hasta parecer unos picaflores aleteando inmóviles en el aire, una bolita trepando hacia el sol, y, luego, cayendo. Su punta de clavo aterrizaba en la piedra de la acequia, daba un saltito en el filo de la banca, se aquietaba en el poyo de la casa o donde él hubiera puesto antes el ojo y su mano dado la orden al cordel. Allí se sostenía bailando un buen rato, saltando y zumbando, trompito feliz. Doña Adriana hablaba y había cabezas que asentían. Abriéndose paso a codazos, algunos se acercaban hasta el mudo y lo tocaban. No se les había quitado el miedo, al contrario. Pedrito Tinoco ya no se sentía tan avergonzado como al llegar.

Apretaba siempre los billetes en su mano y, oscuramente, por ráfagas, se sobresaltaba, diciéndose: «He de regresar.» Pero no sabía cómo irse. Apenas tomaba un sorbito de pisco, el cantinero lo aplaudía, le palmeaba la espalda y, de tanto en tanto, en un arrebato de entusiasmo, lo besaba en la mejilla.

—Serían los besos de Judas esos que usted le daría —dijo Lituma—. Y, mientras, yo roncando, o escuchándole a Tomasito sus enredos con su fulana. Tuvieron suerte, Dionisio, doña Adriana. Si me aparezco por la cantina y los pesco con las manos en la masa, no sé qué les hubiera pasado, les juro.

Lo dijo sin cólera, con fatalismo y resignación. Doña Adriana seguía abstraída, desinteresada de él, contemplando a los peones que removían los escombros. Pero Dionisio se echó a reír, con la boca abierta. Se había puesto de cuclillas y la bufanda de lana abultaba su cuello monstruosamente. Miraba a Liturna divertido, abriendo y cerrando sus ojos saltados, menos enrojecidos que de costumbre.

—Usted hubiera sido un buen contador de cuentos —afirmó, muy convencido de lo que decía—. Tuve algunos en mi compañía, de joven. Cuando íbamos de pueblo en pueblo, de feria en feria. Danzantes, músicos, equilibristas, magos, fenómenos, de todo había. También contadores de historias. Tenían mucho éxito, chicos y grandes los escuchaban embobados y hacían gran alharaca cuando llegaba el fin del cuento. «Siga, siga, por favor.» «Otro, otro más.» Usted hubiera sido una de mis estrellas, con su fantasía. Casi tan bueno como Adriana, señor cabo.

—Ya no puede chupar, ya está grogui. No le entra ni una gota —canturreó alguien.

—Embúteselo a la fuerza, y si vomita que vomite —imploró una voz muy asustada—. Que no sienta nada, que se olvide de quién es y de dónde está.

—A propósito de muditos, en unos pueblos de la provincia de La Mar, en Ayacucho, a los que no saben hablar les dan a comer la lengua del lorito —dijo Dionisio—. Así los curan de la mudez. A que usted no lo sabía, señor cabo.

—¿Verdad que has de perdonarnos, padrecito? —susurró, en quechua, un hombre ronco y traspasado de pena, al que apenas le salían las palabras—. Serás nuestro santo, serás recordado en la fiesta como salvador de Naccos.

—Denle más trago, conchas de su madre y no mariconeen —ordenó un matón—. Las cosas, si se hacen, se hacen bien.

En vez de la quena o la flauta de otras veces, Dionisio se había puesto a tocar el rondín. Su aguda vocecilla metálica irritaba los nervios del mudito, al que muchas manos sostenían de los brazos y la espalda, impidiéndole desplomarse. Sus piernas eran de trapo, sus hombros de paja, su estómago un lago con patos y su cabeza un remolino de luceros fosforescentes. Las estrellas destellaban y había repentinos arcoiris coloreando la noche. Si él hubiera tenido fuerzas, con solo estirar la mano hubiera tocado un astro del cielo. Sería suave, tierno, cálido, amistoso como el cuello de una vicuñita. De rato en rato le venía una arcada pero no tenía ya nada que vomitar. Sabía que si esforzaba los ojos y se limpiaba las lágrimas que los nublaban, vería flotando en la inmensidad del cielo, sobre las montañas nevadas, trotando hacia la luna, la alegre manada de las vicuñas.

—Eran otros tiempos, mejores que éstos por muchos motivos —añadió Dionisio, con aire de pesadumbre—. Sobre todo, porque las gentes querían divertirse. Sabían divertirse. Eran tan pobres como ahora y también había desgracias por muchas partes. Pero, aquí en los Andes, la gente aún tenía eso que ahora ya perdió: el entusiasmo para divertirse. Las ganas de vivir. Ahora, aunque se muevan y hablen y se emborrachen, todos parecen medios muertos. ¿No se ha dado cuenta, señor cabo?

Si había estrellas, ya no estaba en la cantina de Dionisio. Lo habían sacado al aire libre y por eso, aunque en el interior de su cuerpo había diminutas fogatas crepitando, entibiando su sangre, en la superficie de su cara, en la punta de la nariz, en sus manos y en sus pies que habían perdido las ojotas, sentía la helada noche. ¿Granizaba? En vez de la hediondez de antes, sus narices respiraban un limpio aroma de eucaliptos, de maíz tostado, de agua cantarina y fresquita de manantial. ¿Lo llevaban cargado? ¿Estaba en un trono? ¿Era el santo patrono de la fiesta? ¿Había un padrecito rezándole, a sus pies, o era el rezo de la santera que dormía en las puertas del matadero de Abancay? No. Era la voz de la señora Adriana. Habría un monaguillo también, medio aplastado por la multitud, tocando la pequeña campanilla plateada y columpiando el incensario cuya fragancia inundaba la noche. Pedrito Tinoco sabía hacerlo y lo había hecho en la parroquia de la Virgen del Rosario, en esa época en que sus hábiles manos bailaban trompos: derramar el incienso de modo que subiera hasta las mismas caras de todos los santos del altar.

—Hasta en los velorios se divertían, tomando, comiendo y contando cuentos —prosiguió Dionisio—.

Íbamos mucho a los entierros, con la compañía. Los velorios duraban días y noches y las damajuanas se vaciaban. Ahora, cuando se van de este mundo, se despide a los parientes sin ceremonia, como a perros. Hay una decadencia también en eso, ¿no cree, señor cabo?

De pronto, una exclamación o un sollozo rompía el reverente silencio de procesión en que lo llevaban cuesta arriba. ¿Qué temían? ¿De qué lloraban? ¿Adónde iban? Su corazón empezó a latir con mucha fuerza y el malestar físico se le ahuyentó de golpe. Iban a reunirlo con sus amigas, por supuesto. Por supuesto. Estaban ahí y lo esperaban, allá donde lo subían. Una intensa emoción lo abrumaba. Si hubiera tenido fuerzas se habría puesto a aullar, a saltar, a agradecérselo haciendo venias hasta el suelo. La felicidad lo desbordaba. Ellas se pondrían tensas al sentirlo acercarse, enderezarían sus largos pescuezos, sus hociquillos húmedos temblarían, sus grandes ojos lo contemplarían con sorpresa, y, reconociendo su olor, la manada entera se alegraría como se alegraba él, ahora, anticipando el encuentro. Se tocarían, se abrazarían, se enredarían y se olvidarían ellas y él del mundo, jugando y festejando el estar juntos.

—Acabemos de una vez, conchas de su madre —suplicó el matón, perdida la seguridad de antes, comenzando él también a dudar y a asustarse—. Con el aire se le ha pasado la tranca y se dará cuenta de todo. No, pues, carajo.

—Si usted se creyera la décima parte de todo eso, nos habría llevado presos a Huancayo —lo interrumpió doña Adriana, saliendo de su ensimismamiento. Miraba a Lituma con compasión—. Así que basta de embauques, cabo.

—Al mudito ustedes y estos serruchos supersticiosos

lo sacrificaron a los apus —dijo el cabo, poniéndose de pie. Lo abrumaba un gran cansancio. Siguió hablando mientras se ponía el quepis—. Lo creo como que me llamo Lituma. Pero no puedo probarlo, y, aunque pudiera, no me lo creería nadie, empezando por mis jefes. Así que tendré que meterme la lengua al culo, nomás, y llevarme el secreto. ¿Quién va a creer en sacrificios humanos en este tiempo, no es cierto?

—Yo me lo creo —lo despidió doña Adriana, frunciendo la nariz y haciéndole adiós con la mano.

Ya sé que parece raro que nos quedáramos en Naccos en vez de otro pueblo de la sierra. Pero, cuando se terminó el tiempo de las andanzas y la vejez nos varó en este rincón, Naccos no era la ruina que fue después. No parecía estarse muriendo minuto a minuto. Aunque la mina Santa Rita se cerrara, era lugar de tránsito, tenía una comunidad campesina pujante y una de las mejores ferias de Junín. Los domingos, esta calle se llenaba de comerciantes de todas partes, indios, mestizos y hasta caballeros, comprando y vendiendo llamas, alpacas, ovejas, chanchos, telares, lana trasquilada o por trasquilar, maíz, cebada, quinua, coca, polleras, sombreros, chalecos, zapatos, herramientas, lámparas. Aquí se compraba y vendía todo lo que hacía falta a hombres y mujeres. Había más hembras que machos entonces en Naccos, hágaseles agua la boca, arrechos. Este local tenía diez veces más movimiento que ahora. Dionisio bajaba a la costa a aprovisionarse de damajuanas una vez al mes. La ganancia nos daba para pagar dos muleros que arrearan las mulas y cargaran y descargaran la mercadería. A los dos nos gustaba que Naccos fuera lugar de paso. Siempre estaban yendo y viniendo por aquí foráneos que subían a las punas de la Cordillera o bajaban a la selva o enrumbaban hacia Huancayo y la costa. Aquí nos conocimos, aquí se enamoró Dionisio de mí y aquí comenzamos nuestra relación. Desde siempre se hablaba de una carretera que reemplazaría a la trocha de acémilas. Se habló años de años, antes de que se decidieran a construirla. Lástima que cuando empezaron los trabajos y aparecieron ustedes con sus picos, palas y barrenos, fuera tarde. La muerte le había ganado la pelea a la vida. Estaba escrito que la carretera nunca se terminaría, por eso a mí no me llaman la atención esos rumores que los tienen desvelados y los traen a emborracharse. Que van a parar los trabajos y que van a despedir a todos son cosas que veo en el éxtasis hace mucho tiempo. También las oigo, en el corazón que late dentro del árbol y en el de la piedra, y las leo en las vísceras del cernícalo y del cuy. La muerte de Naccos está decidida. La acordaron los espíritus y ocurrirá. A menos que... Repito lo de tantas veces: a grandes males, grandes remedios. Ésa es la historia del hombre, dice Dionisio. Él siempre tuvo don de profecía; a su lado, yo lo adquirí, él me lo traspasó.

Además, gracias a estos cerros, Naccos tenía aura, fuerza mágica. Eso nos conviene a Dionisio y a mí. A los dos nos atrajo siempre el peligro. ¿No representa la verdadera vida, la que vale la pena? En cambio, la seguridad es el aburrimiento, es la imbecilidad, es la muerte. No era casual que hubieran venido aquí pishtacos como el que secó a Juan Apaza y Sebastián. El Padrillo, sí. Los atraía la descomposición de Naccos, y la vida secreta de las huacas. Estas montañas están llenas de entierros antiquísimos. Sin esas presencias, no habitarían en esta comarca de los Andes tantos espíritus. Relacionarnos con ellos nos costó mucho trabajo. Gracias a ellos aprendimos mucho, incluso Dionisio que sabía ya tantísimo. Pasó mucho, hizo falta enorme esfuerzo para que se manifestaran. Para reconocer cuándo el cóndor que aparecía era mensajero y cuándo simple animal hambriento en busca de su presa. Ahora yo no fallo, a la primera ojeada distingo a uno del otro, y, si lo dudan, pónganme a prueba. Sólo los espíritus de los cerros más altos y fuertes, los que tienen nieve todo el año, los que perforan las nubes, se encarnan en cóndores; los pequeños, en cernícalos o halcones, y algunos cerritos enclenques en zorzales. Esos espíritus son flacos y no pueden provocar catástrofes. A lo más, daños, como desgraciar a una familia. A ésos les bastan las ofrendas de licor y comida que les hacen los indios cuando cruzan las abras.

Aquí ocurrieron montones de cosas, en el pasado. Mucho antes de que se abriera Santa Rita, quiero decir. El don de profecía permite ver atrás lo mismo que adelante, y yo he visto lo que fue Naccos antes de que se llamara Naccos y antes de que la decadencia le ganara la pelea a las ganas de vivir. Aquí hubo mucha vida porque hubo también mucha muerte. Se sufría y se gozaba en abundancia, como debe ser; lo malo es cuando, como ahora en Naccos, en toda la sierra y acaso en el mundo entero, sólo se sufre y ya nadie se acuerda de lo que era gozar. Antaño la gente se atrevía a enfrentar los grandes daños con expiaciones. Así se mantenía el equilibrio. La vida y la muerte como una balanza de dos costales del mismo peso, como dos carneros de la misma fuerza que se dan topetazos sin que ninguno adelante o retroceda.

¿Qué hacían para que la muerte no le ganara a la

vida? Sujétense el estómago, no vaya a ser que les venga la vomitadera. Éstas no son verdades para pantalones débiles sino para polleras fuertes. Las mujeres asumían la responsabilidad. Ellas, óiganlo bien. Y cumplían. En cambio, el varón que el pueblo elegía en cabildo como cargo para las fiestas del próximo año, temblaba. Sabía que sería principal y autoridad sólo hasta entonces; después, al sacrificio. No se corría, no trataba de escaparse después de la fiesta que él presidía, de la procesión, de los bailes, de la comilona y borrachera. Nada de eso. Se quedaba hasta el final, conforme y orgulloso de hacerle un bien a su pueblo. Moría héroe, querido y reverenciado. Eso es lo que era: un héroe. Chupaba duro, tocaba el charango o la quena o el arpa o las tijeras o el instrumento que sabía, y bailaba, zapateando y cantando día y noche hasta botar la pena, para olvidarse, para no sentirse, para dar su vida sin miedo y con voluntad. Sólo las mujeres salían a cazarlo, la última noche de la fiesta. Borrachas también, desmandadas también, como las locas de la comparsa de Dionisio, ni más ni menos. Pero a esas de entonces ni sus maridos ni sus padres trataban de atajarlas. Les afilaban cuchillos y machetes, animándolas: «Búscalo, encuéntralo, cázalo, muérdelo, sángralo, para que tengamos un año de paz y buenas cosechas.» Lo cazaban igualito que en el chakoque hacían los indios de la comunidad para cazar al puma y al venado, cuando aún había pumas y venados en esta sierra. Igualito era la cacería del cargo. Formaban círculo y lo encerraban dentro, cantando, siempre cantando, bailando, siempre bailando, azuzándose unas a otras con alaridos cuando lo sentían cerca, sabiendo que el cargo de la fiesta ya estaba cercado, que ya no podría escapar. El círculo se iba cerrando, cerrando, hasta que lo cogían. Su reinado acababa en sangre. Y, a la semana siguiente, en cabildo grande, se elegía al cargo del próximo año. La felicidad y la prosperidad que había en Naccos, así la compraban. Lo sabían y nadie mariconeaba. Sólo la decadencia, como la de este tiempo, se da gratis. Ustedes no tienen que pagar nada a nadie por vivir inseguros y miedosos y ser las ruinas que son. Eso se da de balde. Se parará la carretera y se quedarán sin trabajo, llegarán los terrucos y harán una carnicería, caerá el huayco y nos borrará a todos del mapa. Los malignos saldrán de las montañas a celebrarlo bailando un cacharpari de despedida a la vida y habrá tantos cóndores revoloteando que quedará el cielo tapado. A menos que...

No es verdad que Timoteo Fajardo me abandonara porque le faltó valor. Falso que el narigón me encontrara, a la mañana siguiente de una fiesta del santo, en la boca de la mina Santa Rita, con la hombría del cargo en mi mano y, acobardado de que lo fueran a elegir a él cargo para el próximo año, se fugara de Naccos. Ésas son habladurías, como que Dionisio lo mató para quedarse conmigo. Cuando aquellas cosas que cuento sucedían en Naccos, yo estaba todavía flotando entre las estrellas, incorpórea, espíritu puro, esperando mi turno para encarnarme en cuerpo de mujer.

Como el pisco, la música ayuda a entender las verdades amargas. Dionisio se ha pasado la vida enseñándolas a la gente y no ha servido de gran cosa, la mayoría se taponea las orejas para no oír. Yo aprendí de él todo lo que sé sobre la música. Cantar un huaynito con sentimiento, abandonándose, dejándose ir, perdiéndose en la canción, hasta sentir que ya eres ella, que la música te canta a ti en vez de tú cantarla a ella, es camino de sabiduría. Zapatear, zapatear, girar, ir adornando la figura, haciéndola y deshaciéndola sin perder el ritmo, olvidándose, yéndose, hasta sentir que el baile ya te está bailando, que se metió en tus adentros, que él manda y tú obedeces, es camino de sabiduría. Tú ya no eres tú, yo ya no soy yo sino todos los otros. Así se sale de la cárcel del cuerpo y se entra al mundo de los espíritus. Cantando. Bailando. También tomando, por supuesto. Con la borrachera viajas, dice Dionisio, visitas a tu animal, te sacudes la preocupación, descubres tu secreto, te igualas. El resto del tiempo estás preso, como los cadáveres en las huacas antiguas o en los cementerios de ahora. Eres esclavo o sirviente de alguien, siempre. Bailando y bebiendo, no hay indios, mestizos ni caballeros, ricos ni pobres, hombres ni mujeres. Se borran las diferencias y nos volvemos como espíritus: indios, mestizos y caballeros a la vez; ricos y pobres, mujeres y hombres al mismo tiempo. No todos viajan bailando, cantando o chupando, sólo los superiores. Hay que tener disposición y perder el orgullo y la vergüenza, bajarse del pedestal en el que la gente vive montada. El que no pone a dormir su pensamiento, el que no se olvida de sí mismo, ni se saca las vanidades y soberbias ni se vuelve música cuando canta, ni baile cuando baila, ni borrachera cuando se emborracha. Ése no sale de su prisión, no viaja, no visita a su animal ni sube hasta espíritu. Ése no vive: es decadencia y está vivomuerto. No serviría para alimentar a los de las montañas, tampoco. Ellos quieren seres de categoría, liberados de su esclavitud. Muchos, por más que se emborrachen, no llegan a ser la borrachera. Y tampoco el canto y el baile, aunque chillen a grito pelado y saquen chispas al suelo zapateando. El sirvientito de los policías, sí. Aunque sea mudo, aunque sea opa, él siente la música. Él sí sabe. Yo lo he visto bailar, solito, subiendo o bajando del cerro, yendo a hacer los mandados. Cierra sus ojos, se concentra, empieza a caminar con ritmo, a dar pasitos en puntas de pie, a mover las manos, a saltar. Está oyendo un huayno que sólo él oye, que sólo a él le cantan, que él mismo canta sin ruido, desde el adentro de su corazón. Se pierde, se va, viaja, sale, se acerca a los espíritus. Los terrucos no lo mataron esa vez, en Pampa Galeras, porque los de las montañas lo estarían protegiendo. O, tal vez, lo tendrían marcado para algo superior. A él lo recibirían con los brazos abiertos, como a esos cargos de la antigüedad que les entregaban las mujeres, los que duermen en las huacas. Pero ustedes, a pesar de sus pantalones y las bolas con que lanzan tantas bravatas, se hacen la caca de miedo. Prefieren quedarse sin trabajo, que los sequen y los rebanen los pishtacos, que se los metan a su milicia los terrucos, que los machuquen a pedradas, cualquier cosa antes que asumir una responsabilidad. Por qué extrañarse de que Naccos se quedara sin mujeres. Ellas aguantaban la embestida de los malos espíritus, ellas mantenían la vida y la prosperidad del pueblo. Desde que se fueron empezó la caída y ustedes no tienen coraje para detenerla. Dejan que la vida se vaya escurriendo y la muerte llenando los sitios vacíos. A menos que...

—Lo de los dólares no me importó nada, eran suyos —afirmó Tomasito, con absoluta convicción—. Pero que ella se fuera, pensar que nunca más vería a Mercedes, que sería la mujer de otro, o de otros, ya nunca mía, fue un mazazo terrible. Me hizo trizas, mi cabo.

Hasta pensé en matarme, le digo. Pero ni para esa me quedaron ánimos.

—No era para menos —observó Lituma—. Ahora te comprendo mejor, Tomasito. Esos llantos que te vienen dormido, por ejemplo. Ahora los entiendo. Y, también, que seas monotemático y no me hables de otra cosa. Lo que se me hace difícil de entender es que, después de una perrada así, después de que Mercedes se largara pese a todo lo que hiciste por ella, todavía la quieras. Tendrías que odiarla con toda tu alma, más bien.

—Soy serrucho, mi cabo, no se olvide —bromeó el muchacho—. ¿No dicen que para nosotros no hay amor sin golpe? ¿«Más mi pegas, más mi quieres», no dicen que decimos? En mi caso se cumple el refrán.

—Un parche tapa otro parche —lo animó Lituma—. En vez de llorar tanto a la piurana, debiste conseguirte otra hembrita sobre el pucho. Así te olvidabas de la ingrata.

—La misma receta de mi padrino —dijo Tomasito.

—No hay mal de pichula que dure cien años ni cuerpo que lo resista —aseguró el comandante. Y le dio una orden—: Ahora mismo te vas al Dominó y te tiras a la flaca pizpireta de la Lira, o a Celestina, la tetudita. Y, si te da el cuerpo, te tiras a las dos juntas. Llamaré para que te hagan un descuento. Si ese par de culos moviéndose encima tuyo no te sacan a Mercedes de la cabeza, que me quiten un galón.

—Traté de hacerle caso y fui —recordó el muchacho, con una risita forzada—. No tenía voluntad, era un trapo, hacía lo que cualquiera me mandaba. Fui y me saqué una polilla al hotelito del frente del Dominó, a ver si así empezaba a olvidarla. Y fue peor. Mientras la polilla me hacía gracias, estuve acordándome de

Mercedes, comparando el que tenía delante con el cuerpecito de mi amor. Ni se me paró, mi cabo.

—Me confiesas cada intimidad que no sé qué decirte —se confundió Lituma—. ¿No te da vergüenza contarme cosas tan privadas, Tomasito?

—No se las contaría a cualquiera —aclaró su adjunto—. Pero a usted le tengo más confianza todavía que al gordo Iscariote. Usted es para mí como ese padre que no conocí, mi cabo.

—La tal Mercedes era mucha hembra para ti, muchacho —afirmó el comandante—. Hubieras pasado las de San Quintín con ella. Ésa es de las que pican alto, incluso el Chancho le quedaba chico. ¿No viste qué ínfulas se dio conmigo, la noche que me la presentaste? Me decía micifuz, la muy pendeja.

—Con tal de tenerla siempre a mi lado, yo por ella hubiera robado y matado otra vez —se le quebró la voz a Carreño—. Cualquier cosa. ¿Y quiere que le diga algo todavía más privado? Nunca más me tiraré a otra hembra. No me interesan, no existen. Si no es Mercedes, ninguna.

—Puta madre —comentó Lituma.

—Para serte franco, yo le hubiera tirado su polvo a la tal Mercedes, eso sí —carraspeó el comandante—. Se lo propuse, cuando bailé con ella en el Dominó. Como probándola, además, ya te lo conté. ¿Sabes qué hizo, ahijado? Me cogió la bragueta con la mayor concha y me dijo: «Contigo ni por todo el oro del mundo, ni aunque me pusieras una pistolita en el pecho. No eres mi tipo, micifuz.»

Estaba de uniforme, sentado en el pequeño escritorio de su oficina, en la primera planta del Ministerio. Entre los altos de cartapacios, había una pequeña ban-

dera peruana y un ventilador apagado. Carreño vestía
de civil y permanecía de pie, frente a una foto del presidente de la República que parecía mirarlo con sorna
desde la pared. El comandante llevaba sus eternos anteojos oscuros; jugueteaba con un lápiz y un tajador.

—No me diga esas cosas, padrino. Me amarga más
de lo que estoy.

—Te las digo para que sepas que esa mujer no te
convenía —lo alentó el comandante—. Te hubiera metido cuernos hasta con curas y maricones. Era una liberada, lo más peligroso que puede ser una mujer. Es una
suerte que te la sacaras de encima, aunque no fuera por
tu voluntad. Y, ahora, no perdamos tiempo. Ocupémonos de tu situación. No habrás olvidado que estás en un
lío de la puta madre por lo de Tingo María, ¿no?

—Tiene que ser tu padre, Tomasito —susurró Lituma—. Tiene que serlo.

El comandante rebuscó en su escritorio y cogió
un expediente del alto de cartapacios. Lo agitó ante
Carreño:

—Va a costar trabajo desenredarlo, para limpiar tu
foja de servicios. Si no, esa mancha te perseguirá toda la
vida. Ya he encontrado una forma, gracias a un picapleitos asimilado, pata mío. ¿Sabes qué eres? Desertor
arrepentido, eso eres. Te escapaste, te diste cuenta de
tu error, recapacitaste y ahora vuelves a pedir perdón.
En prueba de sinceridad, te ofreces como voluntario
para ir a la zona de emergencia. Te vas a cazar delincuentes subversivos, muchacho. Firma aquí.

—Cómo me hubiera gustado conocer a tu padrino
—lo interrumpió Lituma, admirado—. Qué tipo, Tomasito.

—Tu solicitud ha sido aceptada y ya tienes destino

—prosiguió el comandante, soplando la tinta donde había firmado Carreño—. Andahuaylas, a órdenes de un oficial de muchos huevos. El teniente Pancorvo. Me debe favores, te tratará bien. Estarás en la sierra unos meses, un añito. Eso te sacará de la circulación hasta que se olviden de ti y quede limpia tu foja de servicios. Ya oleado y sacramentado, te buscaré un destino mejor. ¿No me dices gracias?

—El gordo Iscariote también se portó muy bien conmigo —dijo Tomás—. Hasta que tomé el ómnibus a Andahuaylas, se volvió mi sombra. Tenía miedo de que me suicidara, creo. Según él, las penas de amor se curan comiendo, él vive para la tragadera, ya le conté.

—Tamales, anticuchos, chicharrones con camote, cebiche de corvina, rocotos rellenos, conchitas a la parmesana, causa a la limeña y cervezas al temple polar —enumeró el gordo Iscariote, con un gesto magnífico—. Esto es el comienzo. Después, ají de gallina con arroz blanco y un seco de cabrito. Y, para rematar la tarde, mazamorra morada con turrón de doña Pepa. Alégrate, Carreñito.

—Si nos comemos la mitad de eso, nos morimos, gordo.

—Te morirás tú —dijo Iscariote—. A mí, una panzada así me reencaucha. Esto es vivir. Antes de llegar al seco de cabrito, te olvidarás para siempre de Mercedes.

—No me olvidaré nunca de ella —afirmó el muchacho—. Mejor dicho, no quiero olvidarme de ella. Nunca imaginé que se podía ser tan feliz, mi cabo. Quizás haya sido mejor que pasaran así las cosas. Que lo nuestro durara poco. Porque, si nos casábamos y seguíamos juntos, hubiera comenzado también entre nosotros eso que va envenando a las parejas. En cambio, ahora todos mis recuerdos de ella son buenos.

—Se largó con tus cuatro mil dólares después de que mataste a un tipo por ella y de que le conseguiste una libreta electoral nueva y sólo piensas maravillas de la piurana —se escandalizó Lituma—. Eres un masoquista, Tomasito.

—Ya sé que no me vas a dar la menor pelota —dijo de pronto el gordo Iscariote: sudaba y acezaba y toda su gran masa de carne latía, ávida; tenía un tenedor en el aire, lleno de arroz, y lo columpiaba al ritmo de sus palabras—. Pero, déjame que te dé un consejo de amigo. ¿Sabes qué haría yo si estuviera en tu pellejo?

—¿Qué harías?

—Vengarme —Iscariote se llevó el tenedor a la boca, masticó entrecerrando los ojos, como en éxtasis, tragó, bebió cerveza, se limpió los gruesos labios con la lengua y prosiguió—: Esa chanchada tendría que pagarla.

—¿Cómo? —preguntó el muchacho—. Aunque estoy amargo y con indigestión, me haces reír, gordo.

—Jodiéndola donde más pueda dolerle —acezó Iscariote. Había sacado de su bolsillo un gran pañuelo blanco con filos azules y se secaba el sudor con las dos manos—. Mandándola a la cárcel, como cómplice del Chancho. Es fácil, basta meter una denuncia contra ella en el expediente. Y, mientras la investigan y todo el trámite con el juez, a Chorrillos. ¿No tenía terror de ir a la cárcel de mujeres? Allí se pasaría un tiempito, por malagradecida.

—Yo podría ir a rescatarla de noche, con escaleras y sogas. Me está interesando, gordo.

—En Chorrillos, yo me las arreglo para que la instalen en el pabellón de las zambas tortilleras —explicó Iscariote, de corrido, como si tuviera el plan muy bien pensado—. Le harían ver las estrellas y la luna, Carreñito. Andan medio sifilíticas, así que también la quemarían.

—Eso ya me gusta menos, gordo. ¿Mi amor, sifilítica? Iría a despedazar con mis manos a cada una de esas tortilleras.

—Hay otra posibilidad. La buscamos, la encontramos, la llevamos a la comisaría de Tacora donde tengo un compadre. Que pase la noche en la celda de los chaveteros, pichicateros y degenerados. A la mañana siguiente, no se acordaría ni cómo se llama.

—Yo iría a buscarla a su celda para ponerme de rodillas y adorarla —se rió el muchacho—. Ella es mi santa Rosa de Lima.

—Por eso es que te dejó. —El gordo Iscariote había comenzado a atacar los postres y hablaba con la boca llena, atorándose—. Tanta consideración no les gusta a las mujeres, Carreñito. Se aburren. Si la hubieras tratado como el Chancho, la tendrías mansita a tu lado.

—A mí me gusta tal como es —dijo el muchacho—. Sobrada, entradora y corrida. Con el carácter de mierda que tiene, me gusta. Todo lo que es y hace me gusta. Aunque usted no me lo crea, mi cabo.

—¿Por qué no me voy a creer que tienes tu locura, tú también? —dijo Lituma—. ¿No tienen todos su locura, aquí? ¿No están locos los terrucos? ¿Dionisio, la bruja, no andan rematados? ¿No estaba tronado ese teniente Pancorvo que quemaba a un mudo para hacerlo hablar? ¿Quieres más locumbetas que esos serruchos asustados con mukis y degolladores? ¿No les faltan varios tornillos a los que andan desapareciendo a la gente para calmar a los apus de los cerros? Por lo menos, tu locura de amor no le hace daño a nadie, salvo a ti solito.

—En cambio, usted guarda la cabeza fría en este manicomio, mi cabo —dijo su adjunto.

—Será por eso que me siento tan desambientado en Naccos, Tomasito.

—Bueno, me rindo, no nos venguemos y que Mercedes siga sembrando el mundo de amantes muertos y enamorados contusos —dijo el gordo Iscariote—. Por lo menos, te mejoré el humor. Te voy a extrañar, Carreñito; ya me había acostumbrado a que hiciéramos trabajos juntos. Espero que te vaya bien en la zona de emergencia. No dejes que los terrucos te saquen la chochoca. Cuídate y escríbeme.

—Será por eso que no veo la hora de que me saquen de aquí —añadió Lituma—. En fin, durmamos, ya estará amaneciendo. ¿Sabes una cosa, Tomasito? Me has contado toda tu vida. Ya me sé el resto.

Fuiste a Andahuaylas, estuviste con Pancorvo, te mutaron aquí, te trajiste a Pedrito Tinoco, nos conocimos. ¿De qué mierda vamos a hablar en las noches que nos quedan?

—De Mercedes, de quién va a ser —decretó su adjunto, categórico—. Le contaré otra vez mi amor, desde el principio.

—Puta madre —bostezó Lituma, haciendo chirriar su catre—. ¿Otra vez desde el principio?

Epílogo

Epílogo

X

La silueta apareció súbitamente entre los eucaliptos de la ladera del frente, cuando Lituma descolgaba la ropa que había puesto a secar en un cordel tendido entre la puerta de la choza y la empalizada de costales y rocas que protegía el puesto. La vio de perfil, la vio de frente, anteponiéndose a la bola roja que comenzaba a hundirse en las montañas: el moribundo sol la disolvía, se la tragaba. Pero, a pesar de la resolana que lo hacía lagrimear y la distancia, supo ahí mismo que era una mujer.

«Ya está, vinieron», pensó. Paralizado, sintió que los dedos se le agarrotaban en el calzoncillo a medio secar. Pero no, no debían de ser los terrucos, era una mujer sola, no llevaba arma alguna y, además, parecía confusa, sin saber qué dirección tomar. Miraba a derecha y a izquierda, buscando, iba de un lado a otro entre los eucaliptos, dudando, decidiendo un rumbo y rectificando. Hasta que, como si eso fuera lo que había estado queriendo encontrar, vio a Lituma. Se quedó quieta y, aunque estaba demasiado lejos para verle la cara, el cabo tuvo la certeza de que, al descubrirlo, ahí, al frente, en la puerta de esa choza, entre la ropa tendida, con sus polainas y su pantalón de dril verde y su guerrera desabotonada, su quepis y su Smith Wesson en la cartuchera, a la mujer se le había iluminado la cara. Porque ahora lo estaba saludando con las dos manos en alto, como si se conocieran y fueran amiguísimos, y tuvieran una cita. ¿Quién era? ¿De dónde venía? ¿Adónde iba? ¿Qué podía estar haciendo, en lo alto de ese cerro, en medio de la puna, una mujer que no era india? Porque eso también lo adivinó Lituma al instante: no era india, no llevaba trenzas, ni pollera, ni sombrero, ni manta, sino pantalones, una chompa y encima algo que podía ser una casaca o un sacón y lo que tenía en la mano derecha no era un atadito sino una cartera o maletín. Le seguía haciendo adiós casi con furia, como escandalizada por su falta de reacción. Entonces el cabo alzó la mano y la saludó.

La media hora o tres cuartos de hora que la mujer tardó en bajar la ladera de los eucaliptos y trepar la del puesto, Lituma estuvo con sus cinco sentidos concentrados en la operación, dirigiéndola. Le señalaba con enérgicos movimientos del brazo cuál era la senda que debía seguir, dónde estaba la huella mejor afirmada, la menos resbaladiza, por dónde tenía menos riesgo de rodar y despeñarse, temeroso de que la recién venida fuera a parar en uno de esos resbalones, tropezones y caídas que convertían cada paso que daba en una prueba de equilibrio, en el fondo de la quebrada. Ésta sí que no había andado nunca por los cerros. Ésta era tan forastera en Naccos como lo había sido él, meses atrás, cuando se tambaleaba, torcía, caía y levantaba, igual que ella ahora, en sus idas y venidas entre el puesto y el campamento.

Cuando empezó a subir la pendiente de la choza y ya pudo oírlo, el cabo le fue dando instrucciones a voz en cuello: «Por allí, por entre esas piedras panzudas», «Agárrese nomás, las hierbas resisten», «No se meta por ahí que es puro lodo». Cuando estuvo a cincuenta metros del puesto, el cabo salió a su encuentro. La ayudó, sosteniéndola del brazo y cogiéndole su maletín de cuero.

—De allá arriba, creí que usted era el guardia Tomás Carreño —dijo ella, resbalándose, ladeándose, escurriéndosele de las manos a Lituma—. Por eso lo saludé con tanta confianza.

—No, no soy Tomás —dijo él, sintiéndose estúpido por lo que decía, y, a la vez, colmado de pronto de felicidad—. ¡No sabe el gusto que me da oír hablar piurano otra vez!

—¿Y cómo se dio cuenta que soy piurana? —se extrañó ella.

—Porque yo lo soy, también —dijo Lituma, estirándole la mano—. De la mera mera Piura, sí. Cabo Lituma, para servirla. Soy el jefe del puesto, aquí. ¿No es increíble que dos piuranos se encuentren en estas punas, tan lejos de la tierra?

—Tomás Carreño está aquí con usted, ¿no?

—Bajó al pueblo un momento, no tarda en regresar.

La mujer dio un suspiro de alivio y se le alegró la cara. Habían llegado frente a la choza y ella se dejó caer en uno de los costales rellenos de tierra que el cabo y su adjunto, ayudados por Pedrito Tinoco, habían acuñado entre los pedrones.

—Menos mal —dijo, agitada, su pecho subiendo y bajando como si el corazón se le fuera a salir por la boca—. Porque haber hecho esta caminata por gusto... El ómnibus de Huancayo me dejó lejísimos. Me dijeron que sería una hora hasta Naccos. Pero me he demorado más de tres. ¿Ése es el pueblito, allá abajo? ¿Por ahí pasará la carretera?

—Por ahí iba a pasar —dijo Lituma—. Pararon los trabajos, ya no habrá carretera. Cayó un huayco hace unos días e hizo destrozos.

Pero a ella no le interesaba el tema. Escudriñaba la subida del cerro con ansiedad.

—¿Lo veremos venir desde aquí? —No sólo su voz, también su persona, sus gestos, tenían algo familiar. «Las piuranas hasta huelen mejor», pensó Lituma.

—Siempre que no oscurezca antes —la previno—. El sol se mete temprano en esta época, vea, ya sólo le queda la colita afuera. Estará usted muerta con el viajecito. ¿Quiere una gaseosa?

—Lo que sea, me muero de sed —asintió ella. Sus ojos observaban las calaminas de los barracones, las piedras y la ladera alborotada por manchones de hierba—. Se ve bonito desde aquí.

—De lejos es mejor que de cerca —la desanimó el cabo—. Le traigo la gaseosa ahora mismo.

Fue a la choza y mientras sacaba la botella del balde en que dejaban las bebidas refrescándose a la intemperie, pudo examinar a sus anchas a la recién venida. Pese a estar tan salpicada de barro y con los cabellos tan alborotados, era una ricura. ¿Hacía cuánto que no veía una hembrita así? Ese color de sus mejillas, de su cuello, de sus manos, le traía una cascada de imágenes de su juventud, allá en su tierra. Y qué ojos, mamacita. Medio verdosos, medio grises, medio no sé qué. Y esa boca con los labios tan marcados. ¿Por qué tenía esa sensación de haberla conocido, o, por lo menos, visto? Cómo sería bien arreglada, con falda, zapatos de taco y aretes, los labios pintados rojo fuego. Las cosas que uno se perdía enclaustrado en Naccos. No era imposible que se hubiera cruzado con ella alguna vez, en alguna parte, cuando vivía en la civilización y el calorcito. El corazón se le aceleró. ¿Era la Mechita? ¿Era ella?

Salió a llevarle la gaseosa, excusándose:

—Lo siento, no tenemos vasos. Tendrá que tomársela de la botella, nomás.

—¿Él está bien? —le preguntó la mujer, hablando entre sorbito y sorbito: un hilo de agua se le corría por el cuello—. ¿No ha estado enfermo?

—Tomasito es una roca, qué se va a enfermar —la tranquilizó Lituma—. Él no sabía que usted iba a venir, ¿no es cierto?

—No le avisé, quería darle una sorpresa —dijo la mujer, sonriendo con picardía—. Además, aquí no deben ni llegar las cartas.

—Usted, entonces, será Mercedes.

—¿Carreñito le ha hablado de mí? —preguntó ella, volviéndose a mirarlo con cierta ansiedad.

—Bueno, algo —asintió Lituma, incómodo—. Mejor dicho, como un loro. Todas las noches me habla de usted. En este páramo, sin tener nada que hacer, qué queda sino hacerse confidencias.

—¿Está muy enojado conmigo?

—No lo creo —dijo Lituma—. Porque, hablando de confidencias, me consta que, algunas noches, habla en sueños con usted.

Al instante se avergonzó de haberlo dicho y buscó apresurado en su guerrera su cajetilla de cigarrillos. Encendió uno, con torpeza, y se puso a dar chupadas y a botar el humo por la boca y la nariz. Sí, era la que Josefino alquiló a la Chunga por una noche, la que luego desapareció. La Mechita. Cuando se atrevió a mirarla, ella estaba muy seria, examinando la ladera. En sus ojos había inquietud. «Con razón llorabas tanto por ella,

293

Tomasito», pensó Lituma. Las casualidades de la vida, carajo.

—¿Sólo ustedes dos están aquí? —preguntó Mercedes, señalando el puesto.

Lituma asintió, echando humo.

—Y ya nos vamos, gracias a Dios y a ese huayco que cayó. No hubiéramos aguantado mucho más, esto. —Dio otra chupada, honda, al cigarrillo—. El puesto se cierra. El campamento también. Ya comenzaron a desmontar lo poco que queda. Naccos desaparecerá. ¿No salió en los periódicos de Lima lo del huayco? Destrozó maquinarias, enterró una aplanadora, deshizo el trabajo de seis meses. Pero no mató a nadie, por suerte. Tomás le contará, él vio bajar a las piedras desde aquí. Éstos son nuestros últimos días en Naccos. A mí el huayco me cogió allá arriba y por poco me arrastra en su tobogán.

Pero Mercedes sólo tenía un pensamiento en la cabeza.

—Si se sueña conmigo, ya no me odiará tanto por lo que le hice.

—Tomasito la quiere mucho, más bien. Yo nunca conocí a nadie tan enamorado como está él de usted. Se lo juro.

—¿Se lo ha dicho así?

—Me lo ha dado a entender —repuso el cabo, con prudencia. La miró de reojo. Seguía muy seria, explorando la ladera, de un extremo a otro, con sus ojos verdegrises. «Las cosas maravillosas que habrá visto Tomasito dentro de esos ojos, mirándolos de cerquita», pensó.

—Yo también lo quiero mucho —musitó Mercedes, sin mirar a Lituma—. Pero él todavía no lo sabe. He venido a decírselo.

—Le va a dar usted el alegrón más grande de la vida. Tomás le tiene a usted más que amor, algo casi enfermizo, le juro.

—Él es el único hombre derecho con el que yo me he topado —murmuró Mercedes—. ¿Seguro que volverá, no?

Estuvieron callados, observando ambos el fondo de la quebrada, en busca de Tomás. Oscurecía allá abajo, ya sólo lo verían aparecer cuando hubiera trepado medio cerro. Empezaba a hacer frío, también. Lituma vio que Mercedes se cerraba el sacón, levantaba sus solapas y se encogía un poco. Quién como su adjunto, un simple guardia civil y tremenda mujer se daba el trabajo de venir hasta este fin del mundo a decirle que lo quería. O sea, te arrepentiste de haberlo abandonado. ¿Tendría consigo los cuatro mil dólares? Te ibas a desmayar de la felicidad, Tomasito.

—Ha sido muy valiente de venirse andando sola desde la trocha, por la plena puna —dijo el cabo—. El camino no está señalado, hubiera podido perderse.

—Me perdí —se rió ella—. Me ayudaron unos indios. No hablaban español y tuvimos que entendernos como sordomudos. ¡Naccos! ¡Naccos! Me miraban como a alguien de otro planeta, hasta que por fin cayeron.

—También hubiera podido tener un encuentro desagradable. —Lituma arrojó el puchito quebrada abajo—. ¿No le dijeron que hay terrucos por esta zona?

—Tuve suerte —reconoció ella. Y agregó, sin transición—: Qué raro que me reconociera el acento piurano. Pensé que se me había quitado. Salí de Piura hace mucho, cuando era todavía una churre.

—El cantito piurano no se pierde nunca —dijo Lituma—. Es el más bonito que conozco. Sobre todo en las mujeres.

—¿Podría lavarme y peinarme un poco? No quiero que Carreñito me vea en esta facha.

Lituma estuvo a punto de responderle «Pero si está usted guapísima», pero se contuvo, intimidado.

—Sí, qué tonto soy, ni se me ocurrió —dijo, poniéndose de pie—. Tenemos lavador, agua, jabón y un espejito. No se espere un baño, aquí todo es muy primitivo.

La guió hasta el interior de la choza y se sintió un poco cortado al ver la desilusión, pena o disgusto con que Mercedes examinó los dos catres de frazadas revueltas, las maletas que hacían las veces de asientos y el rincón del aseo: un lavador desportillado sobre un barril lleno de agua, y un espejito prendido del ropero de los fusiles. Le llenó el lavador con agua limpia, le alcanzó un jabón nuevo y fue a descolgar del cordón del exterior una toalla seca. Al salir, para que ella se sintiera más cómoda, cerró la puerta tras él. Volvió al mismo lugar en el que había estado conversando con Mercedes. Unos minutos después, de las sombras ascendentes de la ladera emergió la silueta de su adjunto. Venía con el fusil en la mano, inclinado, trepando el cerro a trancos. Vaya sorpresa que te espera, muchacho. Éste iba a ser el día más feliz de tu vida. Cuando estuvo a unos pasos, advirtió que el guardia le sonreía, mostrándole un papel. «El radio de Huancayo», pensó, poniéndose de pie. Las instrucciones de la comandancia. Y, por la cara de Tomasito, eran buenas noticias.

—A que no adivina dónde lo mandan, mi cabo. Mejor dicho, mi sargento.

—¿Cómo? ¿Me han ascendido?

El muchacho le alcanzó el papel, con el membrete de la compañía constructora.

—A menos que le estén haciendo una pasada. A Santa María de Nieva, de jefe de puesto. ¡Felicitaciones, mi sargento!

Ya no había suficiente luz para leer el radiograma, de manera que los ojos de Lituma apenas echaron un vistazo a esas arañitas negras sobre fondo blanco.

—¿Santa María de Nieva? ¿Dónde es eso?

—En la selva, por el Alto Marañón —se rió el muchacho—. Pero lo más cómico es adónde me destinan a mí. Adivine, adivine, se va a morir de envidia.

Parecía muy contento y Lituma sintió envidia y aprecio por él.

—No me digas que a Piura, no me digas que te mandan a mi tierra.

—Allá mismo, a la comisaría del barrio de Castilla. Mi padrino cumplió, me sacó de aquí todavía antes de lo que me dijo.

—Es tu día, Tomasito —lo palmeó Lituma—. Hoy te sacaste la lotería, hoy cambió tu suerte. Te recomendaré a mis amigos, los inconquistables. No dejes que esos forajidos te corrompan, nomás.

—¿Y esos ruidos? —dijo el guardia, sorprendido, señalando el puesto—. Quién anda por ahí.

—Nos ha caído una visita, aunque te parezca mentira —dijo Lituma—. Alguien que, creo, tú conoces. Anda a ver, Tomasito. No te preocupes por mí. Voy a bajar al campamento a tomarme unos anisados con Dionisio y la bruja, de despedida. ¿Y sabes una cosa? Me tiraré una gran tranca. Así que no creo que vuelva esta noche. Me dormiré donde me venga el sueño, en la cantina o en un barracón. Con la cantidad de trago que tendré en el cuerpo todo me parecerá un lecho de rosas. Nos veremos mañana. Anda, saluda a tu visita, Tomasito.

—Qué sorpresa, señor cabo —dijo Dionisio, al verlo entrar—. ¿No se ha ido de Naccos todavía?

—Me he quedado para despedirme de usted y de doña Adriana —se burló Lituma—. ¿Hay algo de comer?

—Galletas de agua con mortadela —repuso el cantinero—. Pero trago, sí hay, al por mayor. Estoy liquidando las existencias.

—Tanto mejor —repuso Lituma—. Voy a pasar la noche entera con ustedes y a mamarme hasta las cachas.

—Vaya, vaya —le sonrió Dionisio, desde el mostrador, con sorpresa y satisfacción, perforándolo con sus ojitos acuosos—. Ya la otra noche lo vi tomadito, pero era por el susto del huayco. Ahora viene a emborracharse con toda la mala intención. Nunca es tarde para comenzar la vida.

Le llenó una copa de pisco y se la puso en el mostrador, junto con un platito de latón lleno de agujereadas galletas de soda y rodajas de mortadela.

La señora Adriana se había acercado y, acodada en los tablones, miraba al cabo a bocadejarro, con el descaro y la frialdad de costumbre. En el pequeño local semivacío sólo había tres clientes, tomando cerveza de una misma botella; conversaban de pie, junto a la pared del fondo. Lituma murmuró «Salud», se llevó la copa a los labios y se la bebió de un trago. La lengua de fuego que le lamió las entrañas le produjo un estremecimiento.

—Buen pisco, ¿no? —se jactó Dionisio, apresurándose a llenarle otra vez la copa—. Huela, sienta la fragancia. ¡Uva purita, pues, señor cabo!

Lituma aspiró. En efecto, entre el ardiente aroma se distinguía como un fondo de frescos racimos, de uvas recién cortadas y llevadas al lagar, listas para ser pisoteadas por los expertos pies de los vendimiadores iqueños.

—Siempre me acordaré de este cuchitril —murmuró Lituma, hablando solo—. También en la selva viviré imaginando lo que pasaba aquí cuando ya era muy de noche y la chupadera estaba en su punto.

—¿Va a volver con el tema de los desaparecidos? —lo interrumpió doña Adriana, con un gesto de hastío—. No se ponga pesado, cabo. La mayor parte de los peones ya se fue de Naccos. Y después del huayco y el cierre de la compañía, la poca gente que queda tiene otras cosas en la cabeza. Nadie se acuerda de ellos. Olvídese también y, aunque sea por única vez, alégrese un poco.

—Da pena tomar solo, doña Adriana —dijo el cabo—. ¿No me acompañan?

—No faltaba más —respondió Dionisio.

Se sirvió otra copa e hizo un brindis con el cabo.

—A usted siempre se lo ha visto aquí con la cara hecha una noche —afirmó la señora Adriana—. Y yéndose a la carrera al poquito de llegar, como alma que lleva el diablo.

—Ni que nos tuviera miedo —encadenó Dionisio, palmoteando.

—Les tenía —reconoció Lituma—. Todavía les tengo. Porque ustedes son misteriosos y no los entiendo. A mí me gustan más bien los tipos transparentes.

A propósito, doña Adriana, por qué nunca me contó a mí esas historias de pishtacos que le cuenta a todo el mundo.

—Si hubiera venido más a la cantina, las hubiera oído. ¡No sabe lo que se perdió por ser tan formalito! —Y la mujer lanzó una carcajada.

—No me enojo porque sé que dice usted esas cosas de nosotros sin ánimo de ofender —se encogió de hombros Dionisio—. Un poquito de música, alegremos este cementerio.

—Cementerio es la palabra —asintió Lituma—. ¡Naccos! Puta, cada vez que oiga este nombre se me pondrán los pelos de punta. Perdón por la lisura, señora.

—Puede decir todas las que quiera si eso lo va a despercudir —lo disculpó la mujer del cantinero—. Con tal de ver a la gente contenta, yo aguanto cualquier cosa.

Lanzó otra risita impertinente, pero la ahogó la música de Radio Junín, que estalló en ese momento. Lituma se quedó mirando a doña Adriana: aunque con sus pelos brujeriles y su desarreglo, había en ella a veces como un rastro de hermosura pasada. Tal vez era cierto, tal vez de joven fue un hembrón. Pero nunca lo habría sido como Mercedes, nunca como esa piurana con la que, en estos momentos, su adjunto estaría visitando el cielo. ¿Era o no era Meche? Esos ojos tan maliciosos, de chispitas verdegrises, tenían que ser los de ella. Por una mujer así, se entendía la locura de amor de Tomasito.

—¿Dónde está el guardia Carreño? —preguntó la señora Adriana.

—Bañándose en agua rica —repuso él—. Ha venido

a verlo su hembrita, desde Lima, y les he dejado el puesto para su luna de miel.

—¿Se vino hasta Naccos sola? Debe ser una mujer de mucho temple —comentó doña Adriana.

—Y usted muriéndose de envidia, señor cabo —dijo Dionisio.

—Por supuesto —reconoció Lituma—. Porque, además, es una reina de belleza.

El cantinero llenó las copas y sirvió otra, para su mujer. Uno de los tres hombres que bebían cerveza se había puesto a cantar a voz en cuello, acompañando la letra del huaynito que tocaban en la radio: «Ay torcaza, torcacita...»

—Una piurana —Lituma sentía un agradable calorcito interior y era como si, ahora, todo fuera menos grave e importante que antes—. Una digna representante de la mujer piurana. ¡Qué lechero que te manden al barrio de Castilla, Tomasito! ¡Salud, señores!

Bebió un sorbo y vio que Dionisio y la señora Adriana se mojaban los labios. Se los notaba complacidos e intrigados de que el cabo se fuera emborrachando, algo que, en efecto, no había hecho en todos los meses que llevaba en Naccos. Porque, como decía el cantinero, la noche del huayco no contaba.

—¿Cuánta gente queda en el campamento?

—Sólo los cuidantes de la maquinaria. Y uno que otro remolón —dijo Dionisio.

—¿Y ustedes?

—Qué vamos a hacer aquí, si todos se van —aclaró el cantinero—. Aunque viejo, soy un trotamundos de nacimiento y puedo trabajar en cualquier parte.

—Como en todo el mundo se chupa, siempre encontrará chamba.

—Y, si no saben chupar, les enseñamos —dijo doña Adriana.

—Tal vez me consiga un oso y lo amaestre y vuelva por las ferias a hacer mi número —Dionisio se puso a dar saltos y a gruñir—. Tuve uno, de joven, que echaba las cartas, barría y les levantaba las polleras a las cholas.

—Ojalá no se topen con los terrucos en sus correrías, nomás.

—Le deseamos lo mismo, señor cabo.

—¿Podemos bailar, viejita?

Uno de los tres hombres se había acercado y, cimbreándose ligeramente, estiraba la mano a doña Adriana por encima del mostrador. Ella, sin decir nada, salió a bailar con él. Los otros dos hombres se habían acercado también y acompañaban el huayno con palmadas.

—O sea que se irán llevándose sus secretos —Lituma le buscó los ojos a Dionisio—. Dentro de un rato, cuando estemos bien mamados, ¿me dirá qué pasó con esos tres?

—Sería por gusto —Dionisio seguía imitando a un plantígrado pesado y saltarín—. Con la borrachera, se le olvidaría todo después. Aprenda de esos amigos y póngase alegre. ¡Salud, señor cabo!

Levantó su copa, animándolo, y Lituma bebió con él. Alegrarse estaba difícil, con lo que pasaba. Pero, aunque las borracheras de los serruchos siempre le habían parecido lúgubres y taciturnas, el cabo envidió al cantinero, a su mujer, a los tres peones que tomaban cerveza: apenas se ponían picaditos se olvidaban de las desgracias. Se volvió a mirar a la pareja que bailaba. Apenas se movían del sitio, y el hombre estaba tan borracho que no se preocupaba de seguir la música. Con la copa en la mano, Lituma se acercó a los otros dos.

—Se quedaron para apagar la luz del campamento —les metió letra—. ¿Son cuidantes del material?

—Yo mecánico y ellos barreneros —dijo el más viejo, un hombrecito pequeño, de cara grande y desproporcionada, con surcos como cicatrices—. Nos vamos mañana, a buscar chamba a Huancayo. Ésta es nuestra despedida de Naccos.

—Hasta cuando estaba lleno, el campamento parecía un limbo —dijo Lituma—. Ahora, vacío, con los pedrones del huayco y los barracones aplastados, ¿no es tétrico?

Oyó una risita pedregosa y un comentario a media voz del otro —un hombre más joven, con una camisa azul eléctrico que fosforecía bajo su chompa gris—, pero se distrajo, porque el que bailaba con doña Adriana se había enojado por algo.

—Por qué me quitas el cuerpo, pues, viejita —protestaba, con voz gangosa, tratando de pegarse a la mujer—. O ahora me vas a decir que no te gusta sentirlo. Qué te está pasando, viejita.

Era un hombre de mediana estatura, de una nariz muy pronunciada y unos ojitos desasosegados y hundidos a los que el alcohol o la excitación encendían como brasas. Sobre el descolorido overol llevaba una chompa de lana de alpaca de esas que tejen las indias de las comunidades y bajan a vender a las ferias, y, encima, un saco apretado. Parecía preso dentro de sus ropas.

—Tranquilito y las manos quietas o no bailo —dijo por fin la señora Adriana, sin enojarse, apartándolo a medias y espiando de reojo a Lituma—. Una cosa es bailar y otra lo que tú quieres, so conchudo.

Se rió y los que tomaban cerveza también se rieron. Lituma oyó la risa ronca de Dionisio, en el mostrador.

Pero el hombre que bailaba no estaba con ganas de reírse. Se plantó, tambaleándose, y se volvió hacia el cantinero, con la cara resplandeciente de furia:

—Ya, pues, Dionisio —gritó, y Lituma vio en su boca contrahecha una mancha de espuma verdosa, como si estuviera masticando coca—. ¡Dile que baile! ¡Dile a ésta que por qué no quiere bailar conmigo!

—Ella sí quiere bailar, pero tú lo que quieres es manosearla —se rió otra vez Dionisio, jugando siempre con manos y pies a ser un oso—. Son cosas distintas, ¿no te das cuenta?

Doña Adriana había regresado a colocarse detrás del mostrador, junto a su marido. Desde allí, acodada en las tablas, su cara apoyada en sus manos, observaba la discusión con media sonrisa congelada, como si la cosa no fuera con ella.

El hombre, bruscamente, pareció desinteresarse de su propia cólera. Trastabilleó hacia sus compañeros, quienes lo sujetaron para que no se desmoronara. Le alcanzaron la cerveza. Bebió a pico de botella un largo trago. Lituma advirtió que sus ojitos relampagueaban y que, al pasar el líquido, la nuez se movía en su garganta de arriba abajo, como un animalito enjaulado. El cabo fue a apoyarse también en el mostrador, frente al cantinero y su mujer. «Ya estoy borracho», pensó. Pero ésta era una borrachera sin alegría y sin alma, muy diferente a las de Piura, con sus hermanos, los inconquistables, en el barcito de la Chunga. Y en ese momento estuvo seguro de que era ella. Era Meche. «Ella es, ella es.» La misma muchachita que había conquistado Josefino, la que había dejado en prenda para seguir jugando a los dados, la que nunca habían vuelto a ver. Cuánta agua había corrido desde entonces, puta madre. Estaba tan concentrado en sus recuerdos que no se había dado cuenta en qué momento el tipo que quería propasarse con doña Adriana había venido a colocarse a su lado. Qué furioso se lo veía. Encaraba a Dionisio con una postura de boxeador:

—¿Y por qué está prohibido manosearla, además de bailarla? —decía, golpeando las tablas—. ¿Por qué? A ver, explícamelo, Dionisio.

—Porque aquí está la autoridad, pues —repuso el cantinero, señalando a Lituma—. Y delante de la autoridad hay que comportarse.

Trataba de bromear, pero Lituma notó, como siempre que hablaba Dionisio, un fondo burlón y malintencionado debajo de sus palabras. El cantinero los miraba al borracho y a él de manera alternada, con regocijo.

—Qué autoridad ni autoridad, no me vengas con cojudeces —exclamó el borracho, sin dignarse echar una mirada a Lituma—. Aquí todos somos iguales y si alguien quiere dársela de algo, me cago en él. ¿No dices que el trago nos iguala? En qué quedamos, entonces.

Dionisio buscó a Lituma con los ojos, como diciendo: «Y ahora qué va usted a hacer, esto va con usted más que conmigo.» También doña Adriana esperaba su reacción. Lituma podía sentir los ojos de los otros dos hombres clavados en él.

—No estoy aquí como guardia civil, sino como un cliente cualquiera —dijo—. Este campamento ya se ha cerrado, nada de líos. Más bien, brindemos.

Levantó su copa y el borrachito lo imitó, con docilidad, levantando su mano vacía, muy serio: «Salud, cabo.»

—A esa que está ahora con Tomasito yo la conocí de churre —dijo Lituma, boquiabierto—. Se ha puesto todavía mejor que de chiquilla, en Piura. Si la vieran Josefino o la Chunga se asombrarían de lo guapa que está.

—Ustedes dos son unos mentirosos —dijo el borracho, otra vez furioso, golpeando la mesa y acercando la cabeza al cantinero con insolencia—. En su cara se los digo. Pueden atarantar a todo el mundo, pero a mí no.

Dionisio no se ofendió en lo más mínimo. No se alteró la expresión, entre excitada y apacible, pero dejó de imitar al oso. Tenía en la mano la botella de pisco con la que de tanto en tanto llenaba la copa de Lituma. Con mucha calma llenó otra copita y se la alcanzó al borracho, con ademán amistoso:

—Lo que te falta es trago bueno, compadre. La cerveza es para gentes que no saben lo que es bueno, que les gusta abotagarse y eructar. Anda, prueba y siente la uva.

«No puede ser que esta Mercedes sea Meche», pensaba Lituma. Se había equivocado, eran las confusiones del alcohol. Entre nieblas, vio que el borrachito obedecía: cogió la copa que le alcanzaba Dionisio, aspiró su fragancia y se la tomaba a sorbitos, con pausas, entrecerrando los ojos. Parecía apaciguado, pero, apenas la hubo vaciado, volvió a enojarse.

—Unos mentirosos, para no decir algo peor —rugió, acercando otra vez su cara amenazante al tranquilo cantinero—. ¿O sea que no pasaría nada? ¡Y ha pasado todo! Se vino el huayco, se paró la carretera y nos despidieron. A pesar de las cosas horribles, estamos peor que antes. No se puede meter el dedo a la gente y quedarse tan tranquilos, mirando el partido desde un palco.

Se quedó acezando, con la expresión cambiada. Abría y cerraba los ojos y echaba recelosas miradas en torno, ¿alarmado de haber dicho lo que había dicho? Lituma observó al cantinero. Dionisio no se había inmutado y llenaba de nuevo las copas. La señora Adriana salió de detrás del mostrador y cogió al borrachito de la mano:

—Ven, bailemos, para que se te pase la rabia. ¿No sabes que rabiar es malo para la salud?

Tocaban una música que apenas se distinguía, por la acústica y las continuas interferencias. El hombre se puso a bailar un bolero, prendido de doña Adriana como un mono. Siempre entre brumas, Lituma vio que, a la vez que le pegaba el cuerpo, el borrachito le acariciaba las nalgas y le restregaba la boca y la nariz por el cuello.

—¿Dónde están los otros? —preguntó—. Esos que tomaban cerveza, ahí, hace un ratito.

—Se fueron hace unos diez minutos —le informó Dionisio—. ¿No sintió el portazo?

—¿A usted no le importa que manoseen así a su mujer, en su propia cara?

Dionisio encogió los hombros.

—Los borrachos no saben lo que hacen. —Se rió, excitado, aspirando la copa que tenía en la mano—. Y, además, qué importa. Regalémosle diez minutitos de felicidad. Mire cómo está gozando. ¿No lo envidia?

El hombrecito estaba casi encaramado sobre la señora Adriana y había dejado de bailar. No se movía del sitio y sus manos recorrían los brazos, los hombros, la espalda y los pechos de la mujer, mientras sus labios le buscaban la boca. Ella lo dejaba hacer, con una expresión aburrida, ligeramente disgustada.

—Está animalizado —escupió Lituma al suelo—. No puede darme envidia una bestia así.

—Los animales son más felices que usted y yo, señor cabo —se rió Dionisio y otra vez se volvió un oso—. Viven para comer, dormir y cachar. No piensan, no tienen preocupaciones. Nosotros, sí, y somos desgraciados. Ése está visitando ahora a su animal y mire si no es feliz.

El cabo se acercó un poco más al cantinero y lo cogió de un brazo.

—¿Cuáles fueron esas cosas horribles? —silabeó—. Las que hicieron para que no pasara nada, para que no sucediera todo lo que ha sucedido. ¿Qué cosas eran ésas?

—Pregúntele a él, señor cabo —le contestó Dionisio, haciendo unos movimientos torpones y lentos, como siguiendo las órdenes del domador—. Si cree lo que dice un borracho, vaya y que se las cuente él. Salga de la curiosidad de una vez. Hágalo hablar, sonsáqueselas a tiros.

Lituma cerró los ojos. Todo giraba dentro de él y ese remolino iba a tragarse también a Tomasito y a Mechita, abrazados, en el momento en que más se querían.

—Ya no me importa —balbuceó—. Ya bajé la cortina, ya eché llave. Me ha llegado mi nuevo nombramiento. Me iré al Alto Marañón y me olvidaré de la sierra. Me alegro de que los apus mandaran el huayco a Naccos. Y de que se parara la carretera. Gracias a los apus puedo largarme. Nunca en la vida he sido tan desgraciado como aquí.

—Vaya, con el pisco le están saliendo a flote las verdades —dijo el cantinero, aprobando—. Como a todo el mundo, señor cabo. A este paso, usted también terminará visitando a su animal. ¿Cuál será? ¿La lagartija? ¿El chanchito?

El borracho se había puesto a chillar y Lituma se volvió a observarlo. Lo que vio lo dejó asqueado. El hombrecito enfardelado en su saco-prisión, se había abierto la bragueta y tenía su sexo entre las dos manos. Se lo mostraba, negruzco y enhiesto, a doña Adriana, chillando en su lengua trabada:

—Adóralo, viejita. Arrodíllate y con las manos juntas dile: «Eres mi dios.» No te me hagas la remilgada.

A Lituma lo sacudió un acceso de risa. Pero sentía ganas de vomitar y en las aspas de su cabeza giraban las dudas en torno a Mercedes. ¿Era o no era la de Piura? No podía ser tanta casualidad, puta madre. ¿Cosas horribles, había dicho ese baboso?

La señora Adriana dio media vuelta y regresó al mostrador. Ahí estaba de nuevo, acodada sobre el tablón, mirando con la mayor indiferencia al borrachito desbraguetado. Éste se contemplaba el sexo con expresión abatida, en medio del cuarto vacío.

—Usted hablaba de cosas horribles, señor cabo —dijo Dionisio—. Ahí tiene una. ¿Ha visto algo más horrible que esa pichulita color hollín?

Se carcajeó y la señora Adriana se rió también. Lituma los imitó, por cortesía, pues ahora no tenía ganas de reírse. En cualquier momento le vendrían las arcadas y el vómito.

—Me lo voy a llevar a este cojudo —les dijo—. Se ha puesto pesado y no los va a dejar tranquilos toda la noche.

—Por mí no se preocupe, estoy acostumbrado —dijo Dionisio—. Estos espectáculos son parte de mi trabajo.

—¿Cuánto le debo? —preguntó el cabo, haciendo ademán de sacar su cartera.

—Esta noche es por cuenta de la casa —le estiró la

mano Dionisio—. ¿No le dije que estoy liquidando las existencias?

—Muchas gracias, entonces.

Lituma fue hasta donde estaba el borrachito. Lo agarró del brazo y, sin violencia, lo fue empujando hacia la puerta:

—Tú y yo nos vamos a tomar el fresco allá afuera, compadre.

El hombre no opuso la menor resistencia. Se iba acomodando la bragueta, de prisa.

—Por supuesto, mi cabo —murmuró, atorándose—. Hablando se entiende la gente.

Afuera los esperaba una oscuridad glacial. No llovía ni soplaba el viento de otras noches, pero la temperatura había bajado mucho desde la tarde y Lituma sintió que al barrenero le entrechocaban los dientes. Lo sentía tiritar y encogerse bajo sus ropas-camisa de fuerza.

—Supongo que estás durmiendo en el barracón que no se llevó el huayco —le dijo, sosteniéndolo del codo—. Te acompaño, compadre. Démonos el brazo, en esta tiniebla y con tanto hueco nos podemos romper la crisma.

Avanzaron despacito, tambaleándose, tropezando, por las sombras que la miríada de estrellas y el tenue resplandor de la media luna no conseguían atenuar. A los pocos pasos, Lituma sintió que el hombrecito se doblaba en dos, cogiéndose el estómago.

—¿Tienes retortijones? Vomita, te hará bien. Trata, trata, hasta que te salga la porquería. Te voy a ayudar.

Inclinado, el hombrecito se estremecía con las arca-

310

das y Lituma, detrás de él, le apretaba el estómago con las dos manos, como había hecho tantas veces con los inconquistables allá en Piura, cuando salían muy mareados del barcito de la Chunga.

—Me está usted punteando —protestó el barrenero, de pronto, en su media lengua.

—Eso es lo que tú quisieras —se rió Lituma—. A mí no me gustan los hombres, so cojudo.

—A mí tampoco —rugió el otro, entre arcadas—. Pero, en Naccos, uno se vuelve mostacero y hasta peores cosas.

Lituma sintió que le latía muy fuerte el corazón. A éste algo le comía sus adentros y quería también buitrearlo. Éste quería desfogarse, contárselo a alguien.

Por fin, el barrenero se irguió, con un suspiro de alivio.

—Ya estoy mejor —escupió, abriendo los brazos—. Qué frío de mierda hace aquí.

—A uno se le hiela hasta el cerebro —asintió Lituma—. Movámonos, mejor.

Volvieron a cogerse de los brazos y avanzaron, maldiciendo cada vez que tropezaban contra una piedra o hundían los pies en el barro. Por fin, la mole del barracón apareció frente a ellos, más espesa que las sombras del contorno. Se oía zumbar el viento en lo alto de los cerros, pero aquí todo estaba silencioso y tranquilo. A Lituma se le había pasado el efecto del alcohol. Se sentía despejado y lúcido. Hasta se había olvidado de Mercedes y Tomasito, amistándose allá arriba en el puesto, y de la Meche de hacía tantos años, en el barcito de los arenales contiguos al Estadio de Piura. En su cabeza, a punto de estallar, crepitaba una decisión: «Se lo tengo que sacar.»

—Bueno, fumémonos un cigarro, compadre —dijo—. Antes de dormir.

—¿Se va a quedar aquí? —También al barrenero parecía habérsele pasado la borrachera.

—Me da flojera trepar ahora hasta allá arriba. Además, no quiero tocar violín, interrumpiendo a esa parejita. Supongo que sobrará una cama, aquí.

—Dirá catre. Ya se llevaron los colchones.

Lituma oyó unos ronquidos, al fondo del barracón. El hombrecito se dejó caer en el primer camastro de la derecha, junto a la puerta. Ayudándose con un fósforo, el cabo se orientó: había dos literas de tablones, junto a la que ocupaba el barrenero. Se sentó en la más próxima. Sacó su cajetilla y encendió dos cigarrillos. Alcanzó uno al peón, con voz amable:

—No hay como un último puchito, ya en la cama, esperando el sueño.

—Puedo estar mamado, pero no soy ningún cojudo —dijo el hombre. El cabo vio avivarse en la tiniebla la brasa del cigarrillo y recibió una bocanada de humo en plena cara—: ¿Por qué se ha quedado aquí? ¿Qué quiere conmigo?

—Saber qué les pasó a esos tres —dijo Lituma, muy bajito, sorprendido de su temeridad: ¿no estaba echándolo todo a perder?—. No para detener a nadie. No para enviar ningún parte a la comandancia de Huancayo. No por el servicio. Sólo por curiosidad, compadre. Te lo juro. ¿Qué les pasó a Casimiro Huarcaya, a Pedrito Tinoco, a Medardo Llantac, alias Demetrio Chanca? Cuéntamelo, mientras nos fumamos este último cigarrito.

—Ni muerto —roncó el hombre, respirando fuerte. Se movía en el catre y a Lituma se le ocurrió que ahorita se pondría de pie y saldría corriendo del barracón, a refugiarse donde Dionisio y doña Adriana—. Ni aunque me mate. Ni aunque me eche gasolina y me prenda un fósforo. Puede empezar esas torturas que les hacen ustedes a los terrucos, si quiere. Ni así se lo diré.

—No te voy a tocar ni un pelo, compadre —dijo Lituma, despacito, exagerando la amabilidad—. Me lo cuentas y me voy. Mañana tú partes de Naccos y yo también. Cada uno por su lado. Nunca nos volveremos a ver las caras. Después que me lo cuentes, los dos nos vamos a sentir mejor. Tú, de haberte sacado el clavo que tienes adentro. Y yo también, de haberme sacado el que me ha estado punzando aquí todo este tiempo. No sé cómo te llamas ni quiero que me lo digas. Sólo que me cuentes qué pasó. Para que los dos durmamos tranquilos, compadre.

Hubo un largo silencio, entrecortado por los esporádicos ronquidos del fondo del barracón. Lituma veía cada tanto encenderse la brasa del cigarrillo del barrenero y elevarse una nubecilla de humo que a veces se le metía en las narices, haciéndole cosquillas. Se sentía tranquilo. Tenía la absoluta seguridad de que el tipo iba a hablar.

—¿Lo sacrificaron a los apus, no es cierto?

—¿A los apus? —preguntó el hombre, moviéndose. Su inquietud contagiaba al cabo, quien sentía a ratos una comezón urgente en distintas partes del cuerpo.

—Los espíritus de las montañas —le aclaró Lituma—. Los amarus, los mukis, los dioses, los diablos, como se llamen. Esos que están metidos dentro de los cerros y provocan las desgracias. ¿Los sacrificaron para que no cayera el huayco? ¿Para que no vinieran los terrucos a matar a nadie ni a llevarse a la gente? ¿Para que los pishtacos no secaran a ningún peón? ¿Fue por eso?

—No sé quechua —roncó el hombre—. Nunca había oído esa palabra hasta ahora. ¿Apu?

—¿No es cierto que fue por eso, compadre? —insistió Lituma.

—Medardo era mi paisano, yo también soy de Andamarca —dijo el hombre—. Él había sido el alcalde de allá. Eso es lo que jodió a Medardo.

—¿El capataz es el que más te apena? —preguntó Lituma—. Los otros te importarán menos que tu paisano, me figuro. A mí, el que más es el mudito. Pedrito Tinoco. ¿Eran muy amigos, tú y Demetrio, quiero decir Medardo Llantac?

—Conocidos éramos. Él vivía con su mujer, allá arriba, en la ladera. Temblando de que los terrucos supieran que estaba acá. Se les escapó con las justas, esa vez en Andamarca. ¿Sabe cómo? Metiéndose en una tumba. A veces conversábamos. A él lo jodían estos ayacuchanos, abanquinos y huancavelicanos. Diciéndole: «Tarde o temprano, te agarrarán.» Diciéndole: «Nos comprometes a todos, viviendo en Naccos. Lárgate, lárgate de acá.»

—¿Por eso lo sacrificaron al capataz? ¿Para quedar bien con los terrucos?

—No sólo por eso —protestó el barrenero, agitado. Fumaba y echaba el humo sin parar, y era como si le hubiera vuelto la borrachera—. No sólo por eso, pues, carajo.

—¿Por qué más, entonces?

—Esos conchas de su madre dijeron que él ya estaba condenado, que tarde o temprano vendrían a ajusticiarlo. Y como hacía falta alguien, mejor uno que estaba en su lista y que tarde o temprano iba a morir.

—Y como hacía falta sangre humana quieres decir, ¿no?

—Pero fue una gran engañifa, nos metieron el dedo a su gusto —se exasperó el hombre—. ¿No nos hemos quedado sin trabajo? ¿Y sabe lo que todavía dicen?

—¿Qué dicen?

—Que no les dimos todo el reconocimiento y que por eso se ofendieron. Según esos conchas de su madre, hubiéramos tenido que hacer todavía más cosas. ¿Se da cuenta?

—Claro que me doy —susurró Lituma—. Qué cosa más horrible que matar a ese albino, a ese capataz y a ese mudito por unos apus que nunca nadie vio ni se sabe si existen.

—Matar sería lo de menos —rugió el hombre tendido y Lituma pensó que ese o esos que dormían al fondo del barracón se despertarían y los harían callar. O vendrían de puntillas y le taparían la boca al barrenero. Y a él, por haber oído lo que había oído, se lo llevarían hasta la mina abandonada y lo lanzarían al socavón—. ¿No hay muertos por todas partes? Matar es lo de menos. ¿No se ha vuelto una cojudez, como mear o hacer la caca? No es eso lo que tiene jodida a la gente. No sólo a mí, también a muchos de los que ya se fueron. Sino lo otro.

—¿Lo otro? —Lituma sintió frío.

—El gusto en la boca —susurró el barrenero y se le rajó la voz—. No se va, por más que uno se la enjuague. Ahorita lo estoy sintiendo. Aquí en mi lengua, en mis dientes. También en la garganta. Hasta en la barriga lo siento. Como si acabara de estar masticando.

Lituma sintió que el pucho le quemaba las yemas de los dedos y lo soltó. Pisoteó las chispitas. Entendía lo que el hombre estaba diciendo y no quería saber más.

—O sea que, además, eso también —murmuró y se quedó con la boca abierta, jadeando.

—Ni cuando duermo se quita —afirmó el barrenero—. Cuando chupo, nomás. Por eso me he vuelto tan chupaco. Pero me hace mal, se me abren las úlceras. Ya estoy cagando con sangre de nuevo.

Lituma trató de sacar otro cigarrillo pero las manos le temblaban tanto que la cajetilla se le cayó. La buscó, tanteando en el suelo húmedo, lleno de guijarros y palitos de fósforo.

—Todos comulgaron y, aunque yo no quise, también comulgué —dijo el peón, atropellándose—. Eso es lo que me está jodiendo. Los bocados que tragué.

Por fin, Lituma consiguió rescatar la cajetilla. Sacó dos cigarrillos. Se los puso en la boca y tuvo que esperar un buen rato antes de que su mano pudiera sujetar el fósforo para encenderlos. Le alcanzó uno al hombre tendido, sin decirle nada. Lo vio fumar, recibió una vez más una hedionda bocanada de humo en la cara, sintió la comezón en la nariz.

—Encima, ahora tengo hasta susto de dormir —dijo el barrenero—. Me he vuelto cobarde, cosa que nunca he sido. ¿Pero acaso puede uno pelearle al sueño? Si no chupo, me viene la pesadilla.

—¿Te ves comiéndote a tu paisano? ¿Eso es lo que te sueñas?

—Yo rara vez entro en el sueño —aclaró el barrenero, con total docilidad—. Ellos nomás. Cortándoles sus criadillas, tajándoselas y banqueteándose como si fueran un manjar. —Le vino una arcada y Lituma lo sintió encogerse—. Cuando entro en el sueño yo también, es peor. Esos dos vienen y me las arrancan a mí con sus manos. Se las comen en mi delante. Prefiero chupar antes que soñar eso. Pero ¿y la úlcera? Dígame si eso es vida, pues, carajo.

Lituma se puso de pie, bruscamente.

—Espero que se te pase, compadre —dijo, sintiendo vértigo. Tuvo que apoyarse un momento en la tarima—. Ojalá puedas encontrar trabajo donde vayas. No será fácil, me imagino. No creo que eso se te olvide tan fácil. ¿Sabes una cosa?

—¿Qué?

—Me arrepiento de haberme entercado tanto en saber lo que les pasó a ésos. Mejor me quedaba sospechando. Ahora, me voy y te dejo dormir. Aunque tenga que pasar la noche a la intemperie, para no molestar a Tomasito. No quiero dormir a tu lado, ni cerca de esos que roncan. No quiero despertarme mañana y verte la cara y que hablemos normalmente. Me voy a respirar un poco de aire, puta madre.

A tropezones, fue hacia la puerta del barracón y salió. Recibió un golpe de viento helado y, pese a su aturdimiento, advirtió que la espléndida media luna y las estrellas iluminaban siempre con nitidez, desde un cielo sin nubes, las astilladas cumbres de los Andes.

Impreso en Litografía Rosés, S. A.
Progrés, 54-60. Polígono La Post
Gavá (Barcelona)